JN315330

新　潮　文　庫

知　　　略

古着屋総兵衛影始末　第八巻

佐　伯　泰　英　著

新　潮　社　版

9191

目次

知略

古着屋総兵衛影始末　第八巻

序章

宝永四年（一七〇七）の初夏、江戸は日本橋富沢町《とみざわちょう》の古着問屋大黒屋《だいこくや》の奥座敷に独りるりがいた。

昼前の刻限だ。縁側には黒猫のひながのんびりと日向《ひなた》ぼっこをしていた。

入堀の河岸《かし》に面した二十五間（約四五メートル）四方の大黒屋はロの字型に二階建ての店と蔵が取り囲み、中庭の中央に主総兵衛《あるじそうべえ》と新妻の美雪《みゆき》の住いがあった。だが、主夫婦は留守で住いを預かっているのは奥向き御用の若いるりとひなだけだ。

大黒屋の六代目総兵衛には、商人の顔とは別に隠れ旗本の貌《かお》があった。

江戸誕生の折り、徳川家康は跋扈《ばっこ》する夜盗に手を焼いた。

そのとき、家康は夜盗の頭分の一人、鳶沢成元《とびさわなるもと》を懐柔して仲間を力で押さえつけさせた。

毒を以《もっ》て毒を制したわけだ。

この成元の功績に家康は江戸城近くの富沢町に拝領地を与え、古着商売の特権を与えるとともに徳川幕府を守る影の旗本の役目を命じたのである。

独占的な古着商いには莫大《ばくだい》な利益と一緒にあらゆる情報がついてまわった。

金と情報を握った鳶沢一族は、富沢町を江戸の拠点に、駿府《すんぷ》の久《く》能山《のうざん》北側の鳶沢村を国許《くにもと》にして一族で結束を固め、徳川安泰のために影働きをしてきたのだ。

武と商、大黒屋は二つの使命を課せられて生きてきた一族だ。

そんな大黒屋の奥座敷を預かるるりは、物思いに耽《ふけ》っていた。

十数日も前、父の忠太郎《ちゅうたろう》が主船頭を務める南蛮型帆船、大黒丸を見送ったときのことをだ。

総兵衛に許しを得て、るりは明神丸に乗り、江戸湾口の浦賀水道まで見送りに出た。むろん総兵衛を始め、大黒屋の主《おも》だった幹部たちが明神丸船上に顔を揃《そろ》えていた。

大黒丸は富沢町の古着屋惣代格《そうだいかく》である大黒屋が家運を賭《か》けて建造した大船だ。日本国内にとどまらず、異国との交易によって物産流通を拡大しようと目論《もくろ》んでのことだった。

徳川幕府の体制下、異国貿易は長崎を窓口に限られた交易しか許されていなかった。一方、西国の大名諸侯が密《ひそ》かに密貿易を行っているのは、周知の事実であった。

大黒丸は、その禁忌を破って送り出す船だ。すでに琉球《りゅうきゅう》の首里《しゅり》には大黒屋の出店が開かれ、るりの叔父に当たる信之助《しんのすけ》とおきぬの夫婦がいた。総兵衛は異国との交流が鳶沢一族に新たな活力を与え、ひいては徳川幕藩体制護持の力となると考えての行動だった。

るりは、夜明け前の海に二本帆柱に横帆を三段に膨らませた大黒丸が姿を見せたときの驚きを今も禁じ得ない。細い五体を走り抜けた感動と衝撃は、胸の中でさらに大きく膨らんでいた。

あの巨大な帆船を父親の忠太郎が操っているのだ。何百里もの波濤《はとう》を越えて、異国の湊《みなと》に到着し、異国の人と交易して、珍しい物産をこの江戸に運んでくるのだ。

そのことを思うとき、るりは父親の忠太郎が誇らしかった。そして、いつの日か、自らも大黒丸に乗って異国の地に出向く自分を想像して、胸が熱くなった。

大黒丸の檣楼《しょうろう》が波間の向こうに消えたとき、浦賀水道に朝がやってきた。

それにしてもあんな大きな船がどこに隠されていたのだろうか。

千石船の明神丸も大きいと思ったが、大黒丸とは比べようもない。

るりは、白い航跡を引いて消えた大黒丸の勇姿をいつまでもいつまでも脳裏に思い描いては溜《た》め息《いき》をついた。

奥座敷に鈴の音が響いた。

ひなが何度か鳴いた。

呼鈴は先ほどから断続的に鳴っていた。だが、物思いに没頭するるりの耳には届かなかった。

何度目か。

るりは人影もない奥座敷に鳴り響く鈴の音をようやく聞いた。そして、慌《あわ》てて鈴の音のありかを探した。だが、それがどこから鳴り響くのかわからなかった。

「おかしなこと、空耳かしら」

そのことを自分の胸に仕舞いこんだまま、大黒屋の店の内外を仕切る大番頭の笠蔵《かさぞう》に告げることも考えなかった。

第一章　追　跡

一

夜明け前の箱根山中に張り詰めた空気が漂っていた。

芦ノ湖《あしのこ》を見おろす岩場に一人の大男と女が思い思いに木刀を振るって、仮想の敵と対決していた。

江戸を離れた大黒屋の主総兵衛《あるじそうべえ》と新妻の美雪だ。

六代目の鳶沢《とびさわ》総兵衛勝頼《かつより》は、五尺（約一五〇センチ）に近い赤樫《あかがし》の木刀を片手で握り、実にゆるやかに動いていた。それは能楽師の所作にも似て、優美の中にも緊迫の糸が一本、

ぴーん
と張り渡されていた。

打つ。

払う。

流す。

動きと動きの間《あいだ》に心地よい間《ま》があった。

鳶沢一族に伝わる祖伝夢想流の継承者である鳶沢勝頼は、伝来の剣法に創意を加えて、

(落花流水剣)

の秘技を編みだした。

祖伝夢想流は元々戦場往来の実戦剣法だ。

総兵衛は戦国の世が遠い昔に過ぎ去り、徳川の幕藩体制が小揺るぎもしなくなった宝永期、実戦剣法からの脱却を図って己の美学と生き方にそうた術を考案した。

それは花が時を悟って枝を離れる瞬間を計り、流れに落ちた花が流れのまま

に岩場を伝うような剣の動きに、

「究極の剣捌《さば》き」

を求めたのだ。

永久を思わす体のこなしは、早い動作よりも何倍もきつく体力の消耗も激しい。だが、この呼吸を会得《えとく》するとき、相手の素早い太刀筋の流れを読み切り、その間合いの狭間《はざま》に五体を滑りこませて機先を制することができた。

総兵衛の動きは時と空間を超越して、そのどこにも起なく承なく転なく結の境もまたなかった。

（落花流水剣）

は永久の円環運動のように続く剣法だ。

間合いと剣の遅速のみを読もうとする対戦者にとって、実に厄介極まる剣法と言えた。

一方、総兵衛から十間余離れた場で小太刀を使う新妻の鳶沢美雪の動きは俊敏にして軽快、変幻自在に跳ね、沈み、走った。

二人の稽古《けいこ》は休むことなく二刻《とき》（四時間）余りも続き、箱根山から差しこんだ朝の光が芦ノ湖の湖面を朝焼けに染めた。

総兵衛の動きが停止した。

なにか総兵衛の神経を逆撫《さかな》でるものがいた。それがなにか先ほどから注視してきたが分からなかった。

「美雪、朝日に輝く湖面を見よ」

総兵衛の言葉に美雪が小太刀を引いて、汗に光った顔を芦ノ湖に向けた。

「いつ見ても飽きませぬな」

「飽きぬ。だが……」

総兵衛の言葉は途切れた。

「美雪と二人の湯治に退屈なされましたか」

江戸富沢町で古着商を牛耳《ぎゅうじ》ってきた大黒屋の主、総兵衛が美雪と祝言《しゅうげん》を挙げたのは、宝永四年三月中旬過ぎのことだ。

三日三晩の祝いをこなした二人は供も連れずに東海道を上り、箱根山中芦ノ湯の馴染《なじ》みの湯治宿、ひょうたん屋に落ち着いた。

それが十日ほど前のことだ。

二人は気ままに湯に浸《つ》かり、酒を飲み、臥所《ふしど》を共にして愛情を確かめあう、のんびりとした時を過ごしてきた。

「そなたとの暮らしに飽きたのではないわ。箱根の湯に浸かり過ぎて肝までふやけたのだ」

「江戸に戻りまするか」

美雪は浪々の武芸者の娘だ、大店《おおだな》の内儀の言葉付きに慣れていない。

二人が祝言を挙げた翌日には大黒屋が海外との交易を託した大型の帆船、大黒丸が相州浦郷《うらごう》村外れの深浦湾の船隠しから船倉に満杯の荷を積んで琉球《りゅうきゅう》へと船出していった。

積載された荷は、綸子《りんず》、縮緬《ちりめん》、羽二重《はぶたえ》など絹織物各種、蒔絵《まきえ》や漆塗り調度品、伊万里《いまり》絵付け皿など焼き物各種、屏風《びょうぶ》、掛け軸、鎧冑《よろいかぶと》、刀剣など武具各種と高価な品々ばかりだ。

琉球の首里に設けられた大黒屋の出店に立ち寄った後、信之助を便乗させて異国に向かう。かの地で日本からの物産を売り捌き、新たに品々を買い付けて大黒丸が船隠しに戻ってくるのは、早くとも四月《よつき》後のことだ。

「いや、主がおらぬ間に羽を伸ばしておる輩《やから》ががっかりしよう。どうだ、熱海に回ってみぬか」

美雪は手代の駒吉《こまきち》の顔を思い浮かべ、笑った。

「江戸に戻れば忙しい日々が待ち受けておる。そなたと二人だけの暮らしも当分望めまい」

「総兵衛様のお心のままに美雪は従いまする」

「ならば、ひょうたん屋に戻り、荷造りを致すか」

二人の姿が芦ノ湖を見下ろす岩場から消えて一刻(二時間)後、地中から冬眠の蛇が這《は》いでるように黒衣の男がにゅるりと姿を見せた。

総兵衛にも美雪にもその気配をはっきりと感じさせなかった男は、矮軀《わいく》の上に両耳が異常に大きく張りだした顔が載っていた。

両眼は丸く、目玉が飛びだしている。

苔《こけ》を生やしたような風貌《ふうぼう》は百歳を越えた老人にも、そして、気配もなく敏捷《びんしょう》に動く肉体はこの世の人間とも思えず異界からの到来者を想起させた。

腰に一本、身の丈ほどの忍び刀を差した甲賀五姓家の一つ、鵜飼衆《うかいしゅう》時雨《しぐれ》一族の頭領、洞爺斎蝶丸《とうやさいちょうまる》は、

「鳶沢総兵衛勝頼の命、この蝶丸様が貰《もら》い受けた」

と呟《つぶや》くと芦ノ湖から吹き上げてきた風に四尺三寸（約一三〇センチ）の身を溶けこませるようにふいと消えた。

江戸中期の俳人の横井也有《よこいやゆう》は、尾張藩主の母堂に従い熱海に湯治にいった。その折り、「此里のさま後ろに山めぐり前に海近くして……」と熱海について書き記した。さらに、
〈折から秋の旅寝には有ける湯本はことに我やとりの後に近ければ、日夜六たびばかりおとろおとろしくわき出《いづ》る音高く、山水浦浪《うらなみ》に響きあいて、かしかましき物から世の中と渡りくらべて……〉
とも書き残した。
箱根芦ノ湖を去った大黒屋総兵衛と美雪の夫婦は、江戸に戻る前に熱海に下り、大湯の源泉近くの湯治宿するが屋に投宿した。

熱海は江戸からおよそ二十九里（約一一六キロ）、湯治客は一回り七日間を単位に滞在した。

するが屋は間欠泉のそばにあり、

どどっ

と噴きだす音が日に何度も響きわたった。

総兵衛と美雪は、熱海入りして三日目の朝から海に船を浮かべて錦ヶ浦《にしきうら》の景勝地などを見物して回った。

総兵衛にも美雪にも初めての景色ではない。だが、二人で海上から眺める風景は格別に新鮮に見えた。

戻り船の中、舳先《へさき》に座る総兵衛に美雪が恥ずかしそうに話しかけた。

風具合で船頭に話を聞かれる心配はない。

「総兵衛様、やや子ができたやもしれませぬ」

「なにっ、真《まこと》か」

総兵衛の言葉が弾《はじ》けた。

「いえ、そんな感じが」

美雪もなかなかの剣の遣い手、そんな女武芸者の研ぎ澄まされた勘が教えた予感だろうか。

「うれしき話だ。鳶沢村の次郎兵衛《じろべえ》どのがお知りになれば、鳶沢一族もこれで安泰と感涙されようぞ」

総兵衛も晴れ晴れと笑った。

「美雪、よいな。明日からは小太刀の稽古などしてはならぬ」

「総兵衛様、美雪の勘違いやもしれませぬのに」

「いや、そう見ればそなたの顔立ちがふっくらしてきたようにも思える」

じいっと見詰める総兵衛に美雪が顔を赤らめた。

熱海の浜から山際《やまぎわ》に一本通りが延びていた。

熱海本町通りだ。

その左右には湯治宿が軒を連ねていた。

夕暮れの刻限、二階の手摺《てすり》には手拭《てぬぐい》が干されて、湯上りの女が立って往来する人を見おろしていた。

熱海七湯めぐりをする湯治客も旅籠《はたご》へと足を向ける刻限、本町通りにもそんな男女がそぞろ歩いていた。

夕闇《ゆうやみ》の中に一人の旅の娘が必死の形相で走りこんできた。

年の頃は十五、六か。

真鶴《まなづる》から根府川《ねぶかわ》道を旅してきた娘のようで手甲脚絆《てっこうきゃはん》、菅笠《すげがさ》に杖《つえ》をついていた。

総兵衛と美雪は何事かと前方を凝視した。

娘の後を追って武芸者の一団が追ってきた。

娘は坂になった本町通りの段差に足をとられて転んだ。

「女、逃さぬ」

一団の一人の髭面《ひげづら》が喚《わめ》いた。

深編笠を被《かぶ》り、道中羽織に袴《はかま》を身につけた壮年の武士が武芸者の後方に立っていた。どうやら一行の頭領と見えた。

「お、お許しを」

娘がその場に平伏して髭面に土下座した。

「武士の面体を杖で打つとはどういうことか」

「打つつもりなど毛頭ございません。ご覧になった通り、子供衆が木の枝に上がって遊んでいるうちに降りられなくなりました。そこでこちらの枝にと杖を差しだして教えた先がお武家様のお顔をかすめましてございます」

「あれにおられる、天真無想流松井十郎兵衛《まついじゅうろべえ》様をなんと心得る。さる大名家に仕官をなされるために江戸に下向なさる旅だ。女に面体を打たれ、放置したとあっては連れのわれらの不行き届き、詮議《せんぎ》いたす」

一行の二人が土下座する娘の両手を摑《つか》んだ。

娘は嫌々をすると必死の面持《おもも》ちで周りを見まわし、総兵衛と美雪に視線を止めて助けを求めた。

「お武家様、災難でございましたな、経緯《いきさつ》を漏れ聞きましてお気の毒に存じあげます。しかし、娘ごも悪気があってのことではございませぬようだ。どうかそのところをお考えの上、お許しの程をお願い申しあげます」

総兵衛が腰を折り、美雪も従った。

「なんじゃ、その方は。差し出口をするとためにならぬぞ」

髭面が威嚇《いかく》するように刀の柄《つか》に手を置いた。

「江戸から熱海に参っております湯治客にございますよ。喧嘩《けんか》の仲裁は時の氏神と申します」

総兵衛は懐《ふところ》の財布から小判を二枚ほど懐紙に包み、

「お武家様の気晴らし料にございます」

と髭面の懐に差し入れようとした。

「おのれ、強請《ゆす》りたかりとわれらを蔑《さげす》んだか」

髭面が顔を朱に染めて、総兵衛の差しだす懐紙を叩《たた》き落とした。

「兵庫《ひょうご》、そやつも娘と一緒に浜に連れて行こうぞ。差し出口の代償が一両二両で済むものか済まぬものか体に教えてやれ」

深編笠から声がかかった。

「はっ」

と承知した兵庫が仲間に下知した。

「おや、強請りたかりと違いましたんで」

総兵衛の口調が変わった。

兵庫と呼ばれた侍が総兵衛を振りむき、

「おのれ、大口を叩きおって。あとで後悔しても遅いぞ」

「どうなさるおつもりで、兵庫の旦那《だんな》」

兵庫が柄にかけていた手に力を入れた。

腰を捻《ひね》り様《ざま》に抜き打ちで総兵衛の胴を両断する勢いで襲いかかってきた。

なかなかの太刀筋だ。

だが、総兵衛の動きは、兵庫の予測を越えたものだった。襲いくる相手の内懐にするりと入りこむと剣を遣う腕を抱えこみ、片膝《ひざ》でしたたかに蹴《け》り上げていた。それがものの見事に鳩尾《みぞおち》に入り、兵庫は、
げえぇっ
という声を上げると腰砕けに地面にへたりこんだ。

「おのれ！」

一統の首魁《しゅかい》の松井十郎兵衛が羽織を脱ぎ捨てた。

総兵衛を兵庫の仲間が半円に囲んで、抜刀した。

大黒屋総兵衛はむろん無腰だ。

だが、慌《あわ》てる風もなく帯に差しこんだ煙草《たばこ》入れから銀煙管《ぎんぎせる》を抜き取り、構え

た。さらに美雪も油断なくあたりに目を配りながら、娘のかたわらへと移動した。

「こやつら、剣術の真似事《まねごと》をかじっておるわ、油断いたすな」

松井十郎兵衛の声に手下《てか》たちが、

「おう！」

と呼応して、右手にいた小太りの武芸者が八双の剣を総兵衛の肩口に叩きこんできた。

その気配を感じたときには、六尺（約一八二センチ）余の長身の腰を沈めて剣の下に飛び込みざま、自慢の銀煙管を額に叩きつけていた。

ぱあっ

と血飛沫《ちしぶき》が湯治宿の立ち並ぶ本通りの薄闇に散った。

「待て、おれがやる！」

松井十郎兵衛が黒塗りの大小拵《ごしら》えの大刀を抜いて、正眼に構えた。

天真無想流と流儀を兵庫がわざわざ名乗っただけに、どうしてどうしてなかなかの腕前と見えた。

それに対して総兵衛は銀煙管を右手に翳《かざ》した構えだ。

「おのれ、ただの町人ではないな。名を名乗れ」

「江戸は富沢町で古着商いを致します大黒屋総兵衛にございますよ」

「なにっ、古着屋の主《あるじ》とな」

十郎兵衛は富沢町の大黒屋がどのようなお店《たな》か、理解できなかったようであった。

「古着屋、そなたの素っ首、貰い受けた」

十郎兵衛が腰を沈めると一気に総兵衛との間合いを詰めてきた。

正眼の剣が引きつけられ、伸びやかに総兵衛の眉間《みけん》に振りおろされた。

総兵衛も相応じて走っていた。

右手の銀煙管が落ちてくる剣の鎬《しのぎ》を横手から叩いて、剣先を流し、二人はすれ違うと同時に向き合った。

間合いは一間（約一・八メートル）。

「おのれ！」

十郎兵衛が正眼へと構えを戻して足元を固め直した。

その瞬間、総兵衛の横手から長身の武芸者が肩に背負うように構えていた剣を叩きつけてきた。

総兵衛の銀煙管が、
発止！

投げ打たれ、襲撃者の額を直撃した。

「あっ！」

立ち竦《すく》んだ相手の腰がくたくたと揺れると、その場に尻餅《しりもち》をついた。

総兵衛は素手になった。

背後から四番手が襲いかかった。

その直後、湯治宿の庇《ひさし》を走ってくる影があった。

その影は機敏にも庇の上を小走りに進みながら、片手で分胴のついた縄を振りまわし、投げた。

分胴が虚空《こくう》を裂いて伸び、総兵衛に襲いかかろうとした武芸者の後頭部に見事に当たった。武芸者が足をもつれさせたように前のめりに倒れこんだ。

美雪が、

「おやまあ、駒吉さんが」

と笑みを浮かべた。

総兵衛はちらりと大黒屋の手代にして、綾縄《あやなわ》小僧の異名を持つ鳶沢一族の若者を確かめ、松井十郎兵衛に注意を戻した。

十郎兵衛は、

「仲間がいたか、今宵《こよい》は引きあげる。だが、大黒屋、これで終わったと思うな！」

と捨《す》て台詞《ぜりふ》とともに剣を引き、身を後退させた。

「倒れたお仲間をお連れなされ」

総兵衛の言葉に剣を引いた武芸者たちが倒れた四人の腕を両方から取り、引きずって本町通りから退場していった。

すると通りのあちこちに立ちどまっていた湯治客や宿の二階から争いを眺めていた人たちが、
わあっ
という歓声を上げた。

「駒吉、助かった！」

という総兵衛の鼻先に駒吉がふわりと飛びおりてきて、腰を折った。

「芦ノ湯のひょうたん屋様にて総兵衛様がこちらにお移りとお聞きしました」

「駒吉、野暮な使いか」

「お邪魔にございましたかな」

駒吉が主と内儀の顔を交互に見た。

「おおっ、言うまでもないわ。夫婦二人の湯治にどこのだれが邪魔に入るものか」

と小言《こごと》の顔が笑みに崩れ、

「いやさ、正直言うとちと退屈しておりましたよ、手代さん」

と言いかけた。

「総兵衛様、娘ごをするが屋にお連れしようと思いますが」

美雪の問に、

「おおっ、忘れておりましたよ」

青い顔でまだ立ち竦む娘に視線を戻すと、

「ともあれ宿に参りましょうぞ」

と、するが屋に向かった。

熱海の本町通りの騒ぎは消えた。それから四半刻《しはんとき》（三十分）後、洞爺斎蝶丸の矮軀《わいく》が闇に変わった通りに現われ、

「ちいと骨のある武芸者かと思うたが、払った金の働きもせぬな」

と呟《つぶや》いた。だが、その怪異な顔にはどことなく満足げな表情も漂っていた。

二

さらに四半刻後、総兵衛と駒吉の姿は大湯の湯壺《ゆつぼ》にあった。

駒吉は従弟《いとこ》の芳次《よしじ》を伴って、江戸から箱根へ急行し、さらに熱海に回ってきていた。その行動を考えれば江戸で異変が起きたことが推測された。

だが、その前に危難に見舞われた娘の処遇があった。そこでするが屋に連れて行き、座敷に上げると美雪が、

「女同士で話をしてみます。総兵衛様、それでよろしゅうございますか」

と総兵衛に伺いを立てた。

美雪は美雪で総兵衛と駒吉を二人にしたかったのだ。そこで芳次を宿に残して、二人だけ湯に入りにきたところだ。

夕餉《ゆうげ》の刻限、湯壺には二人の他に湯治客の姿は見えなかった。

「総兵衛様、影様からの連絡《つなぎ》にございます」

「いつのことか」

総兵衛はまずそのことを気にした。

鳶沢一族が家康から命じられた使命は徳川一族の安泰にあった。

危難が歴代の徳川一族と幕府に降りかかるとき、影の命《めい》で鳶沢一族は行動を起こすのだ。

一族と影は表裏一体になって行動し、その命は代々世襲されてきたのだ。

影が命を発する以上、危急存亡の秋《とき》と言わねばならぬ。

「最初に影様の命が発せられたのは、五日前のことにございましたそうな」

「なにっ、五日も前のことと。なぜ、このように連絡が遅くなったか、事情を話せ」

江戸から駒吉らが走り通せば一昼夜で楽々着く。それに熱海へと回ったところで二日もあれば十分なはずだ。

「総兵衛様、るり様はまだ幼うございます。お怒りにならないでくださいませ」

「駒吉、余計な話を致すな」

「はっ、はい、最初に知らせがあったとき、るり様はうっかりと影様の合図を聞き漏らされたのでございます。大番頭様が二度目の連絡で知ったのが、昨日未明のことにございます」

駒吉らは、江戸からほぼ一昼夜で箱根を経由して熱海に辿《たど》りついていた。

「るりの身は私が江戸に戻った後に処遇する。手紙のほかに大番頭どのから伝言はあるか」

笠蔵の分厚い封書は、すでに駒吉から総兵衛に渡されていた。だが、総兵衛は駒吉から事情を聞いた後、手紙を読もうと考えていた。

「はい、一刻一日を争う御用にあらず。総兵衛様のご判断を仰いだ後に一族を動かすとのことにございました。私と芳次は総兵衛様の命に従えと命じられております」

「江戸に異変はないのだな」

「この駒吉の知りうる限りございませぬ」

総兵衛は少しばかり安心した。

「駒、ならばどこぞで酒など酌《く》み交わすか」

総兵衛が湯壺からゆらりと引き締まった五体を上げ、

「お相伴いたします」

と嬉《うれ》しそうに駒吉が応じた。

総兵衛と駒吉の主従は、駒吉の小僧の時代から気が合った。総兵衛と二人だけで忍び旅をしたりもしていた。同時に一族の中で一番怒られてきたのもまた駒吉だった。

二人はするが屋に戻らなかった。

座敷には見ず知らずの娘がいることを配慮したのだ。

本町通りを海岸に下って横手の路地に曲がった界隈《かいわい》に漁師や湯治客を相手に酒を飲ませる一膳《いちぜん》めし屋や煮売酒屋が何軒か軒を並べていた。

総兵衛と駒吉はそんな酒屋に入り、板の間の一角に向き合って座った。

駒吉が酒と肴《さかな》を注文する間に総兵衛は大黒屋を取り仕切る大番頭の笠蔵の手紙を開いた。

中にもう一通手紙が入っていた。

影からの命であろう。

総兵衛はまず笠蔵の手紙を披《ひら》いた。

〈総兵衛様　取り急ぎ経過を認《したた》め申し候《そうろう》。影様との連絡を聞き漏らせし事、一族を預かる者として大失態にございますれば、総兵衛様帰府の後にいかなるご処分をも甘受する覚悟に御座候。また影様の手紙、総兵衛様ご不在のことは申せ、開封致しましたる事、越権に過ぎる行為、その事も合わせ後の御処断を仰ぐ所存にございます。さて影様の危惧《きぐ》にございますが、柳沢吉保《やなぎさわよしやす》様、再び暗躍のご様子……〉

総兵衛は笠蔵の手紙を中断して影からの手紙に目を通した。

〈鳶沢総兵衛勝頼　柳沢吉保殿の意を受けし者京に上りて、清閑寺《せいかんじ》親房《ちかふさ》三女新《しん》典侍《てんじ》教子《のりこ》なる者を綱吉様愛妾《あいしょう》に差し出す企てを成さんとする風聞あり。すでに上様、齢《よわい》六十路《むそじ》に入られ、数年前より閨房《けいぼう》の事、遠ざけられておらるるは大奥の常識なるも、上様のお好みを知り抜きたる柳沢殿の選びし十六の美姫《びき》に、万一上様惑溺《わくでき》の事態これ有るとき、お命を縮められること必定なり。また、新典侍教子なる者、美貌《びぼう》もさることながら、奇態なる言動少なからぬ娘とか。柳沢殿の画策の真意定かならずといえども危惧すべき状勢に候。徳川の安泰を願うわれらとしては、柳沢殿の新しき企て、看過する能《あた》わず。因《よ》って鳶沢勝頼、京に上りて、必要とあらば、新典侍教子の始末も含め然るべき対応にあたるべき事厳命致し候　影〉

　総兵衛は、笠蔵の手紙の後段に視線を戻した。

　笠蔵は総兵衛が京に上ることを前提に駒吉と芳次を送ったことを付言し、また店においては格別総兵衛の決裁を受けるべき案件はないと書いていた。

　総兵衛は手に書状を持ったまま、しばし考えに落ちた。

　綱吉は京の公卿《くげ》の女性《にょしょう》と関わり深い将軍であった。

　綱吉の正室は、前《さきの》左大臣鷹司教平《たかつかさのりひら》の娘、鷹司信子《のぶこ》である。

　一方、側室は江戸の庶民の出のお伝の方で綱吉はお伝を溺愛《できあい》したといわれる。

子が授からなかった信子は、お伝の勢力を抑えるために京より権中納言《ごんちゅうなごん》水無瀬《みなせ》氏信《うじのぶ》の娘の右衛門佐《うえもんのすけ》を側室に送り込ませている。さらに権大納言清閑寺熙房《ひろふさ》の娘の大典侍《おおすけ》を江戸城に迎えてもいる。

学問好きの綱吉は、大典侍を重んじて、北の丸御殿を造営して住まわせていた。

今再び柳沢吉保は新たな側室を京に求めて、なにかを画策していると影は危惧していた。

「およそのことは分かった」

駒吉が総兵衛の手に大ぶりの酒器を持たせて、酌をした。

「総兵衛様、なんぞ命がございまするか」

「うーむ」

と小さく唸《うな》った総兵衛は酒を口に含み、

「総兵衛、京に上らずばなるまい」

「京にでございますか。お供は、私めで。それとも芳次にございますか」

「供か、煩《わずら》わしいな」

「いえ、この駒吉なれば、差し出がましき振る舞いは一切致しませぬ」

「まあよい、美雪とも相談よ。駒、今は湯上りの酒を楽しもうか」

総兵衛にそういわれてがっかりした風の駒吉が総兵衛に新たな酒を注いだ。

総兵衛と駒吉がするが屋に戻ったとき、部屋には美雪と芳次が主《あるじ》らの帰りを待っていた。

「総兵衛様、お帰りなさいませ」

まだ少年の体付きを残す芳次がぺこりと頭を下げた。

「芳次、駒吉と旅してきたそうな」

「この次は私一人で御用が出来ます」

芳次が応《こた》えた。

「すぐにもその望みが適《かな》えられよう」

笑った総兵衛が隣室を顎《あご》でさした。

「安心したと見えてぐっすりと……」

娘は隣部屋ですでに眠りに就いていた。

旅と危難の疲れをとろうと湯に入り、夕餉を摂《と》ったら張り詰めていた神経が一気に解けたようだと美雪が説明し、酒を飲んだ主従に茶を淹《い》れ始めた。

「おゆみさんは、近頃京橋にて評判の茶問屋山城宇治園《やましろうじえん》の一人娘にございました」

「山城宇治園か」

山城宇治園は茶船を所有して宇治の銘茶を大量に江戸に運びこみ、廉価《れんか》で販売して成功を収めつつある茶問屋で、総兵衛も鉄砲洲《てっぽうず》の山城宇治園はしけ宿で新茶を馳走《ちそう》になったこともあった。

「大店《おおだな》の娘が一人で旅とはどういうことか」

「はい。おゆみさんはお年頃の十五歳にございますが、好きになった手代さんとの仲を親御様に反対され、置手紙を残して京のじじ様ばば様の下に訴えにいく道中だそうで」

「恋路を反対されての家出旅か」

総兵衛は若い娘の大胆さに驚いて、襖《ふすま》の向こうを窺《うかが》った。

規則正しい寝息を立てているところを見ると、江戸から緊張しっぱなしの道中をしてきたのであろう。

総兵衛は、入鉄砲に出女の取り締まりに厳しい箱根の関所を避けて熱海街道に入りこみ、追跡をかわそうとしたおゆみの細工を思いめぐらした。

その考えを察したように美雪が答えていた。

「小田原宿の出口でつい道を間違えたようで海沿いに迷いこんだそうにございます」

「それにしても根府川《ねぶかわ》の関所をよう通り抜けられたな」

江戸期、女一人の旅は殊更《ことさら》厳しいのだ。

「旅芸人の一行に頼んで通り抜けたと申しております」

「いろいろの知恵をお持ちだな。金子《きんす》をたっぷりお持ちの娘は関所の通り抜けあたりからあやつらに付け狙《ねら》われていたようだな」

総兵衛は、松井十郎兵衛の一統が江戸への仕官旅などとは毛筋ほども考えていない。旅人相手に難癖をつけては金を強請《ゆす》り、女をかどわかしては遊里などに売り捌《さば》いて生きる連中と推測していた。そんな連中が金子を持った娘の一人旅を見逃すはずもない。

「まあ、そんなところでございましょう」

美雪がどうしたものかという顔で総兵衛を見た。

「当人はなにがなんでも京に上るつもりか」

「祖父祖母様に訴えて念願をかなえる覚悟でございます」

「江戸では心配しているであろうに」

少し温《ぬる》くなった茶を啜《すす》った総兵衛は、煙草《たばこ》入れから煙管《きせる》を出すと刻み煙草を詰めながら考えた。

「美雪、こう厄介者が入りこんでは、そなたと二人だけの湯治旅も終わりのようだな」

駒吉はにやにやと笑いながらも素知らぬ顔をし、芳次はどうしてよいか分からぬといった表情でもじもじした。

「それはようございますが」

美雪も困惑の体《てい》で答えた。

「ならば明日より二手に分かれることになる」

総兵衛は美雪に笠蔵の手紙がもたらした使命を小声で簡単に伝えた。

むろん影からの手紙の内容は話さなかったが、鳶沢一族の二人と総兵衛が嫁に見込んだ美雪はそれが徳川家か、幕府に関わる大事と理解した。

「総兵衛様、二手とはどういうことにございますか」

駒吉が勢い込んだ。

「美雪は熱海より江戸に戻ってもらおう」

「畏《かしこ》まりました」

美雪が即座に拝命した。

「芳次、すまぬが美雪に付き添って江戸に戻ってくれ」

芳次がちょっぴり残念そうな顔をしたがそれでも主の命令に、

「はい」

と答えていた。

「総兵衛様、もし私の身を案じてのことなれば、心配ご無用に願います。一人旅は慣れておりますし、道中も承知にございます」

美雪は総兵衛に一人でも多くの供をと考えたのだ。

「ならぬ。そなたはもはや女武芸者でもなければ、一人身でもない。腹にはおれの後継がおるのだ」

その言葉に駒吉が、
おおっ
という驚きの顔をして訊《き》いた。

「総兵衛様と美雪様のやや子が」

「はっきりはせぬ。だが、美雪はどうやらそのようだと申しておる」

「ご一族の喜び、これに勝るものはございませぬ。おめでとうございます」

と祝いの言葉を勿体顔《もったいがお》で主夫婦に述べた手代の駒吉が、

「芳次、私の連れでぼおっと旅してきたようにはいかぬぞ。お内儀様の体に気を配り、しっかりお供して江戸にお連れするのだ」

と命じた。芳次も、

「駒吉さん、よう分かった。おれは内儀様に荷一つ持たせねえ」

と未《いま》だ田舎言葉で応じたものだ。

「総兵衛様、お志有り難くお受けします」

ここに至ってはもはや美雪も芳次の供を受け入れるしかない。

美雪の懐妊は鳶沢一族にとって待望の出来事、夫婦間の問題だけではないのだ。それに総兵衛が影からの密命を受けた以上、富沢町の奥を守る人間は美雪自身しかいないとも思ったからだ。

「そうしてくれるか」

頷《うなず》いた美雪が隣室を振り見た。

「われらも京に上る旅、袖《そで》振り合うも他生の縁と申すからな、同行いたそうか」

「おゆみさんの親御様には、この旨《むね》ご連絡いたしましょう」

総兵衛が頷いて、明日からの行動が決まった。

この夜、総兵衛は美雪に持たせる二通の手紙を記した。

一通は大黒屋の大番頭笠蔵へだ。

そして、もう一通は富沢町の古着問屋江川屋《えがわや》の女主崇子《たかこ》に宛《あ》てたものだ。崇子の出は京の中納言坊城公積《ぼうじょうきんつみ》家だ。仔細《しさい》があって今は江戸の古着屋の内儀に納まっているが元を正せば公卿《くぎょう》の娘である。その崇子に宛てた手紙を記したのだ。

翌朝七つ（午前四時頃）、まだ明けやらぬ熱海のするが屋の前で、総兵衛と駒吉に従うおゆみが美雪に礼を述べた。

「美雪様、お世話をかけました」

「おゆみさんの念願がかなうことをお祈りしております。それに江戸のご両親様にはすぐにもお目にかかり、事情を話しておきますからね」

「お願い申します」

総兵衛ら京に上る三人と江戸に戻る美雪と芳次の二人は、本町通りで西と東に別れた。

総兵衛らは熱海峠を目指して山路へと入りこむ。

大店の娘にしてはおゆみは健脚だった。

旅に慣れた総兵衛と駒吉の足に遅れることなく従ってきた。

「おゆみさん、大丈夫ですか」

最初の頃こそ駒吉は手に提げた小田原提灯《ちょうちん》でおゆみの足下を照らしたりと気にかけていたが、

「いやいや、江戸育ちとも思えぬほどに達者ですねえ」

と感心した。

「私、幼き時からおてんばでした。女の子とままごと遊びをするより小僧さんと木登りやら浜で走りまわることが大好きで、親は嘆きっぱなしにございます」

と息も切らさずに言ったものだ。

総兵衛は、ざっくりとした結城紬《ゆうきつむぎ》の小袖の着流し、頭には菅笠《すげがさ》を被《かぶ》って日中の日差しを避ける算段だ。

駒吉は背中に総兵衛の愛剣の三池典太光世《みいけでんたみつよ》刃渡り二尺三寸四分（約七〇センチ）など二人の得物《えもの》や荷を背負い込み、縞《しま》の単《ひとえ》の裾《すそ》を絡《から》げて手甲脚絆《てっこうきゃはん》に身を固め、頭には手拭《てぬぐい》を載せていた。

二十二歳になった駒吉は、がっちりとした体付きで背丈も五尺九寸（約一七九センチ）に近い。

三人の先頭を駒吉が行き、草鞋拵《わらじごしら》えに杖《つえ》をついたおゆみが駒吉の後ろに従ってきた。

総兵衛はおゆみから数歩遅れて悠然と歩を進めた。

夜が白々と明けたのは熱海峠の頂だ。

茶店が店を開いたばかりだった。

「駒吉、ちと休んでいこうか」

総兵衛の言葉に小田原提灯を吹き消した駒吉が背中の荷をかたかたいわせて走っていった。

「おゆみさん、疲れはせぬか」

「いえ、大丈夫にございます」

と答えたおゆみも熱海から一息に上ってきた山路に荒い息をついていた。

「京までは長いでな、無理は禁物よ。われらの足が速いようなれば遠慮なく言うがよい」

総兵衛の言葉は商人の言葉遣いではない。それを奇異とも思わず、おゆみが答えていた。

「いえ、今のままに従って参れます」

おゆみは健気《けなげ》にも言い切った。

「感心感心」

駒吉が縁台に背中の荷を下ろして、二人の席を用意していた。

「総兵衛様には冷や酒を頼んでおきました」

　まだ釜《かま》に火を入れたばかり、湯が沸く間に酒を頼んでおいたという。

「駒、近頃一段と如才がなくなったな」

　総兵衛に褒められた駒吉はにこりともせずに、

「ちと小用に行って参ります」

　と断ると茶店の裏に姿を消した。

　その駒吉が戻ってきたのは総兵衛が茶碗《ちゃわん》酒を飲み干し、おゆみが茶と黍《きび》団子を食した後のことだ。

「遅かったな」

「ちょいと渋り腹にございまして」

　小さな声で言うと、

「おゆみさん、峠から三島まで厠《かわや》を探すのが大変かもしれぬ。茶店の厠が裏手にある、使っておいでなさい」

と勧めた。

「ならばそうさせてもらいます」

おゆみも素直に駒吉の言葉に従った。

主従だけになったとき、総兵衛が訊いた。

「昨夜の連中か」

総兵衛は駒吉が小用と言い訳して姿を消した理由を察していた。

朝から付かず離れず尾行する者がいた。

駒吉はそれを確かめにいったのだ。

「松井十郎兵衛と一統の者たち十一人、われらの数町後を尾行して参ります」

「小娘を勾引《かどわか》し損ねたにしてはちとしつこいな」

「なんぞおゆみさんに曰《いわ》くがあるのでございましょうか」

「さてな。ともあれ、油断はすまいぞ」

総兵衛が注意すると温《ぬる》くなった茶を飲み干した。

三

四月八日の昼下がり、大黒屋の大番頭笠蔵は小僧の助次《すけじ》を連れて、三縁山増《さんえんざんぞう》上寺《じょうじ》の灌仏会《かんぶつえ》にいった。

本堂前に花の御《み》堂《どう》が設けられ、釈迦《しゃか》仏《ぶつ》がその中に安置されてあった。

参詣《さんけい》の人々は、竹柄杓《たけびしゃく》でお釈迦様の頭に甘茶を注いでお参りした。

笠蔵も大勢の参詣人に混じってお釈迦様に甘茶を振りかけて手を合わせた。

大黒屋を守る大番頭が灌仏会に出てきたにはわけがあった。

この日、境内には大勢の露店が軒を連ねて、その中には古着商も単《ひとえ》ものなどを並べて売っていた。前々から灌仏会の露店を覗《のぞ》いて下さいと出入りの小商人に頼まれていたこともあり、どのような古着が売れ筋か確かめにきたのだ。

「大黒屋の大番頭さん、新茶を飲んでいってくださいな」

「笠蔵さんはおれがお呼びしたんだよ。うちの茶が先ですよ」

知り合いの露天商たちが笠蔵にあちらからもこちらからも声をかけてきた。

露天商の古着屋にとって大黒屋は大事な仕入先だ。問屋の中では、

「一々担ぎ商《いちいちかつ》いや露店には古着は卸せませんよ」

と嫌うところもあった。だが、大黒屋では数の多い卸も一枚二枚と古着を選ぶ小商人も対等に扱ってきた。

花の灌仏会は新茶を煮て仏に供する祭りでもあった。

笠蔵は腹がたぷたぷするほど知り合いの商人たちの茶に付き合い、ようやく山門前に出てきた。

「大番頭さん、もう茶は御免ですよ」

小僧の助次がげっぷをしながら言った。

「なにを生意気なことをお言いです、これも商い上のお付き合いです。それにいいかえ、ただ茶を飲むんじゃあありませんよ。今年の縞《しま》模様はなにが売れ筋か、絹物はどんな意匠が流行《はや》りか、確かめにきたんです。富沢町にでーんと座ってばかりいては、世の中の動きが摑《つか》めませんからな」

「へえ」

と助次が生返事するところに、

「番頭はんに小僧はんどしたか、宇治の新茶はお口に合いましたやろか。灌仏会には山城宇治園の自慢の特上新茶を出さしてもろてます」

京訛《なま》りの言葉で呼びかけられた。見れば山城宇治園の法被《はっぴ》をきた番頭と手代が参詣にきた人たちに茶を飲ませて、山城宇治園の名を広めようと新茶を即売していた。

笠蔵は近頃売り出した茶問屋の商人魂を感嘆の目で眺め、

「いくらなんでもこれ以上はいただけそうにございません」

と断った。

「まあ、そないおっしゃらんと、宇治の新茶を飲んでおくれやすな」

若い番頭の口車に乗せられて茶碗を手にした笠蔵が、

「おおっ、これは格別です」

と香を嗅《か》ぎ、口に含んだ。

柔らかく、甘い香が口の中に広がり、それまで飲んだ茶の味を消した。

「そうだっしゃろ。駿府《すんぷ》の茶なんて宇治を喫したら、勝負にならしまへん」

番頭が自慢するだけにその茶の香はたとえようもなかった。

「私の楽しみに一壺《つぼ》を貰《もら》いましょう」

笠蔵はかなりの額を張り込んで、小さな茶壺を買い求めた。

独り者の笠蔵の道楽は店の庭の一角で薬草を栽培し、それを乾燥させて漢方薬を作ることだ。酒はほどほどの笠蔵だが、茶には結構煩《うるさ》かった。

「番頭はん、これをご縁にお店に寄せてもらいますよってな、お店の名前を教えてくれはらしまへんか」

「うちの店は駿河《するが》が国許《くにもと》、おいでになっても宇治の茶に変えるわけにはいきませんぞ」

「お店は駿府ものでよろし、奥向きの茶をお持ちします」

「ならば富沢町界隈《かいわい》にお立ち寄りの節は大黒屋を訪ねてくださいな。大番頭の笠蔵にございます」

「なんと富沢町惣代《そうだい》の大黒屋の大番頭はんでございましたか、わては新米番頭の豆太郎《まめたろう》にございます」

「はい。よしなにな」

同じ番頭でも年季が違えば貫禄《かんろく》も違った。

笠蔵が鷹揚《おうよう》に頷いた。

「大黒屋はんには大勢の奉公人が働いて、出入りの方も多いと聞いとおります。なあに宇治かて上物ばかりやおへん。いろいろ茶もございますさかいに是非寄せてもらいます」

豆太郎に会釈《えしゃく》を返した笠蔵はようよう境内を出て、一息ついた。

笠蔵と助次が富沢町の大黒屋に戻ったのは、暮れ六つ(午後六時頃)前のことだった。

初夏のこと、入堀の船着場にも河岸《かし》を往来する馬方と馬にも淡い夕暮れの光が落ちていた。

笠蔵の目がぎらりと光った。

店の中に張り詰めた緊迫が漂っているのを外から感じたからだ。

「ただ今戻りました」

笠蔵の声に帳場格子《ごうし》の中に座っていた二番番頭の国次《くにじ》がほっとした顔を見せた。信之助が琉球に出た今、大黒屋の一番番頭は空きになっていた。そこで笠蔵がいないときは、国次が仕切ることになる。

「どうしなさった」

「蔵を北町奉行所の与力鹿家《しかが》赤兵衛《あかべえ》様がお調べの最中にございます」

「北町の鹿家様、お係りはなんですな」

南北奉行所にそれぞれ二十五騎の与力が所属していた。が、笠蔵には馴染《なじ》みのない名前だった。

「新任の諸問屋組合再興方にございます」

頷《うなず》いた笠蔵はすぐに蔵に向かった。

すると蔵の中にがっちりとした体格の与力が二人の同心を従え、小者《こもの》たちに指図して、古着の包みを手当たり次第に破っていた。

広い蔵の床は取り散らかされた古着だらけだ。

付き添っているのは三番番頭の又三郎《またさぶろう》と筆頭手代の稲平《いなへい》だ。

「お役目、ご苦労に存じます。番頭の笠蔵にございます。留守をしまして失礼をば致しました」

乗馬の鞭《むち》を手にした与力がじろりと笠蔵を振り見た。が、なにも応じようとはしなかった。年の頃は四十前か。顎《あご》が張り、四角な顔に大きな目鼻と厚い唇がでーんと座っていた。一見役者顔と評されるような大顔だが、眼光が尖《とが》って険しかった。

「鹿家様は、諸問屋組合再興方と伺いましたが、なんのお調べにございましょうか」

と笠蔵は確かめた。

鹿家は黙したままだ。

その代わりに同心の橋口武三《はしぐちたけぞう》が、

「近頃、南蛮ものの品が江戸市中に出まわっておるとの訴え頻々《ひんぴん》とあり、その調べを致しておるところだ」

と説明した。

橋口は初老の同心で笠蔵も見覚えがある。

今一人の同心は、橋口の説明に明からさまな舌打で応じた若い鶴巻琢磨《つるまきたくま》だ。

笠蔵は橋口と鶴巻の二人の仲が決してうまくいってはいないなと見てとっていた。

鹿家の忠臣は、舌打ちした鶴巻のようだ。

「それはご苦労様にございます。されど大黒屋は、お上の鑑札を受けた古着問屋にございます。ちとお門違《かど》いかと存じますが」

「番頭」

鹿家赤兵衛がぎろりとした両眼を笠蔵に向けると、

「嫌疑がなくて調べを致すと思うか」

「お疑いがございますので」

「ある」

「どのようなお疑いにございますな」

「若年寄支配下御勘定所にも町奉行所にも大黒屋が不埒《ふらち》にも異国との密貿易に従事して、江戸に大量の禁制品を持ちこんでおるという訴えが頻《しき》りにある」

「鹿家様、うちは古着商を逸脱したことはございません。大黒屋を為《ため》にする訴えかと思われます」

「番頭、大黒屋では大黒丸という途轍《とてつ》もない新造船を造ったな。あの船、どこにおる」

どうやら町奉行所の与力風情《ふぜい》一人の考えではなさそうだと笠蔵は思った。

「やはり、慣れぬ船を造るものではありませんな。余りにも大きすぎて小回りは利《き》かぬわ、操船は難しいわでうちでも持て余しておるところにございますよ」

「どこにおると訊《き》いたのだぞ」

「はい。ただ今、船頭以下水夫《かこ》を乗せて上方への試走に出ております」

「ならば、旬日を開けずに江戸に戻ってくるな」

「はい。最初の予定では、この月初めにも戻ってくるところが一向に姿を見せませぬ。難破などしたのではないかと心配しているところにございますよ」

鹿家が鞭で古着の包みを叩《たた》いた。すると蔵の中に埃《ほこり》が、

ぱあっ

と立った。

「総兵衛はどこにおる」

「ご存じかどうか、総兵衛は二十日も前に祝言《しゅうげん》を挙げましてございます。ただ今は若夫婦水入らずで箱根に湯治に行っております」

「大黒丸に総兵衛が乗っておるということはあるまいな」

「総兵衛は主《あるじ》にございます、船に乗るなど奉公人のすることにございますよ」

そう答えた笠蔵が反問した。

「だいぶ前から御取調べのようにございますが、蔵からなんぞ禁制品が出ましたかな」

鹿家が、

「おのれ、言わせておけば……」

と喚《わめ》くと鞭でいきなり笠蔵の額を叩き、

「このおれが諸問屋組合再興方に就任した以上、大黒屋の泣き顔を見るまでは手をゆるめぬ。覚えておれ」

と吐き捨て、店の方に出ていった。

その後を慌《あわ》てて二人の同心と小者たちが追いかけていった。

「又三郎、鹿家様をお送りしなされ」

そう命じた笠蔵は懐《ふところ》から手拭《てぬぐい》を出すと、ぬらりと流れだした額の血を拭《ぬぐ》った。

鹿家赤兵衛が店から消えた直後、蔵の床の一角が開いて隠し船着場から荷運び頭の作次郎《さくじろう》らが顔を見せた。

全員、武装をしていた。

もし鹿家らが地下への隠し階段に気づき、押しこむようなことがあれば店の外には一人たりとも出さぬと待機していた鳶沢一族の面々だ。

「大番頭様、道三河岸《どうさんがし》の命にございましょうかな」

作次郎が問うた。

「分からぬ。だが、またぞろ暗躍なされ始めたのかも知れぬ」

笠蔵は地下の大広間に番頭の又三郎、作次郎の二人を呼んだ。

そこは総兵衛の居宅の真下にあって、いわば鳶沢一族の江戸屋敷とも言えた。日頃、総兵衛が朝稽古《げいこ》をなす道場は、一族の結束の場であり、ここにあるとき、笠蔵は大黒屋の大番頭ではなく、鳶沢一族江戸屋敷の家老職といえた。

「又三郎、作次郎、先の影様の連絡《つなぎ》と今宵《こよい》の一件、関わりがあると見たほうがよろしかろう。総兵衛様の留守を狙《ねら》って、柳沢吉保様が動き始められたと考えられる」

江戸に残された数少ない一族の幹部が緊張の顔で頷く。

これまで一番番頭の地位にあった信之助は、奥向きを一手に仕切ってきたおきぬと所帯を持ち、今は遠く琉球首里の地にあって、大黒屋の出店を任されていた。

さらに信之助の兄の忠太郎は、手代の清吉《せいきち》らとともに大黒丸に乗船して琉球から異国を目指していた。

大黒屋の販路と仕入先が海外に広がった分、一族の陣容が手薄になっていた。

その上、総兵衛と美雪の二人は湯治に出ていた。

「北町奉行の坪内定鑑様が大老格柳沢様とどのような関わりがあるか、あの与力がどのような男か、急ぎ調べてくだされ」

「はっ」

と畏《かしこ》まった又三郎が、

「四軒町をお訪ねになられますか」

と伺った。

四軒町には大黒屋と親戚《しんせき》同様の付き合いを重ねてきた大目付本庄豊後守勝《ほんじょうぶんごのかみかつ》寛《ひろ》の拝領屋敷があった。

城中の動静を知るには、勝寛を密《ひそ》かに訪ねることも考えられる。

「いや、まずは北町を調べた上で本庄様にはお目にかかろうと思う」

「承知しました」

二人の幹部が手配のために地下から消えた。

だが、笠蔵はいつまでも黙然と考えつづけていた。


この夕刻、総兵衛ら三人は川幅三十六間（約六五メートル）の黄瀬《きせ》川を渡り、沼津宿に入っていった。

沼津は江戸から数えて十二番目の宿場、日本橋から三十里二町の距離だ。

東海道の宿駅だけではなく、富士山麓《さんろく》や甲州方面に向かう足柄《あしがら》峠の脇道《わきみち》もあり、さらには湊《みなと》からは江尻《えじり》宿や吉田へ船が出る交通の要衝である。

町並みは通町十四町、裏通六町、本陣二軒、脇本陣四軒、旅籠《はたご》は七十余軒、茶屋も十数軒を数えた。

駿府の鳶沢村と江戸の富沢町を往復して、商と武に生きてきた総兵衛には、代々泊まる旅籠が通横町の問屋場の寿右衛門《としえもん》方の隣にあった。

間口十二間の間門屋《まかど》だ。

「おや、総兵衛様、鳶沢村にお帰りにございますか」

老番頭の義兵衛《ぎへえ》が総兵衛の顔を見て、如才なく挨拶《あいさつ》して奥へ、

「富沢町の大旦那《だんな》様のお見えですよ、濯《すす》ぎ水を三つ運んできなされ」

と叫んでいた。

駒吉は背中の荷を下ろすと頭の手拭を取り、からげていた裾《すそ》を直し、

「総兵衛様、ちょいとお部屋に上がる前に買い物に出てきてようございますか」

と断った。

総兵衛が頷いて許しを与え、駒吉がおゆみにも、

「直《す》ぐに戻りますから、湯に入ってくつろいでいてくださいな」

と気遣いを見せた。

「駒吉さんも立派な手代さんになられたものだねえ、言葉付きまで小僧さんのときとは違いますよ」

「義兵衛さん、冷やかしてはいけません。私ももう二十歳《はたち》を越えました、そう

そう総兵衛様に怒られてばかりもいられませぬ」

「その心がけが大事ですよ、手代になったら次は番頭だ。上はまだまだ富士の高嶺《たかね》ほど高いからね」

「へえっ、頑張ります。裏口から出させてもらいますよ」

身軽になった駒吉が旅の小物でも買いにいく風情で間門屋の裏口から外に出た。むろん駒吉は買い物に出たわけではない。

駒吉は裏通りからさらに路地に曲がりこんだ。

尾行の者に気づかれないためだ。

東海道の宿場町は大体が通り一本の家並みで構成されていた。裏手に並行した通りがあるわけではない。だが、湊町でもある沼津は裏町があって漁師町を形作っていた。

駒吉は漁師町を三島宿の方面に戻ると沼津宿の棒端《ぼうばな》が見えた。

棒端とは宿場外れの目印だ。

ちょうど松井十郎兵衛の一行が沼津宿に入ってくるところだ。

一行は連絡を待っている風情で立ちどまった。しばらくすると宿場から一人

の若侍が走ってきて、

「松井様、大黒屋の三人連れは、問屋場隣の間門屋に投宿しましたぞ」

と報告した。

総兵衛らを尾行してきた侍の一人だ。

「木下《きのした》、われらが泊まる宿は探したか」

「通りをはさんだ斜め前の松原屋《まつばらや》の二階に三部屋をとりまして、すでに濯ぎの桶《おけ》も命じておきました」

「見てみようか」

十郎兵衛の一行が無警戒にもぞろぞろと宿場に入っていった。

その後を今度は駒吉が尾行していく。

松原屋は間門屋の出入りを見渡せる旅籠でこちらもなかなかの構えだ。

十郎兵衛らが旅籠に入って大騒ぎしながら二階へと上がった。

駒吉はどうしたものかと松原屋を見通せる裏町への路地陰に身を潜めて、考えた。すると先ほどの小柄な影が再び姿を見せ、通りの左右を見まわしていたが高札場の方へと歩きだした。

木下だ。

手に書状を持っているところを見ると、松井に命じられて飛脚屋を訪ねるようだ。

高札場のかたわらに問屋場と飛脚問屋が軒を並べていた。

木下はそこで用事を済ますと松原屋に戻りかけ、裏手の湊町の匂《にお》いを嗅《か》ぐように鼻をくんくんさせていたが、懐に片手を入れてなにかを確かめていた。

(ははあ、酒を飲む銭を確かめたな)

駒吉が納得した視線の先を木下は湊へと暗がりを辿《たど》っていった。

松井十郎兵衛一統の中でも若い木下は走り遣いの役、旅籠に戻ってもなにやかやと用事を命じられて酒も直《す》ぐには飲めないのだろう。

木下は駿河湾に漁に出る漁船が集う湊界隈《かいわい》であたりを見まわしていた。が、すぐに赤い明かりに目を止め、向かった。

駒吉は暮れなずむ湊で木下が出てくるのを四半刻《しはんとき》(三十分)ほど待った。

木下は口のあたりを拳《こぶし》で拭いながら、小走りに湊から表通りへと走りだした。

駒吉は地形を見定めると先行するために路地へと入りこみ、何本かの路地を曲がって木下の辿る道の前に出た。

干物《ひもの》倉か、木樽《きだる》の積まれた板壁が続いてそこだけ一段と深い闇《やみ》に包まれていた。

駒吉は魚臭い樽の陰に身を潜め、手には鉤《かぎ》の手のついた縄を構えて小さな輪を作るように回しながら待った。

木下の息遣いが段々と近くなり、駒吉の眼前を通り過ぎようとした。

綾縄小僧の駒吉の手の縄がまるで生き物のように伸びて木下の首にかかり、一瞬棒立ちになった。

駒吉の手が、
くいっ
と手繰《たぐ》られると木下の体がくたくたと崩れ落ちようとした。

その体を駒吉が抱き止めて、ひょいと肩に担《かつ》ぎあげた。

六尺近い体軀《たいく》の駒吉は、鳶沢一族一の大力の作次郎に負けず劣らずの力持ちになっていた。

その駒吉が木下を連れこんだのが背後の干物倉だ。

駿河湾で獲《と》れた魚を日干しにして出荷の時まで仕舞っておく倉の戸には錠も下りていなかった。

生臭い倉の中には広々とした土間があり、すのこや網が積んであった。

駒吉は木下の体を土間に置いた。土間には薄く開けられた戸口から洩《も》れてくる明かりがかすかな陰影を作っていた。

駒吉は木下の両刀を抜き取ると背に活を入れ、息を吹き返させた。

うう－ん

と唸《うな》った木下が目を開けてあたりをきょろきょろ見た。

「木下様」

駒吉の声に木下が飛びあがるほど驚愕《きょうがく》した。

「驚くことはございません。私はあなた様が尾行をなされていた大黒屋の手代、駒吉にございます」

木下が慌てて駒吉の顔を見あげた。

土間にへたりこんだ木下からは、駒吉が仁王のように大きく見えた。

「無法を致すと為《ため》にならぬぞ」

それでも木下は虚勢を張り、腰の大小をまさぐった。

「刀でしたら、ほれ、私の足元に」

木下の大小を駒吉が足先で軽く転がした。

「おのれ、武士の魂を」

木下が己の剣に飛びつこうとしたが駒吉の足先がぐいっと鞘《さや》を踏みつけた。

「おやめなさい」

駒吉の声はあくまで平静だった。

それが木下を萎縮《いしゅく》させた。

「な、何用あってかようなことを致すか」

「それはこちらの問いにございますよ。娘の懐を狙うにしてはちょいとしつこうございます。理由《わけ》をお聞かせ願えますか」

「馬鹿《ばか》を申せ。そのようなことを致さば松井様からどのようなお叱《しか》りがあるとも知れぬわ」

「木下様、もはや松井様の下へお帰りにならない方がお為にございますよ」

「なぜか」

「まず一つは私に囚《とら》われたこと、第二にはお残りにならない方が木下様の為になる、そのことにございますよ」

「おれに逃げよと申すか」

「はい。この一件の背後には木下様も知らぬ事が隠されております。それを知ればそなた様のお命もない」

木下が駒吉の顔を見あげた。

聳《そび》え立つ駒吉の顔が暗く沈み、不気味に思えた。

この一連の出来事の背景には隠されたことがありそうだ、と木下は思い、

ごくり

と唾《つば》を飲んだ。

「だれに頼まれて娘に手を出されましたな」

「それがしが知るわけもない」

「となれば、木下様はこの干物倉で最期《さいご》を遂げられることになる」

駒吉の手が振られると木下の首に縄が再び絡《から》まった。

「く、苦しいわ」

足をばたつかせた木下に、

「なんぞお話がございませぬか」

と問いかけた。

「な、縄を解《ほど》いてくれ」

駒吉の手が緩められ、わずかに縄が緩んだ。が、まだ巻きついたままだ。

「小田原宿で松井様がえらく小さな男に会われた。その後、われらはあの娘を襲うことになったのだ」

「松井様とその男はこれまでも面識がありそうでしたか」

「一、二度は会ったとしても、親しい仲ではあるまい」

「どのような人物ですか」

「それがし、松井様の供をして王伝寺《おうでんじ》に参ったとき、ちらりと見かけただけだ。身の丈四尺半ばにも達しない小男で、自分の身の丈ほどもある刀を腰に一本差しこんでおった」

「名はなんといわれる」

木下が首を横に振った。が、

「教えられてはいない。だが、先ほど飛脚屋から手紙を出した宛名《あてな》が洞爺斎蝶丸となっていた。ひょっとしたら、この人物があの小男かもしれぬ」

「洞爺斎蝶丸、ですか。書状の宛先はどこでしたな」

「江尻宿の旅籠清水屋《しみずや》であった」

「なにっ、江尻宿ですと」

江尻宿は鳶沢一族の隠れ拝領地の鳶沢村に一番近い宿場だ。

考えこむ駒吉に木下が哀願した。

「それがしが知ることはすべて話した。もはや行ってよいな」

「最後に一つ、松井十郎兵衛らはおゆみさんを再び襲う気ですかな」

「明日にも松井様の剣術仲間が合流するそうな。その後、総力で襲撃するという話だ」

駒吉は木下の顔をじいっと見おろしていたが、

「ようございます。お行きなさい」

駒吉が大小を木下の膝《ひざ》のそばに転がすと下がりながら、手を振った。するとぱらりと縄が木下の首から解けた。

「木下様、おまえ様のためだ、旅籠には戻らないことだ」

「分かった、これより直《ただ》ちに江戸に向かう」

木下が両腕に刀を掻《か》いこむと尻で後退《あとじさ》りして駒吉からの距離を取り、立ちあがると脱兎《だっと》の如《ごと》く外へと飛び出していった。

四

駒吉が間門屋に戻ったとき、すでに総兵衛とおゆみは夕餉《ゆうげ》を終え、おゆみは二階の部屋に上がっていた。

囲炉裏端《いろりばた》には総兵衛一人がいて、銀煙管《ぎんぎせる》で煙草《たばこ》を吸っていた。

「駒吉さん、えらく遅かったな」

顔見知りの女中が夕餉の膳《ぜん》を運んできた。

「今、味噌汁《みそしる》を温めるでな」

女中が二人の側《そば》から離れると駒吉が、

「差し出がましいとは思いましたが」

と前置きして報告した。

「ほう、さすがに駒吉さんだねえ、やりおるわやりおるわ」

総兵衛が笑みも浮かべずに言い、銀煙管を手の中で弄《もてあそ》び始めた。

こんなとき、総兵衛の機嫌はいたってよかった。

駒吉は安心して、箸《はし》を取った。

「駒吉、そなたら、江戸より尾行をつけてこなかったか」

総兵衛の思わぬ問いに食べていたご飯を喉《のど》に詰まらせ、目を白黒させた。

「そうではないか。おれと美雪が箱根に湯治にきておることは、大番頭さんの他は数人しか知らせておらぬ」

「私と芳次も笠蔵様に御用を命じられたとき初めて、箱根におられることを知りました」

「であろう。となると洞爺斎蝶丸なる小男、おれが箱根から熱海に下ったのを、どうして承知しておったか」

「総兵衛様、芳次と二人、江戸より箱根まで休まずに走り通してきましたが、迂闊《うかつ》でございましたでしょうか」

「そこよ。そなたらの早足の先を行く者がいるとしたら、忍びしかあるまい。四尺ほどの体軀といい、こやつ、そなたらを頼りに熱海まで辿りついたような気がする」

駒吉はもはや飯を食うどころではない、真っ青な顔で茶碗《ちゃわん》も箸も置き、平伏した。

「な、なんとも申し訳ないことでございました」

総兵衛が駒吉の行動に気がつき、

「手代どの、怒っているのではないぞ。それに確証あってのことではないわ」

と言いながら、思い出していた。

箱根の芦ノ湖の夜明け前、総兵衛の神経を逆撫《さかな》でした気配があったことをだ。

そのことを駒吉に告げると、

「忍びをそなたらが連れてきたにせよ、早くからこの総兵衛を監視する目があったにせよ、致し方のないことよ。どう考えても影様の御用と連動しておるわ。奴《やっ》らが周到な準備の末に仕掛けた罠《わな》、たまたま、おれか駒吉に白羽の矢が立ったまでだ」

と飯を食べよと命じた。

それでも駒吉は、

「やつらとはだれにございますか」

「まずは道三河岸かのう」

大老格柳沢吉保の屋敷は千代田城近くの道三河岸にあった。

「やはり、柳沢様にございますか」

「大黒丸の一件には腹を据えかねておられると本庄様からお聞きしたこともある。あのお方が動き始めたと考えれば、すべて符丁も合うわ」

「総兵衛様、美雪様は大丈夫にございましょうか」

と心配した。

「美雪も一角《ひとかど》の女武芸者、なにが起ころうと対処はできよう」

しばし主従は沈黙してそれぞれの考えに落ちた。

「駒吉、ともかく飯を食え」

「はい」

と答えた駒吉が、

「蝶丸なる忍びが江尻宿に先行しておることが気になります」

「鳶沢村のことも承知であろうよ」

「次郎兵衛様の下に走りますか」

駒吉が伺いを立てた。

「たかが忍び一匹、それで潰《つぶ》れるような鳶沢村ではあるまい」

それでも総兵衛は用心のために沼津から江尻宿に出る船に次郎兵衛宛の手紙を書くことにした。

「それにあの娘、都合のよい折りにわれらの前に顔を出したものよ」

総兵衛が呟《つぶや》き、主従二人はおゆみのいる二階の部屋を見あげた。


笠蔵は小僧の恵三《けいぞう》を供にして四軒町の本庄豊後守勝寛邸を訪ねた。

北町奉行所の与力鹿家赤兵衛がふいの取調べに入った翌日の昼下がり、主《あるじ》の本庄勝寛が城下がりした刻限を見計らってのことだ。勝寛は屋敷の書院に落ちついて、奥方の菊《きく》の運んできた茶を喫しようとしていた。

用人の川崎孫兵衛《かわさきまごべえ》に案内されてきた笠蔵を見た勝寛が、

「おや、珍しいな。大黒屋の大番頭どのが直々《じきじき》の訪問とは」

と笑みで迎えた。

「総兵衛どのと内儀どのはまだ江戸に戻ってこぬか」

本庄勝寛には箱根行きが知らされてあった。

「はい、まだ戻ってはおりませぬ」

「何処《いずこ》も新所帯の夫婦は、二人だけの世界に没入されておられるのであろうよ」

「金沢の絵津《えつ》様からも便りはございませぬか」

笠蔵が座りながら聞き返した。

本庄家の長女の絵津は、この春、加賀藩の人持《ひともち》組の前田《まえだ》光太郎《こうたろう》に嫁いでいた。

「若夫婦からはない。ところがじゃ、過日、城中で前田綱紀《つなのり》様からお声がかかった。なんと参勤にて出府なされた前田公から、絵津は金沢の習わしにも気候にも慣れて幸せに暮らしておるゆえ安心せよとのお言葉を賜った」

「なんとまあ、絵津様は百万石の殿様を使いにされましたか」

「いやはや、驚き入って顔も上げられなかったわ」

勝寛が満足げに笑った。

大目付は大名家監察が役職とはいえ、加賀百万石の当主からそのような話題を持ちだされる旗本などまずいまい。

一方で笠蔵は、城中に本庄家と前田家が格別な関係と知れわたることが勝寛にどう影響するかをちらりと危惧《きぐ》した。

菊と孫兵衛と一緒になって四人は、二組の夫婦のことをあれこれと一頻《ひとしき》り話題にした。

頃合をみて、菊と孫兵衛が下がった。

笠蔵の訪問がただの機嫌伺いと思えなかったからだ。

「総兵衛どのの留守になんぞ起こったか」

「綱吉様に京から新しいご側室が下向なされるというのはほんとうの話にございますか」

「もはやそなたらの耳に入ったか。いつもの伝で柳沢吉保様が策動なされているということじゃが、上様はもはやお年だ。褥《しとね》を遠ざけておられるのは万人承知のこと、まさか本気ではあるまいと思うておったのだが……」

含みを残した言葉が途切れ、憂慮の顔になった。

「どうやらほんとのようで」

「なんとのう」

「今ひとつ、気がかりなことがございました。北町奉行所の手がうちに入りましてございます」

笠蔵は昨日の模様を詳細に伝え、

「……与力の鹿家赤兵衛の叔父、鵜《う》飼《かい》参《さん》左《ざ》衛《え》門《もん》様は柳沢家新御番組六百七十石にて新規に召抱えられた者にございました」

と昨日からの探索の結果を付け足した。

「待てよ、この時節、柳沢家でもなければ新規の仕官などあるまいが、鵜飼参左衛門はなんぞ格別な才能の持ち主か」

「甲賀流剣法の達人、その剣技をもって召抱えられたようにございます。出自は甲賀五十三家でも名門の五姓家の一つとか」

「なにっ、忍びか」

「鵜飼様はどうやら一族ともども召抱えられたのではないかと思われます」

「忍びの一族をな。柳沢様がなんぞ新たな蠢動《しゅんどう》をなされ始めたのは確かのようじゃな」

と顔に不安を漂わせた勝寛は、

「笠蔵、柳沢様の大黒屋潰しが新たに始まったと見るべきであろうぞ」

「確かに」

「数日、時を貸してくれ」

と大目付の機能を動かすことを約定した。


夕暮れ、笠蔵が富沢町の店に戻ると店仕舞いをする小僧たちがうきうきしていることに気がついた。

船着場から荷運びの丹五郎《たんごろう》が、

「大番頭様、内儀様が帰ってきたぜ」

と声をかけてきた。丹五郎は一族の者ではない。

「おおっ、美雪様が帰ってこられたか」

笠蔵は慌《あわただ》しく店に入ると、帳場でその日の売り上げを精算する二番番頭の国次の挨拶《あいさつ》をそこそこに受けて、店から主の居宅へ結ぶ渡り廊下を急いだ。

奥座敷では美雪がるりとちよを相手に寛《くつろ》いでいた。

「お帰りなさいませ、美雪様」

大黒屋の大番頭にして、江戸の鳶沢一族の最長老が破顔して座敷にぺたりと座った。

「大番頭さん、長いこと留守を致しまして申し訳ないことにございました。お陰さまで大変楽しい日々を過ごさせていただきました」

そう言う美雪の顔が笠蔵には、どことなくふっくらとして輝いているように思えた。

ちよが頭を下げると、笠蔵のお茶の用意をするために席を立った。

ちよは一族の外の者だ。だが、総兵衛が奥向きの用事を許したように総兵衛と縁を持った事件を通して、大黒屋の主と奉公人が只者《ただもの》ではないことを承知しながらも、そのことを面《おもて》に出さぬ振りをする賢さを持ち合わせていた。

今はるりを助けて、大黒屋の貴重な人材になっていた。

「なによりでございました」

「明日からはしっかりと働かせていただきます」

「なあに、大黒屋の内儀はでーんと構えておられればよいのです。それでこそ一族の要石《かなめいし》になるのです」

と一族の外から総兵衛に嫁いできた美雪に教え諭すように言うと、

「美雪様、やや子がおできになったのではありませぬか」

と年の功でずばり訊《き》いた。

るりが、
はあっ
といった顔で美雪を見た。

「どうやらそのようでございます」

「総兵衛様はご存じでございますか」

頬を赤らめた美雪が頷《うなず》く。

「おめでとうございます、美雪様。一族が待ち望んだ吉報にございます、いよいよもってお体を大事にして下さらねばなりませぬぞ」

ちよが茶を運んできたのをしおに笠蔵が、

「るり様、内儀様に精のつくものなど台所で考えてくだされ」

とるりに言い、ちよと一緒に奥座敷から去らせた。

るりは次郎兵衛の孫娘にして忠太郎の娘だ。だが、鳶沢村でのんびりと育ち過ぎて、一族が負わされた宿命やいつ襲いかかられるかも知れぬ危機感が希薄だった。

過日も影からの連絡に気づくのが遅れるという大失態をしでかしていた。

奥座敷は美雪と笠蔵の二人だけになった。

「総兵衛様は京に上られました」

美雪は駒吉らと箱根ではなく熱海で邂逅《かいこう》したことから、総兵衛の決断などを笠蔵に告げた。

「駒吉だけを連れての京上りですか」

「今ひとり同行者が……」

とおゆみと出会った経緯を話して、

「大番頭さん、おかしなことがございます」

と言いだした。

「富沢町に戻る前に京橋の山城宇治園様に立ち寄り、おゆみさんのことをお知らせいたしました。ところが山城宇治園様にはおゆみなどという娘はおらぬと申されて大変驚かれました」

「な、なんと」

と絶句した笠蔵が、

「おゆみなる女狐《めぎつね》、道三河岸の放った女忍びかもしれませぬぞ」

と言いだした。

「女忍びですか、それで納得いくところもございます」

「総兵衛様はそのことを察しておられますか」

「おそらくは承知の上で同行を許されたのでございましょう」

笠蔵は店で起きた北町奉行所の諸問屋組合再興方与力の急な取調べから本日本庄勝寛に面会したことなどを話した。

「ご新規に採用なされた柳沢様のご家来が甲賀五十三家の血筋でしたか。となると大番頭さんがおっしゃられるように、あのおゆみが女忍びであっても何の不思議もございませぬな」

笠蔵は駒吉と芳次が箱根を回り、熱海に着いた日に総兵衛らがおゆみと出会ったのは偶然かと頭をひねった。

「美雪様、おゆみという娘ら、駒吉らを尾行して総兵衛様の下に辿《たど》りついたのかもしれませぬな。ともあれ、新たな戦いが始まりますぞ」

「精々覚悟して事に当たりますゆえ、お引回しお願い申します」

「美雪様、総兵衛様が留守の間は、美雪様が江戸鳶沢一族の旗頭にございます。先ほども申しあげましたが、奥座敷にどっしりと構えておられればよいことです」

頷いた美雪が、

「明日には、寿松院のお墓参りだけはしとうございます」

「おおっ、よい考えにございます」

浅草元鳥越町の寿松院は江戸の鳶沢一族の菩提寺《ぼだいじ》だ。

代々の鳶沢総兵衛から一族の者まで戦いに倒れた数多くの戦士たちが眠りに就いていた。

美雪は祝言《しゅうげん》の報告がまだであることを気にしていたのだ。

「私もご一緒させてもらいましょう」

笠蔵が応じ、言い添えた。

「美雪様、そなた様のお体は総兵衛様一人のものではありませぬ。一族の頭領の後継の母親となるべきお方です。お身大事にしてくだされよ」

美雪は総兵衛の手紙二通を笠蔵に渡した。

「一通は崇子様にございますな、早々にだれぞに持たせましょうぞ」

と店に戻っていった。

山城宇治園の番頭豆太郎が角樽《つのだる》を小僧に担《かつ》がせ、礼にきたのはすぐ後のことだ。

美雪が知らせてくれたことは全く山城宇治園には関わりのないことだが、そこは上方の商人、この際、富沢町を束ねる大黒屋と付き合いを願おうとやってきたのだ。

「大番頭はん、先ほどはこちらのお内儀《ないぎ》が見えられてご親切にもお知らせいただきましたけど、そうどすが、えろうけったいなことにうちにはおゆみというお嬢様はいませんのや。だれぞが勝手にうちの名を持ちだしたようどすな」

「聞きました。山城宇治園さんもえらい迷惑でしたな」

「それはよろしおす、大番頭はん、これをご縁にお付き合いお願いできますやろか」

豆太郎は如才なく贔屓《ひいき》を願って戻っていった。

「商人はあれでなくてはなりませぬな。うちも山城宇治園の番頭さんの爪《つめ》の垢《あか》でも煎《せん》じて飲ませなければならない輩《やから》がだいぶおりますな」

と笠蔵がじろりと店を見まわした。

この夜、大番頭の笠蔵の許しで大黒屋の夕餉《ゆうげ》の膳《ぜん》には酒がつけられた。まだ酒が飲めない小僧たちには甘いものが供されることになった。

「おい、美雪様がお帰りになられた祝い酒か」

「総兵衛様は戻っておられぬぞ」

通いの者たちが帰り、台所の広い板の間には一族の男と女たちが顔をそろえていたが、ひそひそと言い合った。

笠蔵が自らの席に就き、

「お内儀様が富沢町に戻られた祝いの夕餉です。ですが、今宵《こよい》はそれだけではない」

ざわめきが起こり、静寂が戻った。

「美雪様にご懐妊の兆《きざ》しがあるそうな」

歓声が上がった。

鳶沢一族が待ち望んだ七代目が誕生する、それは一族の永続を意味したからだ。

笠蔵が手で騒ぎを制し、

「これはなんともうれしき知らせじゃ。だが、うかうかしておられぬ兆候もある」

一座が畏《かしこ》まった。

だれもが新たな戦いが始まることを承知していた。

「総兵衛様は御用にて当分富沢町にはお帰りになれぬ。それだけに降りかかる危難には美雪様を中心になんとしても耐えねばならぬ、分かりましたな」

「畏まってございます」

二番番頭の国次が応じて、その場にある一族の者が、

「おおっ」

と声を揃《そろ》えた。

沼津宿を七つ（午前四時頃）立ちした総兵衛、駒吉主従に連れのおゆみは、四里二十四町（約一九キロ）先の吉原宿を昼前に通過して、二里三十町の蒲原《かんばら》宿からさらに一里先の由比《ゆい》まで歩き通した。すでに朝から八里半（約三四キロ）ほどの距離を踏破して八つ半（午後三時頃）過ぎ、そろそろ旅籠《はたご》を探す刻限だった。

だが、総兵衛の足は止まらなかった。

「おゆみさん、大丈夫ですか」

駒吉が総兵衛を気にしながらも娘に訊いた。

「はい、おゆみはなんともございませぬ」

と答えたおゆみの顔は少々うんざりしていた。だが、決して弱音を吐こうとはしなかった。

由比宿の次の宿場は江戸から十七番目の興津《おきつ》宿だ。二つの宿は二里十二町（約九・三キロ）あった。当然、興津には日が落ちての到着となる。

だが、その距離以上に由比と興津の間には東海道の親知らずと呼ばれる薩埵《さった》峠が控えていた。

標高二百九十余尺（九〇メートル）ながら駿河湾に迫って峻険《しゅんけん》なる山道が立ち塞《ふさ》がる。

総兵衛はこの難所を夕暮れ時に越えようというのだ。

峠を前に間《あい》の宿の倉沢にさざえの壺《つぼ》焼きなどを売り物にした茶店があって、幟《のぼり》を下ろそうとしていた。

「まずは喉《のど》を潤《うるお》して峠道にかかろうか」

総兵衛の言葉に駒吉が、

「暖簾《のれん》を下ろす頃合にすみませぬな。長居はいたしませぬから少しばかり休ませてくださいな」

と商人の手代らしく頭を下げて、主には茶碗《ちゃわん》酒を、おゆみと自分には茶と餅《もち》を頼んで縁台に腰を下ろした。

街道を背にして座る総兵衛は冷や酒をくいっと喉に落とし、

「甘露甘露」

と嘆息した。

その背後を菅笠《すげがさ》の四人の侍たちが足早に通り過ぎて峠へと消えていった。

総兵衛は煙草《たばこ》を一服すると、

「おゆみさん、大の男もうんざりする強行軍、ようついて来られますな。総兵衛、感心しております」

と笑いかけた。

「京のじじ様ばば様に是非ともお目にかからねばなりません。総兵衛様方から遅れますと、いつ何時またひどい目に遭うか知れませぬ、必死で従っております」

「薩埵峠は確かに難所ですがな、楽しみもある。峠から見上げる富士の山は、天下の絶景にございますよ」

慌《あわただ》しく店仕舞いをし始めた茶店に茶代を払った三人は、峠道に挑むように登り始めた。

峠から降りてくる旅人の姿も少なくなり、背後に夕焼けの残照に染まった富士山を仰ぐ峠道では、前後に人影もなくなった。

駒吉が肩の荷を一揺すりして、布で包んだ長細いものを抜き取った。

それを総兵衛が黙って受け取った。さらに二町ばかり峠を登りつめたとき、行く手に四つの人影が待ち受けていた。

先ほど総兵衛たちが茶店で休んだときに追い越していった連中だ。

駒吉が今登ってきた坂道を振り返った。するとそちらにも数町ほど離れた峠道に八、九人の侍たちの姿がちらほら見えた。こちらは急ぐ様子はない。

総兵衛は後方から来る連中の足を考えに入れた。

「駒吉、ようようお出ましですよ」

ざっくりとした小袖《こそで》を着流した腰に総兵衛が布で包んであった三池典太光世《みいけでんたみつよ》を出すと差しこんだ。

駒吉は道中差の柄袋《つかぶくろ》を取り、懐《ふところ》から丸く輪にした縄を出した。

おゆみはそんな主従の様子を、目を丸くして見ていた。だが、なにも言わなかった。

峠の頂付近は峠道の左右に膨らみがあって、旅人たちが一休みする休憩地になっていた。

そこに先行した四人の武芸者たちがいた。

駒吉が足を止めて肩の荷を下ろし、路傍におくと、

「なんとも絶景の地にございますな」

と待ち人たちに会釈《えしゃく》しかけ、富士山を振り見た。

総兵衛は熱海でも見かけなかった面々が含まれているようだと風体を確かめた。

よれよれの野袴《のばかま》の裾《すそ》は、街道を稼ぎ場に生きてきたことを示して解《ほつ》れていた。

だが、足拵《あしごしら》えは木綿足袋《たび》に武者草鞋《わらじ》を履いて動きやすい態勢を整えていた。

荒仕事には馴《な》れた連中ということだ。

「先を急ぎます旅にございます。ちと道を空けてもらえますかな」

「大黒屋総兵衛とはその方か」

「さようにございます」

「ただの商人《あきんど》ではなさそうだな」

「どなた様にございますかな」

「無敵流猪谷又七郎《いがやまたしちろう》」

頭分が名乗り、抜刀した。

中段にとった構えは修羅場を掻《か》い潜《くぐ》って生きてきたことを示して、攻防どちらにも対応できる隙《すき》のないものだった。

三人の仲間も抜き連れた。頭分の力を信じているのだろう、さほどの緊迫は見えなかった。

総兵衛はそのことを見極めて、機先を制することにした。

駒吉の縄が回り始めて、三人の動きを牽制《けんせい》した。

総兵衛は後方から走り来る松井十郎兵衛らとの間合いを再び確かめ、

「猪谷様、勝負にございます」

と振り返りながら、
すすすっ
と猪谷らとの間合いを詰めた。

それは能楽師が摺《す》り足で無限の時を刻むのにも似て、ゆるやかな動きに見えた。

又七郎は迂闊《うかつ》にもその挙動に見入った。

「おおっ！」

猪谷又七郎が我に返ったとき、緩やかな動きの総兵衛が間合いの中に入りこみ、剣の柄にかけた手を優美にも翻《ひるがえ》していた。

「おのれ！」

又七郎は迎撃に走った。

中段の剣を正面から接近してくる総兵衛の喉元に合わせて伸ばし、突きを見舞った。

総兵衛が考えた以上の剣技の持ち主だった。手心など加える余裕は総兵衛にもなかった。

総兵衛の典太光世が優美にも又七郎の胴を抜き、又七郎の切っ先が総兵衛の喉首を襲った。

おゆみの目には総兵衛が相手の剣の切っ先に飛びこんでいったように映った。

「ああっ！」

思わず声を上げていた。

だが、驚くのはまだ早かった。

総兵衛の緩やかな動きが又七郎の迅速の攻撃を制して、胴を深々と斬撃《ざんげき》していた。

どさり
突進してきた又七郎の体が虚空《こくう》に浮き、総兵衛がゆっくりと舞い抜けた。

と峠道に又七郎の体が叩《たた》きつけられ、激しい痙攣《けいれん》を見せたとき、総兵衛ら三人は峠道を下っていた。

又七郎の仲間三人の剣客らは、ただ呆然《ぼうぜん》として松井十郎兵衛らを迎えることになった。

十郎兵衛が剣を持ったまま棒立ちになった三人を叱咤《しった》しようとした。が、又七郎の断末魔の苦悶《くもん》に十郎兵衛もまた立ち竦んだ。

猪谷又七郎は関根弥次郎義虎が祖の無敵流達人だった。

場数を踏んだ手練《てだ》れを一撃で屠《ほふ》った総兵衛に恐怖と憤《ふん》怒《ぬ》を感じながらもその

場を動けないでいた。

十郎兵衛が言葉を発したのは、総兵衛らの姿が夕闇《ゆうやみ》に溶けこむように消えたあとのことだ。

「おのれ、大黒屋総兵衛め、なにがなんでもあやつを撃ち果たすぞ」

薩埵峠に憎しみだけが重く濃く漂い残っていた。

第二章　勾引《かどわかし》

一

浅草元鳥越町の寿松院の墓地に読経《どきょう》の声が響いた。

大黒屋の先祖代々の墓の前だ。

瞑想《めいそう》する美雪は、読経を聞きながら鳶沢《とびさわ》一族の六代目頭領総兵衛勝頼の妻女になったことを報告して許しを願った。

その後、庫裏《くり》で茶を馳走《ちそう》になった美雪と笠蔵は、小僧の恵三だけを引き連れて山門を出た。

初夏の江戸の寺前に吹き渡る風はあくまでさわやかであった。

そんな夕暮れの中を盤台の音をさせながら家路に戻る棒手振《ぼてふ》りの足取りも弾んでいた。初鰹《はつがつお》を売り歩いた魚屋であろうか。

寿松院を囲むように門前町と町家《まちや》が広がり、東には江戸の豪商に名を連ねる札差たちが住む蔵前が、そして、新堀川沿いに北に向かえば東本願寺などの寺町が広がっていた。

「美雪様、今宵は笠蔵にお付き合い願えましょうかな」

笠蔵が美雪に笑いかけた。

「大番頭さん、どこかご案内していただけますので」

「駒形堂《こまがたどう》の近くに美味《おい》しい魚を食べさせる小料理屋がございます。むろん総兵衛様もご存じの料理茶屋にございましてな。板前が毎朝、魚河岸《うおがし》に通って魚を吟味いたしますで、まずは味に間違いはございません」

「それは楽しみな」

笠蔵は店を出るときから美雪を案内するところがある、帰りは舟で入堀まで戻るからと国次らに言い残してきていた。

御蔵前通りに出た三人はゆっくりとそぞろ歩いた。

「大黒丸はどこらあたりまで南下しておりましょうかな」

「琉球《りゅうきゅう》の信之助様をお乗せして、兄弟一緒にルソンあたりを航海していましょうか」

美雪も笠蔵も明神丸に乗船して、大黒丸の船出を観音崎の沖合いまで見送った。

二人の脳裏には夜明けの風を満帆に受けた六つの主帆の優美な膨らみが、浪《なみ》を切り裂く舳先《へさき》の逞《たくま》しさが残っていた。

大黒丸が観音崎に戻ってくるとき、もたらすのは異国の物産ばかりではない。はるかに進んだ科学や医学の力が江戸に新たな恩恵を与えてくれるのだ。

そのことを大黒丸に乗り組む忠太郎らも見送りの総兵衛らも考えていた。

「ともあれ無事に戻られることをお祈りするしか美雪がすることはございませんね」

笠蔵が頷《うなず》いたとき、料理茶屋の花筏《はないかだ》の門前に到着していた。

茶屋は裏手に隅田川を望む立地で門前は小体《こてい》な佇《たたず》まいを見せる二階家であった。

白木の門から玄関先へ続く敷石には水が打たれて、その両側には按排《あんばい》よく庭石が配されて、鮮黄色の連翹《れんぎょう》と紅色の海棠《かいどう》が植えられ、明かりがほのかに季節の花を浮かびあがらせていた。

美雪は幻想的な入り口に思わず見惚《みと》れた。

「ささっ、こちらへ」

笠蔵が主《あるじ》を奥へと誘《いざな》った。

「お久し振りにございました、大黒屋の大番頭さん」

玄関先で出迎えた女将《おかみ》に笠蔵が、

「本日は大黒屋の内儀をお連れしました。女将さん、美味しい料理をたんとご馳走して下さいな」

「総兵衛様のお内儀様にはお初にお目にかかります」

女将の顔に大黒屋総兵衛は独り者ではなかったかという表情が浮かんだ。

「女将、先ごろ祝言《しゅうげん》を挙げられたばかりの美雪様にございます」

「さすがに富沢町の大黒屋様のお内儀だけあって、女の私が見ても惚《ほ》れ惚《ぼ》れするほどお美しい方にございます。それにお肌が肌理《きめ》細かくて、艶々《つやつや》しておられます」

美雪と笠蔵を二階の座敷に通した女将は改めて美雪に婚礼の祝いを述べて、

「格別に板前に腕を振るうように申しつけます。ごゆっくりとお過ごし下さいませ」

と如才がなかった。

障子が開け放たれた花筏の二階からは暮色になずむ隅田川の流れが見えて、終《しま》い舟か、竹町ノ渡しがゆっくりと本所側に進んでいくのが見えた。

「なんとも気持ちのよい宵でございますね」

川風が美雪の頰を撫《な》でた。

「気に入っていただけましたかな、料理がまた美味しゅうございます」

鎌倉から陸路運ばれてきた旬の初鰹のお造りやら筍《たけのこ》の木の芽和《あ》えなどを大黒屋の内儀になったばかりの美雪と老練な大番頭の笠蔵の二人は、存分に賞味し、わずかばかりの酒に陶然となって、花筏を出たのが五つ（午後八時頃）前のことだ。

小僧の恵三も連れが控える玄関脇《わき》の部屋で夕餉《ゆうげ》を馳走になっていた。

「大番頭さん、お申し付け通りに駒形堂の河岸に猪牙舟《ちょきぶね》を用意してございます」

「ご苦労でしたな」

門前まで女将や仲居たちが出て、

「またのお越しをお待ちしています」

「気をつけてお帰りください」

と見送ってくれた。

花筏の裏手はすぐに隅田川だ。だが、船着場にはいったん御蔵前通りに出て、駒形堂へと回りこむことになる。

「大番頭さん、よいところを教えていただきました。総兵衛様がお帰りになったらお話し申しあげます」

「ご無事で戻られたら、総兵衛様をお誘いして参りましょうかな」

御蔵前通りから駒形堂の境内に入ると急に人の気配が消えた。

提灯《ちょうちん》を下げて先を歩く恵三に美雪が声をかけたのはそのときだ。

「恵三さん、私の脇へ」

小僧は何事かと足を止めた。

すると闇《やみ》から数人の男たちが姿を現わした。

立ち竦《すく》む恵三の提灯の明かりに照らされたのは、縞《しま》模様の単《ひとえ》を着流しにした連中で、顔には黒手拭《てぬぐい》で盗人被《かぶ》りをして片手を懐《ふところ》に突っこんでいた。

「恵三さん、お下がりなさい」

美雪の命が再び飛んだ。

大黒屋の内儀になった今、美雪はなんの得物も身につけていなかった。だが、そこは女武芸者、素手であっても遊び人風《ふ》情《ぜい》に劣る美雪ではない。

「どなたかな」

笠蔵が男たちを見まわして訊《き》いた。

男たちは沈黙を守ったままだ。

「美雪様、ただの物盗《と》りとも思えませぬな」

笠蔵が囁《ささや》き、美雪が頷いた。

沈黙のままに輪が縮まった。

「こら、こちらにおられるのは、富沢町の大黒屋のお内儀と大番頭さんですよ。

無法をするとこの恵三が許しませんよ」

小僧の恵三が叫んでいた。さすがに鳶沢一族の血筋、ただの小僧ではない。だが、なにせ相手は身軽な格好に大勢だ。

「おまえ様方、どうもただの遊び人が小遣いほしさに現われたのではないようだな。ほれ、頬被りの顔の下から甲賀の匂《にお》いが漂ってきますよ」

動きだそうとした端《はな》に笠蔵が言葉を投げた。すると相手の動きが一瞬止まった。

「図星ですか」

笠蔵が納得するように呟《つぶや》き、男たちが懐の手を抜いた。

匕首《あいくち》ではなかった。

両刃の短刀で十字の鍔《つば》まで付いていた。

「変わった得物をお持ちだねえ」

さらに輪が縮まった。

美雪は、最初に突っこんでくる男が誰か、見まわした。左手の男がそれと狙《ねら》いをつけた。

だが、動いたのは右手の男だった。同時に正面の男も突っこんできた。

美雪は左手に飛んだ。

機先を制せられた相手が一瞬怯《ひる》んだ。

突きだしかけた両刃の短刀を持つ手首を美雪の手が下から宛《あて》がい、身を捻《ひね》るとともに無音の気合いを発していた。

男が虚空《こくう》に浮いて、背中から落ちた。

美雪の手に短刀が残されて、逆手に持たれた。

頭分の口から口笛が短く吹かれて、攻撃の態勢が手直しされた。

さらに一段と険しい殺気が駒形堂を支配した。

「美雪様、お体に障《さわ》ります。ここはこの年寄りにお任せくだされ」

笠蔵がのんびりとした声で言った。

いくら鳶沢一族といっても初老の大番頭が武勇の士とは美雪も聞いていない。訝《いぶか》しく思う美雪をよそに平然としたものだ。

「おまえ様方、背後の備えは大丈夫ですかな」

笠蔵の言葉を無視した男たちが再び殺気を漲《みなぎ》らせて、回転を始めた。

蟹《かに》の横走りは一瞬のうちに流れる速さになって、刃物がきらきらと輝いた。

そして、回転する輪が縮み、さらに広がって不思議な間合いをとった。

美雪は、両刃の短刀を胸前に構えて、回転する輪のどこを斬《き》り破るか、頭の中で目まぐるしく考えた。

殺気が限界に達して、輪が一気に縮まろうとしたその瞬間、弓弦《ゆづる》の音が響いて、短矢が飛来した。

矢は本来、竹四節を基本の長さとする。だが、飛来したのは三節の征矢《そや》で、目まぐるしく回転する男たちの背に次々に突き立った。

襲撃の輪の回転がふいに止《や》んだ。

頭分が輪から後方に飛んで振りむいた。すると小太刀を腰に差し落とした大黒屋の三番番頭、風神の又三郎がゆらりと姿を見せた。

「おまえさん方、富沢町を甞《な》めてはおられぬか。そなたらの頭領にな、このことくと伝えるがよい」

笠蔵が宣告した。

さらに闇が揺れて、大薙刀《なぎなた》を小脇に搔《か》いこんだ大力の作次郎とその配下の者たち、文五郎《ぶんごろう》らが短弓に征矢を番《つが》えて姿を見せた。

大黒屋の荷運びを担当する文五郎らは、鳶沢一族の御番組衆、戦闘集団だ。

襲撃者たちは乱れた輪の中心と外を鳶沢一族の手によって挟み撃ちされていた。

これで態勢が逆転したことになる。

「ほれな、先ほど私が注意いたしましたぞ。今宵は互いに挨拶《あいさつ》代わり、怪我《けが》人を連れて引き上げなされ」

笠蔵の言葉に無言のままの頭分の手が振られ、負傷者を抱えた襲撃者たちが姿を消した。そして、その背後を大黒屋の担《かつ》ぎ商いにして探索係りのおてつと秀三《ひでぞう》親子らが尾行していった。

「なんとまあ、大番頭様方は、美雪を餌《えさ》にあの方々を誘《おび》きだされましたか」

「総兵衛様の留守の間になにかが起こっては一大事です。なにはともあれ、相手の正体くらい承知しておりませぬとな」

笠蔵が平然と言い、

「美雪様、今後はお体に差し障ることはなりませぬぞ」

と釘《くぎ》をさした。

「お内儀様、大番頭さん、ささっ、人に見つからないうちに舟にお乗りくださいな」

作次郎が美雪と笠蔵の先に立って駒形堂の船着場へと案内していった。

美雪を守って大黒屋の面々が入堀に舟を着けたのは、五つ半（午後九時頃）前のことだった。

大戸が締められた大黒屋の通用口が開かれていて、小僧の恵三が、

「お内儀様のお帰りです」

と店の中に呼びかけた。

美雪と笠蔵が店に入り、異変に気づかされた。

帳場には険しい顔の二番番頭の国次や四番番頭の磯松《いそまつ》らがいて、ちよから何事か聞き取っていた。

「どうしなさった」

笠蔵が国次に訊いた。

「未《いま》だるり様がお戻りではありませぬ」

「なんですって、どちらに出かけられたのです」

「夕暮れ時、るり様は二丁町の小間物屋の平安堂さんが売り出された化粧水、花の朝露を買い求めに行かれましたんで」

二丁町は芝居町のことで中村座など官許の芝居小屋があった。富沢町からさほど遠くない。

「一人で出かけられましたのかな」

「ちよが私が参りますというのを気晴らしですからと断って、お一人で出かけられましたので」

笠蔵が舌打ちした。

るりは、鳶沢村の長老次郎兵衛の孫娘であり、大黒丸の長《おさ》として異国に向かった忠太郎の娘だった。

奥向きの女中のおきぬに代わって富沢町に奉公に上がってきたのだが、まだまだ気配りが足りなかった。

過日も影からの合図を聞き逃すという大失態をしでかしたばかりで、笠蔵からきつく叱責《しっせき》されていた。

だが、若いるりは鷹揚《おうよう》といえば鷹揚、鳶沢一族に課せられた使命感が未だ芽生えていなかった。鳶沢村から江戸に出てきて、諸々《もろもろ》の刺激がうれしくてしょうがないのだ。

このところ主夫婦が留守をしていたこともあって、るりは、ちょこちょこと一人歩きを楽しんでいた。

「平安堂には問い合わされましたな」

「はい。あまりにお戻りが遅いとちよに知らされ、稲平《いなへい》とちよを走らせましてございます。確かに暮れ六つ時分にるり様が見えられ、花の朝露を買い求められてお帰りになったという答えにございましたそうな。そこで手分けして二丁町から富沢町を探しに歩かせておりますが未だに……」

「およそのことは飲みこみました」

ちよが美雪と笠蔵の前に這《は》い蹲《つくば》った。

「迂闊《うかつ》にございました」

ちよは自らが買い物に行くべきでしたと謝っていた。同時に国次が、

「内儀様、大番頭さん、私らも店の仕舞い時分とはいえ、るり様が出ていかれるのを見ながら気をつけてと一声をかけただけでございました。ちよだけの責任ではありません」

と頭を下げた。

「ちよ、国次、事情は飲みこんでおります。そなた方が止めても、るり様は出かけられたでしょうからな」

さて、という顔で笠蔵が美雪を見た。

「心当たりはすべて問い合わされたのですね」

美雪が念を押した。

「るり様の知り合いと申せば、江川屋の崇子様くらいでございます。むろん問い合わせましたが、お出《い》ではないという答えにございました」

通用口からるりを探しに出ていた手代や小僧たちが次々に戻ってきて、だれもが顔を横に振った。

二丁町から富沢町まではせいぜい数町だ。道を変えたところで三通りとない。だれの顔も探しあぐねたという表情だ。

最後に通用口を潜《くぐ》って戻ってきたのは、筆頭手代の稲平だ。

「稲平、なんぞ分かりましたかな」

笠蔵が手代の顔を敏感に読んで訊いた。

稲平が美雪に会釈《えしゃく》をすると、

「無駄とは思いましたが、思案橋の船宿幾《いく》とせに立ち寄りましてございます。すると船頭の勝五郎《かつごろう》さんがるり様らしい娘を見かけたと申されましたので……」

船宿幾とせは、総兵衛が所帯を持とうと心に決めていた千鶴《ちづる》の実家だ。だが、その千鶴は鳶沢一族に敵対する者たちの手で惨殺《ざんさつ》されていた。

稲平が芝居町からさほど遠くもない思案橋の船宿を思い出したのは、るりも承知のところだったからだ。

老船頭の勝五郎は客を送って戻ってきたところで、猪牙舟《ちょきぶね》を船着場に着けようとしていた。

「勝五郎さん」

「おおっ、大黒屋の稲平さんか。総兵衛様と美雪様は元気かねえ」

「総兵衛様は御用で江戸の外だよ。美雪様はお元気だ」

と答えた稲平がるりのことを訊いた。

「なにっ、るり様だと、おきぬ様の後釜《あとがま》だな。待てよ、ひょっとしたら、おれが客を送っていくときに小網町の河岸《かし》で見かけたかもしれねえな。もっとも夕暮れ時分でよ、こちとら、目もだいぶ耄碌《もうろく》していらあ。はっきりとはいえねえぜ」

「一人だったかねえ」

「いや、女と二人連れだ」

「そりゃあ、違います。るり様は一人です」

「そうかい、確かな話じゃねえからな」

と答えた勝五郎が、

「そう言えばあの娘、平安堂の鯉《こい》の吹流しを手にしていたな」

「なんですって、平安堂さんがそんなものを」

「おおっ、化粧水を買った客にさ、籤引《くじ》きで吹流しをくれるのさ。うちの孫娘があたったからよく承知だ」

稲平はその足で平安堂に回った。

「……内儀様、大番頭さん、るり様も籤に当たられ、竹棒に下げられた鯉の吹流しを持って帰られたという話でございました」

一座に緊張が走った。

「稲平、勝五郎さんはその後、吹流しの娘がどうしたか、見てはいなかったのかね」

「大番頭さん、今一度、幾とせに戻りましてございます」

稲平は抜かりがなかった。

「勝五郎さんが鎧《よろい》ノ渡しに向かいながら振りむくと、女二人は河岸から船着場に降りていくようだったそうで。そこには見かけない屋根船が止められてあったという答えでした」

笠蔵は美雪を見た。

「どうやらるり様は勾引《かどわか》されたようですね」

美雪の言葉に笠蔵が頷《うなず》き、

「美雪様、お知恵を拝借願えますか」

と願って、奥座敷に番頭の国次ら江戸に残った幹部を召集した。

奥座敷の主《あるじ》の席には総兵衛に代わって美雪が座り、大番頭の笠蔵、二番番頭の国次、三番番頭の又三郎、荷運び頭の作次郎、この夜の功労者の稲平が呼ばれていた。

そこへ美雪らを襲った一味を尾行していた大黒屋の担ぎ商いのおてつが戻ったという知らせに、おてつもその場に呼ばれた。

「おてつ、奴《やつ》らの隠れ家《が》を突きとめましたかな」

「はい。突きとめましてございます。美雪様に反撃されて動揺をしていたらしく、怪我人を不用意にも舟に乗せたために秀三が猪牙舟にて尾行してのけました」

「ようやった」

秀三とはおてつの倅《せがれ》でこの親子は組んで仕事をすることが多い。

「舟は大川を横切り、源森川《げんもりがわ》の中之郷瓦町《かわらまち》で止まりまして、近くの天祥寺という寺に怪我人を運びこみましてございます。寺がやつらのねぐらかと思います」

ようやってくれましたなと笠蔵が今一度褒めると、

「おてつ、聞いたかもしれぬが、るり様が勾引されました。ひょっとしたら、そやつらのねぐらに運びこまれたかも知れませぬ」

「秀三が見張っております」

と倅を残したことを老練な女探索方は告げた。

「国次、作次郎、そなたらが長になって天祥寺に走れ。まずはるり様が連れこまれたかどうかを確かめることが第一だ」

はっ、と二人の幹部が畏《かしこ》まってすぐに手配りを始めた。

二

薩埵《さった》峠から興津《おきつ》までは一里に満たない。さらに興津から清見寺《せいけんじ》を経由して次の江尻《えじり》宿に向かう。

江戸から十七番目の興津宿から十八番目の江尻宿の間はわずか一里二町だ。

総兵衛ら三人は、夜明け前に清見寺の山門を潜った。

「一足お先に」

と言い残した駒吉が庫裏《くり》に走っていった。

東海道筋にはどこの宿場も大黒屋が馴染《なじ》みにする旅籠《はたご》があった。

江尻宿は清水湊《しみずみなと》の宿場町、鳶沢村にも近い。この宿場の久能屋《くのうや》は鳶沢一族の定宿というよりも親戚《しんせき》筋みたいな間柄だ。そこで総兵衛は江尻の久能屋を避けて、山裾《やますそ》にある清見寺に入った。

清見寺は天武天皇の時代に創建された駿河《するが》屈指の古刹《こさつ》である。

元々は、東海道の清見《きよみ》関を守護するために建てられたと伝えられ、臨済宗の寺として、京都五山の名僧たちが住職を務めた。ゆえに駿河における学問、仏教の府として確固とした地位を築いてきた。

鳶沢村の鳶沢一族とは初代の総兵衛以来、九十年来の付き合いである。さすがに臨済禅の寺、夜明け前から修行に入り、寺中はすでに起きていた。

総兵衛が庫裏に入ると囲炉裏《いろり》端に分家の長老、次郎兵衛が待ちうけていた。

総兵衛が沼津から船に託した手紙を読んでの行動だ。

「総兵衛様、ご苦労に存じます」

駒吉が用意した濯《すす》ぎ水で足を洗った総兵衛とおゆみは、囲炉裏端に上がり込んだ。

「おゆみさん、夜を徹しての旅、疲れたでしょうな」

駒吉が言いかけながら、

「今日一日は、この寺に泊らせてもらいます。ささっ、おゆみさんも体をゆっくり休めてくださいな」

駒吉は次郎兵衛が予約していた宿坊におゆみを案内していった。

用意していた大徳利を引き寄せた次郎兵衛が総兵衛の茶碗《ちゃわん》に般若湯《はんにゃとう》を注《つ》ぎながら、

「あの娘が此度《こたび》の敵方の一人にございますかな」

と笑いかけた。

「未《いま》だ、確証はない。だが、女狐《めぎつね》なれば、そのうちに尻尾《しっぽ》を出そう」

「総兵衛様、手紙を貰《もら》い、江尻宿の清水屋を調べましたが、すでに洞爺斎蝶丸《とうやさいちょうまる》なる甲賀者は旅籠を出立した後でございました」

「松井十郎兵衛らを待つことなく発《た》ったか」

「一足違いにございました。清水屋の話では、手紙を残さずに急に出立したということでございます」

「蝶丸の配下が松井十郎兵衛の一行を見張っているようじゃな」

「なるほど」

「蝶丸なる忍び、清水屋の番頭どもはどうみたか」

「旅芸人と称し、仲間と待ち合わせのために清水屋に長逗留《とうりゅう》するといったようです」

街道の旅籠は格別な理由がないかぎり、一夜限りの滞在が許されているだけだ。それを仲間との待ち合わせを理由に滞在していたという。

「その風姿と申せば身の丈四尺三寸にして、腰に背丈と同じくらいの剣を差しこんでおるそうにございます。また両耳大きく、丸い目玉も異様に飛びだしておる異相にございますそうな」

「忍びにしてはえらく目立つ風体じゃな」

「それゆえ大道芸人と称しておるのでございましょう。朝餉《あさげ》と夕餉に二度ほど鶏のささ身と生卵を食し、ときに鶏の生き血を啜《すす》るそうにございます。宿の女中などは気味悪がって早々に出ていったことを喜んでおるようです」

「何日ほど清水屋に投宿しておったな」

「都合三日と申します」

「なにをしておったか」

「締め切った部屋に座りこみ、部屋からはしゃっしゃっという物音が響いていたそうです。が、だれにも覗《のぞ》かせないので、なにをやっていたかわかりませぬ。大方、長剣を抜き打つ稽古《けいこ》でもしていたかと推測しておりますがな」

次郎兵衛が言うと顔を曇らせた。

「蝶丸が清水屋を発つ前夜のこと、久能山東照宮に奇妙な気配が漂いましてございます」

元和《げんな》二年（一六一六）四月、家康が駿府《すんぷ》城で亡《な》くなった日の夜、亡骸《なきがら》は遺言通りに久能山に移された。

東海道の要衝にあって西国を睨《にら》む久能山に徳川家康の亡骸が運ばれたとき、鳶沢一族は、影の護衛に就いた。

久能山北側に鳶沢村があるのはそのせいだ。

死後、家康は朝廷より東照大権現《とうしょうだいごんげん》の神名を戴《いただ》き、亡骸が最初に埋葬された地は、久能山東照宮と呼ばれることになった。

二代将軍位に就いた秀忠は、一年七ヶ月の歳月を要して権現造り総漆塗りの本殿を始め、拝殿などを建造した。しかしながら家康の遺骸《いがい》がこの地にあったのはわずか一年余、日光東照宮に移されたのである。

だが、鳶沢一族は家康の遺命に従い、久能山の霊廟《れいびょう》を守り、その裏手を拝領地として生きてきたのだ。

一族は徳川家の聖地というべき久能山の影の衛士《えじ》を任じるとともに家康が心配した西国大名の動静に気を配ってきたのだ。

その霊地に奇妙な気配が漂ったという。

「まず犬どもが吠《ほ》え叫びまして、一族の者たちに山を囲ませました。ですが、なんら不思議なところはございませせなんだ」

次郎兵衛がなんとも腹立たしい顔で懐《ふところ》から一枚の紙を取り出し、総兵衛に差し出した。そこには、

甲賀鵜飼衆時雨《しぐれ》一族洞爺斎蝶丸推参

とあった。

「これが神殿の扉に貼《は》りつけてございました。蝶丸め、確かに久能山に忍びこみ、我らの行動をあざ笑うかのようにどこからか逃げ失《う》せ、姿を消したのでございますよ」

「鳶沢一族の手の者の裏を掻《か》きおったか」

「真《まこと》に腹の立つことで」

「次郎兵衛どの、鳶沢一族を虚仮《こけ》にした恨み、そのうちに分からせてくれようぞ」

総兵衛が吐きだした。

そもそも甲賀鵜飼衆時雨一族とは何か？

信濃《しなの》の国司諏訪《すわ》左衛門源重頼の三男望月三郎兼家は天慶《てんぎょう》年間（九三八〜九四七）、平将門《まさかど》の乱に軍功あって近江《おうみ》甲賀郡司となった。その折り、甲賀近江守《おうみのかみ》兼家と姓を改めた。さらにその子の家近も文武に優れていた。

その頃、甲賀王滝荘竜巻というところに一人の法師が住んでいて幻術に長じていた。

近江守家近はこの法師から術を習い、甲賀流の起源となったのである。

代は下り、近江一族から望月、鵜飼、内貴《ないき》、芥川、甲賀の五姓家が生じ、宝徳年間（一四四九〜五二）には佐々木氏の先鋒《せんぽう》として足利義尚《よしひさ》の軍勢を破ったこともあった。

これら五姓家に南北朝の敗残兵が入り込んで、甲賀五十三家が出来上がったといわれる。それらのうち、五姓家に上野、伴、長野の三つを合わせて甲賀八天狗《てんぐ》といい、その下の飛竜組、白竜組が優れた術に長じていたというのが総兵衛の知る甲賀一族だ。

だが、時雨一族には総兵衛も心当たりがない。

「次郎兵衛どの、時雨一族に覚えがあるか」

「それがとんとございませんので」

鳶沢一族の長老も頭を捻《ひね》った。

駒吉が一人囲炉裏端に戻ってきた。

「休んだか」

「はい」

「あの娘、十五というがなかなかどうして肝が据わっておるな」

「なによりあの健脚振りには驚かされます。総兵衛様や私と競って平然としております」

「大店《おおだな》の娘が徹夜して薩埵峠越えなどできるものか」

総兵衛と駒吉の会話を聞いていた次郎兵衛が、

「総兵衛様、どうなさいますな」

と今後の行動を訊いた。

「影様の御用だ、京に上るまでよ」

「駒吉だけで供はよろしゅうございますか。若いのを荷運びに一人ふたり連れていかれますか」

「だれぞおったか」

「亡くなった藤助《とうすけ》の末弟の雄八郎《ゆうはちろう》が十四歳になりました。その他にもそろそろ江戸奉公の年になっておりますのが三、四人おります」

藤助は短期間だが二番番頭を務めた男だ。が、使命を帯びた戦《いくさ》の中で死んでいった。

「藤助の弟なれば、なんとか目をかけてやらねばなるまいな」

「二人ほどお連れくだされ」

「次郎兵衛どのにお任せしようか」

「明日の出立には旅支度でこちらに寄越させます」

「待てよ。清水屋にはだれぞ見張りを残してあるか」

「はい。松井十郎兵衛一行が到着するまではと又兵衛《またべえ》ら老練な者たちを残してございますが」

又兵衛は、鳶沢村の諜者《ちょうじゃ》の一人で、これまでも一族の御用を何度か務めていた。大黒丸の乗組員として琉球に信之助とおきぬを送りとどけたあと、手薄になった鳶沢一族の探索方を案じた総兵衛の命で船を降りていた。

「又兵衛な」

しばし銀煙管《ぎんぎせる》を吹かしながら考えた総兵衛は、

「こうしてくれぬか、次郎兵衛どの」

と分家の叔父ごに言いだした。

翌朝、総兵衛らは清見寺を七つ（午前四時頃）立ちした。

連れは駒吉におゆみの二人だ。

三人はまだ暗い江尻宿を黙々と抜け、東海道を府中へと進む。久能山へ向かうには左手に折れて三保の松原から海へと出なければならなかった。

だが、総兵衛らは東海道本道を進んだ。およそ七百余尺（二一六メートル）の久能山が聳《そび》え、鳶沢村の北側辺りに差しかかったとき、総兵衛と駒吉の足が止まり、

「おゆみさん、ちょいとお待ちを」

というと主従二人で路傍に座して平伏した。そして家康の霊廟を拝し、さらに鳶沢村のご先祖に欠礼の許しを乞《こ》うた。

おゆみは二人の行動を見てもなにも言わなかった。

歩みが再開された。

江尻宿から二里二十五町で大御所の家康が慶長十二年（一六〇七）から元和二年までのおよそ十年間、支配した駿府に辿《たど》り着く。

晩年の居城に駿府を選んだ家康は、氾濫《はんらん》を繰り返す安倍《あべ》川の流れを改善し、町並みを整備して、駿府九十六町の堂々たる城下町を造り上げた。

この時期の府中は、もっとも栄えた時期で、大名諸侯が次々に訪れては家康の教えを乞い、機嫌を伺った。江戸を他所《よそ》に府中が政治と経済の中心であったといえるだろう。

総兵衛らは駿府城の大手門前で城に向かって拝礼するとさらに進んだ。

駿府から次の鞠子《まりこ》宿までは一里十六町である。

安倍川を渡ると昔の宿駅の手越《てごし》だ。

背中の荷を一揺すりした駒吉が、

「総兵衛様、宇津ノ谷《うつのや》峠を越える前に名物のとろろめしを馳走《ちそう》してください」

と言いだした。

慶長六年、手越から鞠子に宿が移され、手越は寂《さび》れていく。とはいえ手越宿も鞠子宿も指呼《しこ》の間《かん》だ。

「腹が空《す》いたか」

「寺の朝餉では山門を出る前に腹の虫が鳴いております」

「仕方ない。おゆみさん、手代さんも申されるで、東海道を通る挨拶《あいさつ》がてら丁《ちょう》子屋《じゃ》に立ち寄っていこうか」

むろん鞠子名物は、

梅若菜　まりこの宿《しゅく》の　とろろ汁

と芭蕉も詠《よ》んだとろろ汁だ。

三人が茅葺《かやぶき》の丁子屋の前に立つと、

「あれ、大黒屋の大旦那《だんな》様ではねえけ、小僧の駒吉さんも一緒によ、どこさいくだね」

と古手の女中が訊いてきた。

「京上りですよ」

駒吉が苦笑いして、

「いつまでも小僧のままにいるものか」

と小さな声で呟《つぶや》いた。

三人は座敷に上がり、総兵衛は、味噌《みそ》仕立てのとろろ汁を食する前に酒を二合ほど飲んだ。

酔いのせいか、総兵衛は手枕《てまくら》でごろりと一刻《とき》（二時間）ばかり昼寝をした。

「おゆみさん、すみませぬな。旦那様が目を覚まされるまでお付き合いくださいな」

と駒吉が謝った。

「のんびり休めるのは助かります」

おゆみは丁子屋の外に出ると、街道の風景を眺めて総兵衛が起きるのを待っていた。

そのとき、駒吉はおゆみが遠くに向かってまるで言葉でも発するように口を開け閉めしているのに気がついた。

だが、その奇異な行動の意味はなにかと訊こうともしなかった。

ようやく総兵衛が目覚め、一行は茶畑の間をうねり上る宇津の山に差しかかった。

宇津ノ谷峠は、標高五百六十余尺（約一七〇メートル）の宇津の山に向かう古道で、古来から蔦《つた》の細道として知られていた。さほど高い山ではないが蔦や楓《かえで》に覆《おお》われた道は、野伏《のぶせ》りや夜盗の出没するところとして知られていた。そこで天正十八年（一五九〇）、小田原攻めをした豊臣秀吉がもう一つの東海道を南側に開いた。今でも東海道は南側の道を指す。だが、この日、総兵衛はわざわざ古道の蔦の細道を選んで進んだ。

総兵衛は、おゆみがなにを考えているか、確かめるために寄り道したり、寂《さび》れた旧道を選んだりしていた。いつ正体を現わして、洞爺斎蝶丸と合流するかと考えたが、おゆみは平然としたもので、なかなか尻尾《しっぽ》を見せようとはしなかった。ただ、道中を重ねるうちにおゆみの顔から感情が消え、無口になっていった。

細道半里の中ほどにある峠の頂で主従はまた一休みした。

峠を下り始めた総兵衛は、一転足を早めた。

鞠子から岡部まで二里、岡部から藤枝を経由して島田宿まで四里一町、一気に六里余りを休みなく走破した。

だが、おゆみは音《ね》を上げなかった。

その夜のこと、おゆみが、

「総兵衛様、もし出来ることなら本坂越《ほんざか》えを通りたいのでございますが」

と言いだした。

本坂越えとはもう一つの東海道と呼ばれ、後年には姫街道と呼ばれることになる山沿いの道だ。

天竜川を越えた先から浜名湖を通る海沿いの街道を離れ、三方ヶ原の古戦場から引佐《いなさ》峠、本坂峠を越えて豊川に出る道中だ。

「なんぞ用事か」

「本坂村は、うちの先祖の在所でございます、墓参りをしとうございます」

「それは感心なことよ。こういう機会でもないと本坂越えの街道には足を踏み入れぬな。参ろうか」

と総兵衛は答えながら、

（ようやく本音が出てきたか）

と内心にやりと笑っていた。

三

本所《ほんじょ》の中之郷瓦町にある天祥寺は、さほど寺格の高い寺ではなかった。檀家《だんか》の大半は北割下水《きたわりげすい》の御家人《ごけにん》や本所界隈《かいわい》の町人、それに小梅村の百姓など百余軒で、なんとか寺の経営が成り立ってきた。

それがこのところ金回りがよくなったという。破れかけた塀を修理し、庭木の手入れなどこまめにするようになったという。

笠蔵らは、大黒屋の手の者を天祥寺の内外に配して調べあげた。

その結果、時の大老格の柳沢家に仕官した鵜飼家からかなりの布施《ふせ》が寺側にもたらされていることが判明した。

元々鵜飼家と天祥寺のつながりは深い。

鵜飼家は、本所新町に屋敷を構える御家人だが、長年の無役で貧乏暮らしが続いていた。それが柳沢家に近頃出入りするようになった表高家《おもてこうけ》の品川氏郷《しながわうじさと》の仲介で柳沢家の用人と知り合いになった。

柳沢家では鵜飼が甲賀五姓家の家柄の当代と知り、贔屓《ひいき》にするようになった。そして、ついには御家人の株を他人に譲って致仕《ちし》し、参左衛門が改めて柳沢家新御番組六百七十石に仕官した。そして、今では吉保の影の護衛役を任じるほどの信頼を得たという。

そのことを知りえた笠蔵は、美雪と相談して天祥寺を取り巻くように見張り所を設けさせ、源森川には猪牙舟《ちょきぶね》を待機させた。

るりが勾引《かどわか》された夕暮れ、この寺に連れこまれたかどうか、判然としなかった。

美雪も笠蔵もまずるりが寺に連れこまれているかどうか、慎重に確証を摑《つか》もうとしていた。

拙速に走れば、るりの命に関わることだ。

二人はるりを捕らえた敵方の狙《ねら》いが、るりを殺すことではないと推測していた。

殺す目的なれば、るりと接触した時点で殺せばよいことだ。それが女に手引きさせて、船に連れこんでいた。となれば、大黒屋の内部事情を知るために勾引したか、取引の材料にしようとしてのことだと考えられた。

笠蔵ら幹部は、大黒屋の六百二十五坪の敷地内のからくりの数々を未《いま》だるりに教えてなかったことにほっと安堵《あんど》していた。

総兵衛の命で、るりがおきぬの代役を務められるようになるまでじっくりと教育をする、その後に江戸の鳶沢一族の秘密に関わらせる方針であったからだ。

奪還までに多少の時をかけても間に合うと美雪と笠蔵らは踏んでいた。

この夕刻、美雪と笠蔵は屋根船で源森川に入った。

同行するのは、小僧の芳次、助次、恵三らだ。

るりと小僧の芳次らは年頃が同じ、鳶沢村で幼い時から一緒に遊んできた仲だ。助次が笠蔵に、

「るり様の救出の手勢になんとしても私どもを加えてくだされ」

と嘆願してきたと聞き、美雪が許しを与えたのだ。

美雪と笠蔵が直《じか》に出張《でば》るのは、るりが勾引されて二日目の夜になり、るりの辛抱も限界と踏んだからだ。

商家の初々《ういうい》しい内儀の装《よそお》いをした美雪は、小太刀を布に包んで携えていた。

美雪には、古着問屋の内儀の顔の他に隠れ旗本の鳶沢総兵衛勝頼の妻女として総兵衛が留守の間、頭領を務める役が課せられている。

屋根船が中之郷瓦町の橋下に舫《もや》われた猪牙舟に並ぶように止まると又三郎がするりと入りこんできた。反対に小僧ら三人が猪牙舟に乗り移った。

天祥寺の内外は風神の又三郎と大力の作次郎に指揮された鳶沢一族で包囲されていた。

「ご苦労に存じます」

「動きはありますかな」

大番頭が三番番頭に訊《き》いた。

「寺に入った連中は、まるで冬の鯉《こい》のようにじっと池の底で眠りに就いておりまして、手が出せませぬ」

「怪我人《けがにん》の手当てに医師を呼びましたかな」

「いえ、自らが治療している様子で、白布などが外に干されております」

「忍びの者なら怪我の手当てくらいできようからな。ここは焦《あせ》らぬことが肝要です」

「とはいうものの大番頭さん、るり様は幼のうございます。今宵《こよい》あたりに助け出さないことには……」

「美雪様と私が出張ってきました。寺の配置を説明しなされ」

又三郎が懐《ふところ》から檀家の人々から聞き取って描き上げた寺の見取り図を出して広げた。

笠蔵が行灯《あんどん》を引き寄せ、敷地七百七十余坪の寺の見取り図を照らした。

平地に建つ寺は、北を中之郷瓦町の、西を中之郷元町の町家に、東を妙縁寺に、裏手の南を明地《あきち》に囲まれてあった。

又三郎はまず、天祥寺の四周に配置した味方の手勢を説明した。

敷地の中央に本堂が位置し、東に庫裏《くり》と宿坊が設けられ、西北の一角に墓地があった。

又三郎は丹念に雑木林や庭石や泉水の位置までを描いていた。それによれば、緑多い寺のようだ。

「……鵜飼一族が隠れ潜んでいるのは、ここにございます」

と又三郎が指で指した。

「寺の南側に建つ納屋《なや》と蔵の三棟にございます。そこで南側の明地に立つ楠《くすのき》にわれらの手勢を上がらせて三棟を覗《のぞ》かせておりますが、生い茂る竹藪《たけやぶ》に邪魔をされまして、るり様が幽閉されておるかどうか、しかとは申しあげられませぬ」

「寺はこの一件にどの程度関わりがあると思えますか」

美雪が訊いた。

「おそらく鵜飼様に頼まれて納屋と蔵を貸したという程度にございましょう。三度三度の食事や酒は、寺の庫裏が面倒を見ておりますので、小僧に当たれば今少し様子が分かるかと思います」

又三郎は暗に探索の進展を促していた。

「やつらの数は分かりますか」

「食事の膳《ぜん》などから察して、およその数は十七、八人と見当をつけております」

天祥寺を囲む鳶沢一族もほぼ同数配置されていた。

「又三郎、正面の他にやつらが使う出入り口はどこかな」

「西側の中之郷元町に横手門がございまして、寺の小僧たちが使いなどに利用したり、昼間には墓参りの檀家が出入りいたします」

笠蔵が頭を捻《ひね》り、

「押しこむにも今ひとつ確証がございませぬな」

と呻《うめ》いた。

「又三郎さん、御家人であった頃の鵜飼家の屋敷に探りを入れられましたか」

「出入りの酒屋や魚屋に化けて入りこみました。が、るり様がいる様子はございませんので」

「甲賀衆の隠れ家が他にもありましょうな」

「はい。二つ三つは用意されておりましょう。ただわれらが知るのはここだけにございます」

「まずは天祥寺を調べてのことですね」

美雪が答えたとき、作次郎配下の晴太《せいた》が、

「ごめんくださりましょう」

と屋根船に入ってきた。

「内儀様、大番頭様、寺の小僧が使いに出されました」

「一人ですか」

美雪が訊いた。

「一人にございます」

「この際です。思い切って小僧に尋問してみますか」

と又三郎が美雪と笠蔵に願った。

「いつまでも長引かせるわけにはいきませんな、やりますか」

笠蔵が美雪の決断を仰いだ。

美雪が大きく頷《うなず》き、賛意を示すと、

「その役、美雪にお任せくだされ」

「美雪様ご自身がですかな」

「女の方が小僧さんも心を開くやも知れませぬ」

「それはその通りにございますが……」

笠蔵が頭領自身に尋問の役を願うのを迷った。すると又三郎が、

「大番頭さん、お願いいたしましょう。美雪様には陰ながらこの又三郎が警護

の役に就きます」

と覚悟の程を語った。

「よし、お願いいたしましょう」

笠蔵が決断して、るりの奪還作戦が動きだした。


天祥寺の小僧の庸念《ようねん》は夕餉《ゆうげ》を前にして使いに出されたことに不満を抱いていた。食べた先から腹が減る年頃だ。

十三歳の庸念は、

(変な侍たちが寺に入りこんできてから急に忙しくなったよ)

と考えながら、両国東広小路へと急いだ。寺に入りこんだ侍は、まともな格好をした人間など一人もいなかった。それにふわりといなくなり、気配も見せずに戻ってきた。

納屋に横たわる怪我人のために薬種問屋の加賀屋佐輔《かがやさすけ》方に痛み止めの薬を買い求めに行かされるところだ。

両国東広小路に来ると路上にけんどんそば屋の屋台から美味《おい》しそうな匂《にお》いが

漂ってきた。

(腹が減ったな)

職人衆が醬油《しょうゆ》味のうどんを啜《すす》り上げる音が響いてきた。

(薬を買った釣りで食べられるかもしれない)

庸念はごくりと唾《つば》を飲みこんで、加賀屋佐輔方へと走った。

命じられた薬は買ったが釣りどころか、代金が足りなかった。加賀屋の番頭に、

「小僧さん、足りない分は明日持ってくるんだよ」

と念を押される始末だ。

これでは、けんどんそばどころではない。また腹を減らして暗い道を帰るのか、うんざりして重い足を本所に向けた。すると女の声がかかった。

「あら、天祥寺の小僧さんじゃありませんか」

庸念が顔を上げると、大店《おおだな》の内儀さんと見えるきれいな女が小僧を連れて立っていた。

「どちら様でございましたか」

「あら、庸念さんたら、松倉町の飛騨屋《ひだや》を覚えていていただけませんの。嫁の美雪にございますよ」

飛騨屋は本所でも一、二を争う材木問屋で奉公人も多い。だが、庸念は嫁女の顔まで記憶になかった。

(倅《せがれ》が嫁を貰《もら》ったのだっけ)

まあ、どうでもいいことだ。

「あれ、啓太郎《けいたろう》様の内儀様で」

「ようやく思い出したの」

曖昧《あいまい》なままに庸念がぺこりと頭を下げた。

「うちの小僧さんがお腹《なか》を空《す》かしたというんだけど、いくらなんでもけんどんそばの立ち食いはできないでしょう。信濃庵《しなのあん》に立ち寄ろうと思うのだけど、庸念さんも一緒にどうかしら」

美雪に誘われた庸念は、

「使いの最中ですから」

と一度は断った。だが、美雪に、

「おそばを食べるだけのこと、そう遅くはならないわ」

と重ねて誘われて頷いていた。

美雪と庸念、それに大黒屋の小僧の恵三が信濃庵に入り、美雪がお餅《もち》の入った力そばを三つ頼んだ。

その直後、男客が一人で入ってくると、美雪ら三人の席の隣に座り、

「姉さん、冷でいいぜ。酒を茶碗《ちゃわん》でくんな」

と酒代を前払いした。

むろん大黒屋の三番番頭の又三郎だ。

「庸念さん、大変ね。和尚《おしょう》様が愚痴を漏らしていらしたわ。寺に大勢のお侍さんが長逗留《とうりゅう》されているそうね」

庸念は和尚が話したと聞いて、

「そうなんです、今日も痛み止めの薬を買いに行かされたのも、あの人たちのせいなんです」

「あらまあ、怪我人までいるの。和尚様は侍ばかりか女の人までいて、鵜飼様に頼まれた話とだいぶ違うともおっしゃられていたわ」

「そんなことまで和尚様が……」

庸念たちには逗留者のことを口止めした当の和尚が檀家《だんか》でそんなことまで喋《しゃべ》っていたかと思いながら、

「そうなんです。お泉《せん》さんが一緒なんです」

「あら、もっと若い娘さんも滞在と聞いたわよ」

庸念はさすがに返答しなかった。

娘が運び込まれたのは二日前の夜のことだ。

庸念は厠《かわや》に起きたとき、蔵の中にぐったりとした娘を運びこむお泉と黒っぽい格好の男たちを見てしまったのだ。

「内儀様は、どうしてご存じなんですか。和尚様も知らないことですよ」

「庸念さん、和尚様はすべて承知で鵜飼様の御用を務めてらっしゃるのよ」

「娘さんが蔵に閉じこめられて、時に牢問《ろうど》いでもうけるのか、苦痛に堪えておられる様子も承知なんですか」

「もちろんですとも」

そこへ注文のそばが三つ運ばれてきた。

「ささっ、庸念さん、おそばを食べましょうな」

隣客が、

「ごちになったな」

と風のように出ていった。


九つ半（午前一時頃）過ぎ、るりはとろとろした眠りから覚めた。隣ではお泉が眠っていた。

猿轡《さるぐつわ》が苦しかった。それになにか薬でも飲まされたか、頭が割れるほど痛く、重かった。


るりは両手首を縛られた縄目を動かしてみた。だが、甲賀忍びの縄縛りは動かすたびに締めつけられていった。それに全身に殴られた痣《あざ》や傷があって、それが熱を持ってずきずきと痛んだ。

（なんということをしでかしたか）

あの夕暮れ、二丁町の小間物屋の平安堂を出たところでるりは、

「花の朝露を買いに来られたのですか」

るりの抱えた包みに目を止める見知らぬ顔の女を振り見た。

「ご存じございませんでしょうね、幾とせの仲居のお泉でございます」

「幾とせの奉公の方でしたか」

「女将《おかみ》さんが元太郎《げんたろう》坊ちゃんを船に乗せられようとして、るりさんの姿に目を止められましてね」

女将さんとは、大黒屋一家と親しい幾とせのうめだ。

「うめ様が。気がつかないことでした」

「ほれ、あの屋根船に」

と女が小網河岸《こあみがし》に止められた屋根船を指して、

「ぜひ元太郎坊ちゃんの顔を見ていってくださいな」

言葉巧みにるりを船着場の屋根船へと誘いこんだのだ。ところが屋根船の障子を開いた途端、男の腕がるりの襟首を摑《つか》むと中へと引《ひ》き摺《ず》りこみ、一息に意識を失わされていた。そして、気がついたときには土蔵の中に連れこまれていたのだ。

（なんという軽率な行動をしたことか）

るりは後悔に苛《さいな》まれていた。

誘拐された翌日から尋問が始まった。

総兵衛の行き先は。

大黒屋の奉公人のうち、鳶沢一族の者は何人か。

大黒屋の見取り図を描け。

大黒丸の所在はどこか。

知らぬ存ぜぬと抵抗してきたが、もはや限界に近づいていた。

明日には男どもの中に裸で放りだすと脅されていた。

昨夜は煎《せん》じ薬のようなものを強引に飲まされた。その直後、体じゅうが熱くなり、痛みも薄れたような気がしたのだ。

(まさか薬のせいでなにかを喋ってしまったのではないか)

るりの胸をその恐怖が締めつけた。

一族を裏切ることは最悪の恥辱だった。

もはやこの醜態を償うには一つの道しか残されていなかった。だが、手首を縛られ、口に猿轡を嚙《か》まされてはその行動も取れなかった。

そのとき、るりは闇夜《やみよ》に忍び寄る気配を感じた。

お泉が目を覚ました。

るりは眠ったふりをした。


天祥寺の表門のかたわらの塀を乗り越えて、作次郎に指揮された配下の面々が次々に忍びこんだ。すると寺の裏手に寄宿していた甲賀鵜飼衆遠雷組の一隊が迎え撃ってきた。

本堂前の石畳と庭で鳶沢一族の戦闘団と遠雷組がぶつかった。

その直後、南側の明地から風神の又三郎が率いる一団が一気に塀を乗り越え、蔵に迫った。ここでも沈黙のうちに戦いが始まった。

蔵の中に走りこんできた影があった。

甲賀鵜飼衆配下の遠雷組副首領、梅天《ばいてん》の昇竜《しょうりゅう》だ。

「お泉、鳶沢一族が攻め込んできた」

「親父《おやじ》様、とうに承知でございますよ。近頃、寺を遠巻きに奇妙な気配があると思っていたがねえ」

「お泉、娘は最後までそなたの手の内においておけ。始末に困れば、殺すまでよ」

お泉が合点すると寝た振りをしたるりの襟首を摑み、

「ほれ、死んだ真似《まね》は終わりだよ」

と引き起こした。

るりは手首を縛られた体をよろめかせながら、立たされた。

梅天の昇竜が出口に向かいかけ、蔵の入り口に立つ影を認めた。

「おまえは」

「大黒屋総兵衛の妻女、美雪にございます。るりが世話になりましたな」

美雪は小袖《こそで》に襷《たすき》掛けして、小太刀を左手に携えていた。

「妻女とな。飛んで火に入る夏の虫、屍《しかばね》を寺に晒《さら》すことになろう」

昇竜が腰の直刀を抜いた。

両刃の剣を昇竜が振り翳《かざ》すと切っ先が撓《しな》った。

るりを従えたお泉が猿轡を外して、脇差《わきざし》を首に当てた。

「み、美雪様」

るりが泣き声を上げそうになった。

「るり様、かりにも分家鳶沢次郎兵衛様の孫娘、涙など流す場合ではございませぬぞ」

美雪がびしりと叱咤《しった》した。

「軽率な行動、お詫《わ》びのしようもありませぬ」

「総兵衛様がお戻りになられたときにお沙汰《さた》がございましょう。今は……」

「今はどうする気か」

「るりを戴《いただ》いて参ります」

きっぱりと言い切った美雪の眉間《みけん》に昇竜の撓る剣の切っ先が襲いきた。

美雪が鞘《さや》を嵌《は》めたままの小太刀で払った。すると手元にいったん剣を引き寄せた昇竜が片手殴りに剣先を再び伸ばしてきた。

このとき美雪が初めて小太刀の鞘を払い、左手の鞘で伸びてきた剣先に合わせるように絡《から》め、間合いのうちに踏みこんでいた。

ただの古着屋の妻女と侮《あなど》った梅天の昇竜は、慌《あわ》てて飛びさがろうとした。だが、美雪が、

すすっ
と従ってきた。

「親父様！」

お泉が悲鳴を上げた。

その瞬間、二つのことが同時に起こった。

蔵の空気抜き窓が開けられ、三つの頭が現われた。

幼馴染《おさななじみ》のるりを助けんと志願して蔵に忍びこんだ助次、芳次、恵三の小僧たちだ。中でも助次は一番るりと親しい間柄だ。

拷問《ごうもん》を受けて傷だらけのるりが日頃の矜持《きょうじ》も忘れて、震えながらお泉に脇差を突きつけられているのを助次は見た。

その途端、助次は怒りに震えて行動していた。

（おのれ、るり様を……）

助次は、短刀《みじかがたな》を手にお泉目掛けて虚空《こくう》を飛んだ。

お泉は、父の昇竜が美雪の小太刀に腹を深々と抉《えぐ》られるのを見ながら、るりの首筋を敢然と刎《は》ねていた。

「るり様！」

お泉の動きを封じようと虚空にあった助次は、るりが首筋を刎ね斬《き》られたのを慄然《りつぜん》と見た。

「おのれ！」

助次は短刀をお泉に叩《たた》きつけながらぶつかっていった。

助次は自らの命を捨てていた。

るりの悲劇に若い小僧は憤怒《ふんぬ》の情に冷静さを失っていた。

急襲を受けるお泉の行動は巧妙だった。首筋を斬ったるりの身を盾に脇差を飛来する助次の胸に突きだした。

お泉の二の手と助次の短刀が交錯した。

るりの体に邪魔され、虚空から飛びこむ助次の攻撃よりもお泉の突きが勝っていた。

「げええっ！」

助次はお泉の脇差に串刺しにされながらも両腕にお泉を抱えこむように飛びついた。

助次とお泉とるりは絡み合って床に倒れた。

昇竜を倒した美雪が駆け寄り、芳次と恵三が次々に床に飛び降りてきた。

胸を刺し貫かれた助次はそれでも瀕死《ひんし》の体《てい》でお泉に抱きついていた。

「助次さん！」

と言いながら、美雪がばたつくお泉の脇腹を躊躇《ちゅうちょ》なく刺し通した。

そのとき、蔵の中に走りこんできた者がいた。

芳次と恵三がそちらへ向き直り、短刀を構えた。

「作次郎だ」

薙刀《なぎなた》を抱えた大力の作次郎が一目で起こった悲劇を見てとった。

「美雪様、遅うございましたか」

悲痛な声を絞りあげた。

「外の戦《いくさ》は」

「忍びども、ばらばらに外に逃げだしております」

戦いは急襲された甲賀鵜飼衆遠雷組が最初から守勢に立ち、鳶沢一族に押されていた。

笠蔵が走りこんで来た。

「大番頭さん、申し訳ない結果にございます」

呆然《ぼうぜん》と詫びる美雪に笠蔵がただ頷《うなず》いた。

奪還作戦は失敗して、鳶沢一族は二人の命を犠牲者の数に加えることになった。

「美雪様自ら戦いの場に出られたのでございます。われら鳶沢一族には血の犠牲は常につきまとうもの……」

と笠蔵は答えつつも、

(失わなくてもよい若い命を)

と無益な戦いを胸の中で嘆息していた。

四

総兵衛と駒吉主従二人とおゆみは、『図会《ずえ》』に、
〈天竜川──川幅十町許《ばかり》、一ノ瀬、二ノ瀬の二流となる。船渡し也《なり》。水源は信州

諏訪《すは》の湖《うみ》より落《おつ》る。末は海に注ぐ。其所を天竜灘《なだ》といふ……〉

とある天竜川を二ノ瀬渡し賃一人二十四文払って、中の町に上陸した。

この中の町より少し行った安間町のかやんばから総兵衛らは、東海道を離れて本坂越道を進むことになる。

おゆみの希望であったからだ。

『巡覧記』にはこの本坂越道をこう書き記す。

〈かやんば—右本坂越道有。三州御油《ごゆ》の内かもりと云《いふ》所へ出る。是《これ》より十四里〉

とあるように浜名湖の北岸を十四里（約五六キロ）、西の御油からかやんばへは下り道、総兵衛たちは反対にだらだらと登る道を行くことになる。

総兵衛らは安間橋際《ぎわ》の茶店で昼餉《ひるげ》を食して本坂越えにかかった。

本坂越えは東海道が整備される以前からあった古道で東海道ができた今も時に利用する旅人たちがいた。その理由は、
一に厳重な調べの新居の関を避けて気賀の関所を抜けるため
一に新居と舞坂の船渡しを嫌うため

一に浜名の渡しを別名今切《いまぎれ》の渡しと称したがこの名を不吉と嫌ったため
などいろいろあった。

総兵衛と駒吉はおゆみがどんな仕掛けで本坂越えに誘いこんだか、注意を新たにしながら別名姫街道を進んでいく。

初夏の山を新緑が覆《おお》い、所々に黄色の染め模様が混じっていた。

竹邨《たけむら》だ。

竹は初夏に黄色した葉を落として新芽と変わる。そこで初夏の黄色した風景が見られることになるのだ。

この光景を竹の秋ともいう。

「総兵衛様、なんともさわやかでございますな」

駒吉が嘆息するように軽やかな青空が三人の頭上に広がっていた。

「おおっ、よき旅日和《びより》かな」

総兵衛の腰には酒を入れた竹筒がぶら提げられていた。

先ほどの茶店で購《あがな》ってきた竹酒だ。

おゆみは主従の会話を無表情に聞いていた。

「御油に着くのは明日の夕刻にございましょうな」

「まずはそんなところか。今宵は、気賀の関所が越えられれば、よしとせずばなるまいな」

総兵衛はおゆみの顔を窺《うかが》うように見た。

江戸の山城宇治園の娘と称し、京の祖父母に会いにいくと無断で家を出た娘が道中手形の用意もあるまいと思ったからだ。

おゆみは懐《ふところ》に持参しているのか、平然としたものだ。

かやんばから気賀まで四里（約一六キロ）、総兵衛たちは東海道よりも一段と鄙《ひな》びた街道の風景を愛《め》でながら進むと古戦場の三方ヶ原に差しかかった。

東西二里十町余、南北四里弱の台地に茶畑と桑畑が広がっていた。

元亀《げんき》三年（一五七二）師走《しわす》、武田信玄の遠征軍は家康と織田信長の援軍を打ち破り、徳川軍は一千余の死傷者を出して潰走《かいそう》し、家康自身も命からがら浜松城に逃げこんでいた。

総兵衛らは西に傾く日と競争するように足を動かした。

「総兵衛様」

と駒吉が総兵衛に注意を呼びかけたのは、三方ヶ原の只中《ただなか》でだ。

総兵衛が視線を前方に向けるといつの間にか、半町先を奇妙な人物が先行していた。

四尺余りの矮軀《わいく》は雨も降らないのに番傘を広げて差し、一本歯が一尺余はありそうな高足駄を履いてすたすたと歩いていく。

その腰には身の丈と同じ長さの剣が差し落とされていた。

「あやつが洞爺斎蝶丸か」

総兵衛と駒吉が初めて見る甲賀鵜飼衆時雨一族の頭分だ。

「なにを考えてのことか」

蝶丸は総兵衛らの歩みを見ることもなく、ぴたりと半町（約五五メートル）の間合いを保って歩いていくのだ。

総兵衛らが歩みを緩めると蝶丸の高足駄の動きも緩やかなものとなり、総兵衛らが試みに走りだすと一本足駄が機敏に動いて、半町の距離を保った。

「あやつにちょっかいを出してみまするか」

若い駒吉がいきり立った。

「まあ、よい。あやつがなにを考えてのことか、手並みを見せてもらおうではないか」

総兵衛は沈黙したままに歩くおゆみの顔を窺った。

能面のような表情に変わりはない。だが、その顔から目には見えないものが発信されているのを総兵衛は感じ取った。

蝶丸とおゆみは半町もの距離をおいて無音の言葉を交わしているのだ。

さらに半里ばかり進むと本坂越道は小さな山間《やまあい》に入っていった。すると駒吉が後方を振りむき、様子を窺った。

人影は見えない。

だが、駒吉は後方から尾行してくる一団を感じ取っていた。

総兵衛らは前後を挟まれる格好で杉林に囲まれた山間の暗い道を突き進むことになった。

「確かめて参りましょうか」

「用事があれば、先方から動きだすわ」

総兵衛は腰の竹筒を摑《つか》むと、一口喉《のど》を潤《うるお》すように飲んだ。

杉の林を曲がり登る坂の道幅は半間（約九〇センチ）とない。すれ違うのもようようの道幅だ。

挟撃はされたくない場所だ。

前方の林の間から西日が差して、再び茶畑の台地に出た。

道幅も風景も広がり、左右には茶畑の畦道《あぜみち》も並行していた。

相変わらず蝶丸の番傘が半町先に見えた。

「現われましたぞ」

後ろを振りむく駒吉が叫んで、総兵衛が手代の背中から三池典太光世を抜き取り、腰に差した。

天真無想流の松井十郎兵衛ら一行の登場は薩埵《さった》峠以来だ。

一度、二度と総兵衛、駒吉の二人に苦い思いをさせられた一行は、十数人の集団のうち半数が真槍《しんそう》を保持し、全員が鉢巻に襷《たすき》がけの決死の覚悟を見せていた。

一行は、いったん停止し、先頭に松井十郎兵衛が立った。すでに剣を抜き放って、右前に切っ先を流していた。

「駒吉、松井十郎兵衛らに付き纏《まと》われるのも熱海以来三度目か」

「まるで五月蠅《ばえ》、ちと煩《うるそ》うございますな」

そう応じた駒吉が背中の荷を路傍に下ろし、懐から得意の縄を取り出した。

「おおっ！」

気合いを発した一行が走りだした。

十郎兵衛もここを決着の場と考えたか、決死の様子が走り来る集団から読み取れた。

総兵衛は三池典太を腰帯に落ち着かせて待った。

駒吉は総兵衛から左手前方の畦道に立って、先端に鉤《かぎ》の手の分胴がついた縄を回し始めていた。

松井らが走り始めたと同時に左右の茶畑に一人ずつ立ちあがった者がいた。

「総兵衛様、雄八郎と康吉《こうきち》にございますぞ」

鳶沢一族の少年たちは、茶畑の畦道に姿を見せると横走りを始めた。

二人の少年とともに松井らとの間合いは五、六間あった。

雄八郎と康吉の横走りが側転歩行に移った。移ると同時に茶畑に浮き上がった体からなにかが投げ打たれ、それが投げられるたびに総兵衛らに走り来る槍《やり》隊が一人ふたりと倒れていった。

なんと側転で前進しながら、鉄菱《てつびし》を投げ打っているのだ。

強襲隊が襲いかかろうにも側転歩行には、素早く追いつけなかった。

「やりおるな」

総兵衛が笑った。

松井十郎兵衛はすでに八間の間に迫っていた。

配下の武芸者たちの半数が雄八郎と康吉の鉄菱に打たれて戦線を離脱していた。

総兵衛の手が三池典太の柄《つか》に掛かり、駒吉の回す縄の回転が大きくなっていた。

「え、ええいっ!」

天真無想流の松井十郎兵衛の口から裂帛《れっぱく》の気合いが響いて、右前に流した剣が頭上に上げられた。

総兵衛は不動のままに腰を沈めた。

一気に間合いが縮まり、生死の間境を切った。

総兵衛の腰がゆるやかに捻《ひね》られ、柄に掛かった右手が舞扇を持って舞い差すように流れ動いた。

その虚空《こくう》から剣が流れ落ちてきて、松井十郎兵衛の荒い息遣いを感じた。

おゆみは交錯する二人の男の背後、数間のところに立って、剣と剣が互いの生を絶たんとする光景に見入っていた。

総兵衛の体が、
つつつっ
と前方に動き、十郎兵衛の上段斬《ぎ》りが虚空に流れて、歪《ゆが》んだ顔に西日が当たった。

その腹を三池典太がゆるゆると撫《な》で斬って、十郎兵衛の両足がよろめき、おゆみの足元に崩れ落ちてきた。

おゆみの目にも夢幻を見ているような光景だった。

駒吉の縄が十郎兵衛の背後から続いていた武芸者の首に絡《から》んで次々に戦列から引き離し、さらに雄八郎らの鉄菱が横手から襲いかかった。

総兵衛が典太光世二尺三寸四分を襲撃者たちに向け直したとき、襲撃者たちの大半が戦闘能力を失っていた。無傷の者たちは足を止め、惨状を確かめると逃げだした。

雄八郎と康吉が一段と高く虚空に弾んで側転し、総兵衛の近くの畦に着地した。

「総兵衛様」

「雄八郎、康吉、よう修行したな」

鳶沢一族の頭領に褒められ、二人は嬉《うれ》しそうに片膝《かたひざ》をついた。

縄を引き寄せた駒吉が後方を見た。そこにはもう一人、一族の者が立っていた。

老練な諜者《ちょうじゃ》の又兵衛だ。

「又兵衛、ようやった」

総兵衛の声に、

「総兵衛様、京上り、お供いたしますぞ」

と又兵衛は弾んだ声を上げた。

「賑《にぎ》やかになるな」

一行は一気に六人になった。

総兵衛がおゆみはどうしているかと見ると、平然として無表情に息絶えた松井十郎兵衛を見おろしていた。

「ちと時間を食ったわ。気賀の関所が閉まろうぞ」

総兵衛の言葉に一行は、道を急ぎ始めた。

すると半町先を何事もなかったように蝶丸が平然と歩いていく。その姿は、まるで総兵衛たちの道案内に立っているようだ。

「総兵衛様、次郎兵衛様からの伝言にございます。甲賀鵜飼衆の時雨一族の長老、洞爺斎蝶丸は、忍びながら無楽流の居合いをよくするそうにございます」

「ほう、あやつ、あの矮軀で長剣を抜き上げるか」

総兵衛の視線の先で夕日を受けた番傘がくるくると回った。

茶畑から街道は下りに変わり、左手に夕日をうけた奥浜名湖の入り江が浮かびあがって来た。

「絶景じゃな」

総兵衛たちはしばし歩みを止めて、引佐細江《いなさほそえ》の湖面を見まわした。

その間、蝶丸も立ちどまり、無言のうちにおゆみと意志を交わし合っているように見えた。

「さて、参ろうか」

蝶丸が歩きだした。

坂を下り、都田川《みやこだ》を渡ったところが本坂越道の気賀の関所だ。

(蝶丸め、あの風体でどう関所を通り抜ける気か)

総兵衛は関心を持って従った。

湖面から夕霧が押し寄せてきた。茶畑を包みこみ、本坂越道を覆《おお》い隠すようにもくもくと広がっていった。

総兵衛が前方を注視すると霧の海の上に高足駄の蝶丸の姿が浮いて、番傘が相変わらずくるくると回っていた。

総兵衛らは蝶丸を目印に道を進んだ。

気賀はもともと今川領だった。

永禄《えいろく》三年(一五六〇)、桶狭間《おけはざま》の戦いで今川義元は戦死した。だが、今川一族が滅亡したわけではなかった。

家康によって遠州侵攻が始まったとき、気賀では堀川城を守って、今川氏の旗印の下に戦ったのである。

この永禄十二年の戦《いくさ》には、堀川城に二千余の里人が立て籠《こも》り、押し寄せる三千の家康正規軍に対して老若男女が壮絶な抵抗を繰り広げ、戦死の他に徳川軍に捕まった七百人の捕虜もことごとく打首に処せられたという。

気賀はそんな激しい歴史を秘めていた。

そのせいか、あたりに寒ささえ感じる妖気《ようき》が漂っていた。

「総兵衛様、これは蝶丸の詐術《さじゅつ》ではありませぬか」

駒吉がそのことを心配した。

「又兵衛、手代どのの心配性なことよ。あやつがわれらをどこへ案内するか、見てみようぞ」

「地獄でしょうかな、極楽でしょうかな」

「さてな」

総兵衛は竹筒に残っていた酒を飲み干した。すると見る見る霧が晴れていき、総兵衛らはいつの間にか気賀の宿を歩いていた。

「あれ」

と駒吉が驚きの声を上げ、あたりを見まわした。又兵衛も、

「総兵衛様、とうの昔に関所は通り過ぎておりますよ」

と不思議なことがあるものよという顔で宿場を見た。だが、そこは確かに気賀の宿場だ。

「蝶丸め、やりおるな」

総兵衛がおゆみを見ると、相変わらず何事もなかったという顔で従っていた。

「おゆみさん、そろそろ旅籠《はたご》を探しますぞ」

駒吉が言い、総兵衛が頷《うなず》いた。

気賀の宿に泊った総兵衛らは、翌朝七つ立ちで本坂越えの二日目に挑戦した。まずは三里先の三ヶ日を目指すことになるが、その間に引佐《いなさ》峠が横たわっていた。

雄八郎が提灯《ちょうちん》を照らして先頭をいく。

一行の荷は駒吉と康吉が手分けして背負っていた。

気賀から一里、山麓《さんろく》の岩根集落から険しい石畳の山道になった。

「今日は蝶丸め、道案内に立ちませぬな」

駒吉が夜明け前の闇《やみ》を透かした。

標高五百六十余尺（一七〇メートル）、峠道の木の間越しに浜名湖の湖面がちらちらと見えた。この山道は浜名湖を十六、七町ほど離れて北側を通っていた。

登りつめた引佐峠は、いわば本坂峠の前衛だ。

峠の頂に番傘に高足駄の洞爺斎蝶丸が待ち受けていた。

「駒よ、そなたの望み通りに道案内が見えられたぞ」

山道を一尺余の一本歯で器用に進んでいく。総兵衛たちが足を止めると歩みだすのを待ち受けて、半町の間を保って進む。

三ヶ日の里に下ると街道の左右には山椿《やまつばき》の木が多く見られるようになった。里よりも遅く花を咲かせた紅色の花の枝が両側から道の上に差しかけて、なんとも幻想的な世界へと誘った。

前方を行く蝶丸の手が椿の花を摑《つか》み取ると口の前で息を吹きかけた。すると椿の花から風が起こり、なんと今ひとりの洞爺斎蝶丸が生まれた。

二人になった蝶丸は、くるくると番傘を回したかと思うと新たに椿の花をもぎ取り、口で吹いた。すると二人の蝶丸が倍の四人になった。

「駒吉、あちら様から手妻を見せてくださるようじゃぞ」

四人になった蝶丸を見た駒吉が雄八郎と康吉におゆみの両脇《わき》を固めさせ、自らは先頭に立った。さらに又兵衛がおゆみの後ろを囲んだ。

これでおゆみは四人に前後左右を囲まれたことになる、だが、娘は顔色一つ変えることなく歩みつづけた。

椿の花から生まれた無数の蝶丸が群れを成して行進する光景に御油方面から来る旅人がびっくりして街道のかたわらに慌《あわ》てて避けた。

今や蝶丸は数え切れないほどの数になっていた。

本坂越えの最後の峻険《しゅんけん》な坂道にかかった。

総兵衛は腰に葵典太《あおいでんた》の異名を持つ三池典太光世を差し落として、何百の蝶丸の行動を凝視しつつ進んだ。

本坂峠までが駿州だ。

「ささて蝶丸の本舞台が峠であろうよ」
街道の左右の光景が広がり、椿の樹木も山の斜面一杯に散らばっていた。行進する蝶丸の軍勢がふいに足を止めた。そして、一斉にくるりと総兵衛らの方を見た。
けらけらけら
という笑い声が響き、番傘が風に吹かれたように回りだした。するとおゆみがそれに呼応して、
けらけらけら
と笑った。
「おゆみ、とうとう音を上げたか」
総兵衛が言葉を投げたとき、無数の蝶丸が峠上から総兵衛らに向かって押し寄せてきた。
石畳に一本歯の音が、からころからころと響き、番傘がくるりくるりと回ってざわめいた。
総兵衛は、駒吉に、

「おゆみを逃すでないぞ」

と声をかけると押し寄せてくる蝶丸軍団の正面に立ち塞《ふさ》がった。

見る見る間合いが詰まり、蝶丸が一斉に番傘を虚空に放った。すると峠の空が回りながら飛ぶ番傘で埋め尽くされた。

蝶丸が身の丈ほどの長剣に手を掛けた。

同時に総兵衛も葵典太を抜き放って、

「来たらば来たれ」

と両眼を閉じた。

一斉に長剣が抜き放たれ、一気に総兵衛を押し包むように上段から振り落とされた。

総兵衛は心眼に映じるままに眉間《みけん》を割らんと振りおろされる蝶丸の真実の剣に刃を合わせていた。

ちゃりん！

鎬《しのぎ》と鎬が打ち合わされる音が響いて、総兵衛は蝶丸の内懐《うちぶところ》に入りこむと二の手を袈裟《けさ》に放っていた。

かすかな手応《てごた》えを感じた。

悲鳴も聞こえた。

総兵衛はさらに三の手を放った。すると風が総兵衛の頬をなぶって吹き抜けた。

両眼を開いた。

周辺には一人の蝶丸の姿もなく、おゆみも姿を消して、駒吉らが呆然《ぼうぜん》と立ち竦《すく》んでいた。

「総兵衛様、あやつらが放った番傘を避けているうちにおゆみが連れ去られておりました」

駒吉が申し訳なさそうな声を上げた。

「われらが望んだ同行者ではないわ、仕方あるまい」

総兵衛は三池典太の刃に残った蝶丸の痕跡《こんせき》を確かめながら、虚空に一閃《いっせん》血振りをくれた。

第三章 逼《ひっ》塞《そく》

一

大黒屋では密《ひそ》やかに分家の孫娘るりと小僧の助次の仮の弔いが行われ、棺桶《かんおけ》にいれられた二つの亡骸《なきがら》は海路駿府《すんぷ》の鳶沢《とびさわ》村へと送られることになった。むろん深夜に顔を揃《そろ》えたのは、江戸の鳶沢一族の者だけだ。

弔いは総兵衛の住居下の地下城の大広間で行われた。

これまでも鳶沢一族は戦いに倒れた一族の者を見送り、亡骸を鳶沢村に運んできた。だが、まだ成人になるやならずの二人を同時に失ったのは初めてのことであった。

弔いの後、若い二人を失った悲しみと怒りがその場に充満していた。

二人の遺体を前に美雪が一族の者たちに話しかけた。

「総兵衛様の留守を守り切れなかった私の非力を一族の方々にお詫《わ》びします。処罰は、総兵衛様が江戸にお戻りになってお受けします」

ときっぱり言い切った。その上で、

「そなた様方の憤怒《ふんぬ》は、美雪とて分からぬわけではありませぬ。ですが、今は江戸にある者たちが一致結束して敵の攻撃から身を守らねばならぬ時です。それが若いるり様と助次どのの尊い命を犠牲にした教訓です、よいですね」

と釘《くぎ》をさした。

「畏《かしこ》まりました」

という声が板の間に響いた。だが、その声は決して納得したものではなかった。

笠蔵が美雪の言葉を引き取り、

「そなたら、美雪様の言葉に不満ですか」

と問うた。その口調は険しかった。

「いえ、大番頭さん、不満などございませぬ」

国次がその場を代表して答えていた。

「悔しいのは美雪様もこの笠蔵も一緒です。だがな、ただ今のわれらの陣容は手薄です。総兵衛様のお戻りまでなんとしても新たな犠牲を出すことなく守り抜かねばなりませぬ。日中は別にして、日が落ちての一人歩きは禁じます。よいな、互いが身辺に気をつかって、ここ当面の危機を乗り切るのです。ただし、大黒屋の商いはいつも以上に平静に執り行いますぞ。一同、分かりましたな」

哀《かな》しみに包まれた江戸の鳶沢一族一同が平伏した。

二人の遺骸《いがい》は屋根船に積まれて隠し水路から入堀へ、そして、江戸湾に待っていた雇船へと乗せ換えられ、まだ夜の明けやらぬ内に船出していった。

美雪と笠蔵は仮弔いが終わったあと、幹部と探索方をその場に残した。

「先ほど手薄ゆえ総兵衛様の留守を守ることに徹すると命じましたが、探索まで放棄したわけではありませぬ」

残った一同が大きく頷《うなず》いた。

「一に柳沢吉保様の屋敷の動静、とくに新規に召抱えられたという鵜飼参左衛《うかいさんざえ》門《もん》の身辺には昼夜を問わず目を注ぐ。さらに二には北町奉行所の与力鹿家《しかが》赤兵衛《あかべえ》の動静です。そこで美雪様と相談の上に改めて陣容を組み直すことにしました。まず商い……」

笠蔵は店の責任者として二番番頭の国次が帳場を取り仕切るよう命じた。

柳沢邸周辺の動きと鵜飼の身辺の探索の担当には三番番頭の又三郎が、鹿家赤兵衛には、筆頭手代の稲平が就いた。

二人の下におてつや秀三ら探索方が配置された。さらに緊急の事態が起こったときの遊軍の頭として荷運び頭の作次郎が選ばれ、いつでも行動できる態勢の維持を指示された。

「言うまでもないことですが、総兵衛様の留守の間は一族の頭領は、内儀の美雪様です。なんぞあれば遅滞なく美雪様か、この笠蔵に報告するのです、よいな」

「畏まりました」

朝まだきの刻限、弔いから続いた集まりが終わった。

数日後、笠蔵は四軒町の大目付本庄豊後守勝寛《ほんじょうぶんごのかみかつひろ》の屋敷に呼ばれた。その折り、笠蔵は美雪に願って同行してもらった。

美雪もまた、

「祝言《しゅうげん》に出席下された礼も未《いま》だ済ませておりませぬ。ちょうどよい機会です」

と京から届いた諸々の品を小僧に持たせて本庄邸を訪問した。

昼下がりの刻限、城を下がってきた勝寛は奥方の菊と初夏の風が吹き渡る庭に面した書院にいた。

「おおっ、内儀どのもご一緒か」

「総兵衛が留守ゆえ、ご挨拶《あいさつ》を遠慮しておりました。総兵衛の戻りを待ってと思いましたが、御用が長引くとも考えられます。大番頭の勧めで同行させてもらいました」

この日、美雪は大店《おおだな》の若い嫁らしく髪を勝山髷《かつやままげ》に結いあげ、鼈甲《べっこう》の櫛笄《くしこうがい》を飾りこみ、初夏の装《よそお》いにふさわしい井桁絣《いげたがすり》を着ていた。

その美雪の風姿は勝寛と菊の目にも初々《ういうい》しく映った。

「美雪どの、総兵衛どのには日頃からなにかと世話になっております。大黒屋さんと本庄家は親戚《しんせき》以上の交わりと私どもも考えております。今後ともよしなにお付き合いのほどを願います」

菊に丁重な挨拶を返された美雪は、

「殿様、奥方様、縁あって大黒屋の内儀を務めることになりました。不束者《ふつつかもの》ではございますがご指導のほど願います」

と頭を深々と下げた。

「挨拶はそれくらいでな。奥、茶など淹《い》れてくれぬか」

大身旗本の勝寛が気軽に菊に命じた。

菊も大黒屋がただの商人などとは考えてもいない。

美雪と笠蔵の訪問が儀礼ではないことを承知していたから、

「ごゆっくりと」

と言い残して下がった。

「美雪どの、笠蔵、柳沢様の動静じゃがな、綱吉様に新しき愛妾《あいしょう》として京から差しだされるという新典侍《しんてんじ》の教子《のりこ》様を仲介した人物が判明した。表高家《おもてこうけ》の品川氏郷どのだ」

高家とは旗本の中でも名族の意味であり、元和《げんな》元年（一六一五）に石橋、吉良《きら》、品川の三家が登用されて始まり、後に武田、畠山、六角《ろっかく》などを加えた家柄から三家が高家肝煎《きもいり》として、宮中への使節、日光の御代参、勅使接待、柳営礼式の掌典などを務め、指導した。

いわば幕府と朝廷の間を取り結ぶ外交官、城中での政治的な影響力は薄いが、朝廷での官位は四位《しい》少将まで進むことができたから、大半の諸侯よりも上ということになる。

さて表高家だが、高家中無役の家を指す。

品川家は代々三百石、位階は高くとも無役では実入りも少ない。

本庄勝寛は、この品川氏郷が動いたという。

笠蔵は影が直《す》ぐに異変を察した理由を改めて悟った。

笠蔵ら限られた鳶沢一族の者たちは、鳶沢一族と連携して動く影の正体が高家肝煎の六角朝純《ともずみ》と考えていたからだ。

「そのお言葉は私どもの調べとも符合致します」

「長らく表高家に甘んじておられる品川家では柳沢様に取り入り、なんとしても肝煎に就きたいと考えておられる。そこで柳沢様と相談の上に京の事情に詳しい品川氏郷どのが綱吉様に新典侍教子様を取り持とうとしておられるのであろう」

「まずは殿様のご推測どおりかと」

「さらに柳沢家に鵜飼参左衛門を推挙したのも品川氏郷どのじゃそうな」

「なるほど」

「鵜飼は甲賀五姓家の一つ、こやつの下に時雨《しぐれ》組と遠雷組の二組があって、時雨組の頭領は洞爺斎蝶丸《とうやさいちょうまる》、遠雷組は鹿家赤兵衛が仕切っているそうだ」

「鹿家は北町奉行所の与力でありながら、忍びの頭領にございますか」

「うーむ。柳沢様は鵜飼参左衛門とその一統をそっくり召抱えられて、私兵とされたと推測される」

「鵜飼衆は総勢何人と考えればようございますかな」

大目付の探索方の力を総動員して調べあげたことを笠蔵は訊いた。

「詳しくは分からぬが百数十人ほどかと推測される。ただ、今はその半数ほどが京に上っておる様子だ」

「となると江戸に残るは半数の五、六十人、相分かりましてございます」

笠蔵と美雪が頭を下げた。

四軒町からの帰路、笠蔵と美雪は肩を並べて話しながら足を進めた。小僧はあとからついてきた。まだ日もある。往来する人も大勢いて、怪しげな連中が暗躍する刻限ではない。

「美雪様、われらも手薄でございます。ですが鵜飼衆も半数が京に参って、江戸には半数しか残っておらぬということ、ここは考え時かもしれませぬな」

「大番頭さんは、今のうちに敵方の勢力を殺《そ》いでおくと申されるので」

「それもこれも美雪様のご決断次第にございます」

「どこから手をつけられます」

美雪の打てば響くような答えに笠蔵が満足げな笑みを浮かべた。

「先ほどから考え考え歩いておりましたがな、若い同心一人をひっとらえましようかな」

「心当たりがあるようですね」

「北町奉行所の若い同心どのが諸問屋組合再興方与力に心服しておられるようだ。ゆさぶる相手は、まずここいらからと見ましたがな」

普段は好々爺《こうこうや》の大番頭が平然といった。

「美雪様、お許し願えますか」

「一つだけ願いがございます」

「ほう、なんでございますかな」

「手が足りぬときは、この美雪のことをお味方に加えてくださりませ」

「美雪様のお腹《なか》には大事な一族の跡取りがおられます」

「だからこそ、この子のために後顧の憂《うれ》いを取り除いておきたいのです。それが総兵衛の妻女の務めにございませぬか」

「美雪様、よう申された。もし一族と鵜飼衆が力勝負でぶつかり合うときには、美雪様の小太刀の力、是非ともお借りしましょうぞ」

主従は目と目を見交し、笑い合った。

その夜、鶴巻琢磨《つるまきたくま》は小者に挟み箱を担《かつ》がせて北町奉行所を出た。

呉服橋を渡った同心は、颯爽《さっそう》と呉服町を平松町に向かって歩いていく。日本橋を出たばかりの東海道を横切り、平松町を抜けると楓川《かえで》にぶつかる。川向こうには丹波綾部《たんばあやべ》藩の上屋敷が見えて、その東側が俗にいう八丁堀、町方の与力同心の屋敷が並ぶところだ。

鶴巻が屋敷に戻るとするならば、海賊橋か新場橋で楓川を渡らねばならなかった。だが、小者だけを八丁堀の屋敷に帰した鶴巻は、日本橋川に向かい、江戸橋を渡った。

橋を渡った一帯は、江戸の台所、魚河岸《うおがし》だ。

鶴巻琢磨は、本船町の乾物屋の佐渡屋に入り、番頭に目配せした。すると番頭が奥に引っこみ、しばらくすると奉書に包んだものを鶴巻の袂《たもと》にそっと落とし込んだ。

出入りの店に小遣いを都合させたようだ。

この三日余り鶴巻の後を尾行してきた大黒屋の手代の稲平は、

(同心どの、どこぞに遊びに行かれるか)

と考えた。そして、あたりを見まわすと糊《のり》売りの格好をしたおてつと目が合

った。老練な探索方が、

（今宵《こよい》あたり動きそうだよ）

という表情をしてみせた。

小さく頷いた稲平は、鶴巻塚磨に視線を戻した。

鶴巻は鉤《かぎ》の手に魚河岸の周辺に掘り抜かれた運河が日本橋川に合流するところに架かる荒布《あらめ》橋際《ぎわ》の船宿から猪牙舟《ちょきぶね》を雇った。

それを見定めた稲平とおてつは、江戸橋の下で様子を窺《うかが》う早舟に乗りこんだ。船頭は荷運び頭の作次郎だ。

二人が乗りこむとその直《す》ぐ後に作次郎の配下の晴太が飛びこんできた。

一見鈍重そうに見える小舟は、小さな帆も上げられるような工夫がなされ、また二丁櫓《ろ》で漕《こ》ぐようになっており、並みの猪牙舟など追いまわせる足を秘めていた。荷運び頭の作次郎らが開発したばかりの快速小型舟だった。

櫓を晴太に渡した作次郎は稲平とおてつのかたわらに座って、鶴巻の乗った猪牙舟を見据えながら、煙草《たばこ》入れから煙管《きせる》を抜き取った。

「遊びかねえ」

「頭、ただの遊びとも思えないよ」

おてつが答え、自分も女物の煙草入れから煙管を引き抜いた。

若い稲平は一族の先輩たちの問答をただ聞いていた。

鶴巻を乗せた猪牙舟は、日本橋川から霊岸島新堀に入り、さらに大川へと出た。

「おや、深川櫓下《やぐらした》かねえ」

吉原あたりかと見当をつけていたおてつが呟《つぶや》く。

「おてつさん、遊びにはまだ刻限が早いぜ」

煙草を吹かした作次郎が応じる。

大川に西日が落ちて、川面《かわも》を茜色《あかねいろ》に染めていた。

「遊びに刻限があるのかえ、頭」

おてつが煙を鼻から吹いて訊いたものだ。

「男ってものは、意外とつまらぬことを気にする生き物よ。日頃威張りくさっている同心なんぞは、元々根が小心だ。世間の目を気にして動くものよ」

そんなことが半町ほど離れた舟の上で交わされているとも知らず、鶴巻の猪牙舟は、大川河口に出ると越中島をぐるりと左手へ回りこみ、海辺新田へと向かった。

「ほれな」

岡場所を通り過ぎたとき、作次郎が得意げに言葉を洩《も》らし、

「それにしてもどこに行く気かえ」

と立ちあがった。

あたりの海には行き交う舟の姿も少なくなっていた。

そこで作次郎は船底に倒してあった帆柱を立てて、小さな帆を張り、漁《いさ》り舟に見せかけようとしたのだ。

三角帆に風を受けた早舟が滑るような動きに変わった。

そんなことも知らぬげに鶴巻の猪牙舟は、海風を横手から受けながら、東に向かい、南北の町奉行が差配する朱印地外に出た。

海辺新田と平井新田の境で北側に折れ込めば、元禄《げんろく》十四年（一七〇一）にこの地に移された木場が広大に広がっていた。

猪牙舟はその木場へと入りこんでいった。

間合いを見て、作次郎が帆を降ろした。

すでにあたりは薄闇《うすやみ》に包まれ、晴太が櫓に力を入れた。もう一丁の櫓に稲平が取りつき、猪牙舟を追う。

猪牙舟は、木場と萱《かや》地の間を進み、塩浜町の土手に止まった。

鶴巻が船頭になにか言い残して、土手に飛んだ。

「頭、おてつさん、私たちがまず見てきます」

一町以上も後方に早舟を止めた稲平と晴太が土手に飛んだ。

二人は河岸道の暗がりを選んで走った。

塩浜町から東へと運河が掘り抜かれ、その運河ぞいの道に鶴巻琢磨が立っていた。

その鶴巻の視線の先には、造船場が広がっていた。

「晴太さん、こんなところに造船場があったかい」

「いや、馴染《なじ》みがない土地で知らないね」

運河に面した造船場には造りかけの船が何隻《せき》もあるのが遠目に見えた。それに板屋根が葺《ふ》かれた作業場にも何隻か造りかけの船が見えた。

鶴巻は船の間に立っていた船大工らしい棟梁《とうりょう》に近づくと、二言三言話しかけながら、袱紗《ふくさ》包みを渡した。

稲平にはそれが金子と思えた。

その後、造りかけの船の作業具合を熱心に見てまわった鶴巻は、ふいに踵《きびす》を返して猪牙舟を止めた土手に戻り始めた。

「手代さん、どうしたもので」

晴太が訊いた。

「二手に分かれよう。私が残って造船場を確かめます」

「よし、野郎をひっとらえたら、手筈《てはず》どおりに小梅の寮に連れこむぜ」

「この後、私も小梅に走りますよ」

稲平だけがその場に残ることになった。

稲平はしばらく時間を潰《つぶ》すと、頃合を見て造船場に忍び寄っていった。

船大工の棟梁の屋敷が敷地の南側にあって、北側の作業場には職人たちの寝泊りする飯場も建っていた。

一日の作業を終えた飯場では夕餉《ゆうげ》が始まった様子だ。

稲平は、東側から運河に出て、造船場の敷地に入った。

板屋根の作業小屋が二棟ほど並んでいた。作業がし易《やす》いように壁はない。

稲平は闇を利して、作業小屋に入りこんだ。

「なんだい、この船は」

思わず稲平が呟いたほど、船長二十余尺（約六メートル）船幅七尺余（約二メートル）の船の形は変わっていた。ずんぐりした形はまるで亀《かめ》のようで、頭に当たる舳先《へさき》から鉄の輪を巻きつけた固木の柱が突きでて、先端は鋭く尖《とが》っていた。その上、柱は前後に移動する工夫がされていた。

亀が甲羅に覆《おお》われているように船の上部も鉄帯で補強された厚板でぴったりと密閉されて浸水しない工夫がされていた。さらに両舷《げん》の小窓が四つずつ並び、八本の大型櫂《かい》が漕げる創意もされていた。

その他にも奇妙な船が十隻ほど建造されていた。

荷も客も積むことはできない船だ。それに操船が容易とも思えない。だが、明らかに戦船《いくさぶね》と思われた。

このような軍船を密《ひそ》かに造る人間がいるとしたら、柳沢吉保その人しかおるまい。

稲平は差しこむ月明かりを頼りに船の特徴を書き止めていった。

ふいに飯場から犬が飛びだしてきて、吠《ほ》えかかった。餌《えさ》を食べ終えたら、任務を思い出したのか。歯を剝《む》き出しにして稲平に襲いかかる気配を見せた。

見取り図を描くことに没頭して油断していた。

飯場も騒がしくなった。

稲平は書き止めた船の図面を下帯に差し込むと、着ていた縞《しま》の単《ひとえ》を脱いで片手に持ち、逃げだした。

褌《ふんどし》一丁の格好だ。

その後を犬が追ってきた。

「くろ、どうしたな！」

飯場からも職人たちが飛びだしてきた。

稲平の後方に犬の荒い息が迫った。

稲平は手にしていた単を広げて振りながら走った。

闇に単がひらひらと広がり、犬は単に飛びかかった。

鋭い歯が単を切り裂く。

それでも稲平は着物を左右に振って走りつづけた。

犬の歯が布にしっかりと食いついた。

稲平は力を込めて運河へと振り、着物を放した。すると単に喰らいついたまま犬が運河の水面へと飛んで落ちた。

稲平は見取り図を手に下帯ひとつで走りつづけた。

二

深川の遊里は、仲町、新地、表裏の櫓《やぐら》、裾継《すそつぎ》、新石場、アヒルの七つ、これを深川七場所と呼んで、官許の遊里、吉原ほど格式張らない安直な遊び場として栄えた。

永代寺門前にあった仲町は深川でも位の高い遊里として知られていた。

鶴巻琢磨が猪牙舟を富岡八幡宮《とみおかはちまんぐう》の船着場に寄せて、猪牙舟を戻した。

どうやら夜を明かす風情《ふぜい》だ。

それを見取った作次郎と晴太が舟におてつを残して陸に飛んだ。

刻限は五つ（午後八時頃）過ぎ、八幡宮にはもはや参詣《さんけい》の人の姿はない。

鶴巻琢磨は、門前町の通りを茶屋梅本《うめもと》を目指していた。

そこには、馴染みのお栄《えい》がいた。

年は十九歳だが遊芸百般、とくに閨《ねや》で見せる秘技は秀逸でそれを目当ての客が絶えない女だった。

（先客がついてなきゃあいいが……）

と考えながら足を急がせた。もっとも客がいれば、お上の御用だと同心風を吹かせればいいことだ。

辻《つじ》を曲がれば、梅本の門が見える。

ふいに生暖かい風が吹いてきた。

人通りは絶えていた。

鶴巻の足が止まった。

行く手の角に大男が立っていた。

先を急ぐ鶴巻はその影に真っ直ぐ歩み寄り、

「どけ、御用の者だ」

と命じた。

「鶴巻の旦那《だんな》、お目当ての女がお待ちですかえ」

大男、いや、大力の作次郎が言いさした。

「お、おまえ」

と言いながら鶴巻琢磨は、前帯に差していた十手を抜くと、作次郎の眉間《みけん》にいきなり叩《たた》きつけようとした。

そのとき、表戸を閉じた米屋の庇《ひさし》から黒い影が落ちてきて、鶴巻の背中に飛び乗り、両足で首を絞めに掛かった。

「なにしやがる」

鶴巻は声を張りあげながら背中に跨《またが》った影を振り落とそうとした。

十手の攻撃を避けた作次郎の拳《こぶし》が鶴巻の鼻っ柱に、
がつん！

と叩きこまれて、意識を失ったまま、へたへたと腰砕けに落ちた。

大黒屋は小梅村の三囲稲荷《みめぐりいなり》近くに寮を持っていた。

鶴巻琢磨が早舟で運びこまれたのは、この小梅の寮だ。

土間に転がされた鶴巻は顔に水をかけられ、意識を取り戻した。最初に感じたのは土間の冷たさだ。そして、耳に庭の竹邨《たけむら》がざわざわと鳴る音が聞こえてきた。

(どこにおるのだ)

鶴巻は慌《あわ》てて身を起こした。

すると薄暗い土間に転がされていた。慌てて腰の大小を、十手を探った。だが、どれも抜き取られたか、なかった。

板の間の囲炉裏《いろり》に火が入り、鉄瓶がかけられていた。そこに大男と初老の女が座って、煙管を吸っていた。

「起きなさったかえ」

大男がのんびりと言った。

「な、何者か」

鶴巻は飛び起きた。が、起きた途端に顔面から床に叩きつけられていた。足首に縄が掛かり、それをだれかが引っ張ったのだ。

「お、おれを北町の同心と知ってのことか」

痛みを堪《こら》えて叫んでいた。

「諸問屋組合再興方与力鹿家赤兵衛の腰ぎんちゃく、鶴巻琢磨といったかな」

鶴巻はようように上体を起こして、囲炉裏端を見あげた。

「おめえは鹿家と違い、甲賀の血筋ではなさそうだねえ」

「大黒屋の奉公人だな」

「気がつきなさったか」

ゆらりと大男が立ちあがり、土間に下りてきた。

「おめえさんが生き長らえる道はただ一つ、知っていることをすべて吐きだすことだぜ」

「痩《や》せても枯れても北町奉行所同心の鶴巻琢磨だ、囚《とら》われの身になったからといって一言だって喋《しゃべ》るものか」

「えらい勢いだが、いつまで持つかねえ」

と作次郎が庭の竹邨から切りだしてきた青竹を握ったとき、戸が開かれて褌一つの稲平が飛びこんできた。

「おや、手代さん、また変わった格好《なり》だねえ」

「冗談はなしだよ、犬に追いかけられてこの様だ」

囲炉裏端のおてつが奥へ姿を消して、あり合せの縞物と帯を持ってくると、

「ほれ、稲平さん、風邪を引くよ」

と投げて寄越した。

「助かった」

稲平が慌てて、単ものを身に着けると帯を巻きつけて、ほっとした顔をした。

「いやはや、深川から小梅村までの遠いこと、人に会ったらどうしようと思いましたよ」

稲平がそう言うと、

「頭、これを見てくださいな」

と塩浜町の造船場で見た奇妙な船の見取り図を広げて見せた。

「手代さん、これはなんだい」

「はい、まるで泥亀《すっぽん》みたいな鉄甲船でしてねえ。それが十隻ほど造られているんですよ。それをあの旦那が仔細《しさい》に点検していかれたんで」

稲平は鶴巻を見た。

「町方には縁がなさそうな船だねえ」

「御船手奉行《おふなてぶぎょう》だってこんな船は造りませんよ」

「同心の旦那、この奇怪な船は何に使われるものだい」

作次郎が問い、鶴巻が即座に答えた。

「そのようなものは知らぬな」

「知らないか」

作次郎が言うと青竹を手に鶴巻に近寄った。

「ここんところおれの腹の虫が収まらないんだ。鶴巻の旦那、この奇妙な鉄甲船から鹿家赤兵衛のことまで洗いざらい、話してもらいますよ」

作次郎が大力に任せて虚空《こくう》に青竹を振ると、
びゅっ
と空気を裂く音がして、鶴巻が身を竦《すく》めた。

明け方、作次郎とおてつの二人が富沢町の大黒屋に戻ってきた。

その知らせを聞いた笠蔵がすぐに面会した。

「大番頭さん、鶴巻が喋りましたが、あいつは大したタマじゃあありませんぜ。深いことは知っちゃいません」

「あやつは甲賀衆ではなかったか」

「親代々の町方同心でしてね、白洲《しらす》の蹲《つくば》い同心から鹿家に引き立てられたんですよ。当の鹿家赤兵衛は、どうやら道三河岸《どうさんがし》の謀りごとに必要な人材という強い意向で北町奉行所の与力に送り込まれたそうな」

「大方、そんなところだと思いましたよ、覚えがないもの」

「今晩の獲物《えもの》は、この軍船だ」

作次郎は稲平が描いた絵を見せた。

「なんですね、この船は」

「どうやら大黒丸を捕らえるために建造している鉄甲船団でしてね、八丁の櫂で漕《こ》がれ、鉄の輪を付けた槍《やり》の穂先で大黒丸の舷側《げんそく》を打ち破る企てだそうな。この槍船の他に油を船体一杯に積んだ火船やら、梯子《はしご》船やらで大船の大黒丸を囲んで、摑《つか》まえる算段だそうにございます」

「奇妙な船団を動かすのはだれですな」

「大番頭さん、甲賀鵜飼衆遠雷組に決まってますよ」

「そうか、そうでしたな」

と頷《うなず》いた笠蔵が、

「道三河岸は大黒丸に目をつけたってわけだねえ」

と言いながら、るりがどれほどのことを知り、どれほどのことを喋ったか、危惧《きぐ》しながら、当面の始末について訊《き》いた。

「鹿家の腰ぎんちゃく同心はどうしてます」

「小梅村の寮の蔵に閉じこめてございます」

「稲平と晴太を見張りに残してきました」

「三、四日、鹿家赤兵衛の動向を見定めて、どうするか考えましょうかな」

と応じた笠蔵が、

「作次郎、そなたの配下を二人ばかり、交替に送ってくだされ」

と命じた。

その夕刻、大黒屋の店に鹿家赤兵衛が、連れてきた小者を外に待たせたまま、入ってきた。

まだ店は大勢の客で込み合っていた。

とはいえ、大黒屋では古着を一枚一枚買う客はいない。古着屋の番頭やら、担《かつ》ぎ商いの者たちが仕入れにくるのが大半だ。

鹿家はそんな客を十手の先で分けて、帳場格子《ごうし》の中に座る笠蔵らを睨《にら》みつけた。

「おや、北町奉行所の鹿家様、御用にございますか」

鹿家はそれには答えず黙って立っていた。

「店先では諸問屋組合再興方の旦那に失礼でしたな。ささっ、こちらへ」

と笠蔵も立った。

だが、鹿家は、大黒屋の中に入るのを用心したか、表に出ていった。

「おや、まあ、こちらを外に引きだされるわけですか」

笠蔵は鼻の頭に落ちかけた眼鏡をとって懐《ふところ》に入れると外に出てみた。すると鹿家は、入堀の水面を見おろす河岸《かし》に立っていた。

夕暮れの光がそろそろ店仕舞いを始めた町に穏やかに散って、柳の枝が風に靡《なび》いていた。

鹿家の鍛え上げられた背中が静かな怒りに塗《まぶ》されていた。

「鹿家様、御用を伺いましょうかな」

鹿家が振りむくと、

「笠蔵、鶴巻琢磨をどうしたな」

と無精髭《ぶしょうひげ》の生えた顔をにゅっと笠蔵の前に突きだした。

「鶴巻様とおっしゃいましたが、どなた様でございますか」

「とぼけは通じねえぜ。大黒屋が、いやさ、おめえら一族が動いたのは摑んでいるんだ」

「鹿家様、まったくもってなんのことやら」

「分からないというのか。一晩、待つ。鶴巻の身を解き放たなければ、北町奉行所を上げて、大黒屋を店から奥まで一切合財叩き壊しても捜索するぜ。覚悟してな」

鹿家はそういい残すと、笠蔵に背を向けた。

羽織の裾《すそ》がぱあっぱあっと上がり、鹿家が憤怒《ふんぬ》に狂っていることが笠蔵にも推測がついた。

（さて、どうしたものか）

笠蔵は二番番頭の国次に店の差配を任せて、奥へ通った。

美雪がちよを相手に縫い物をしていた。どうやら赤子の産着《うぶぎ》のようだ。

「美雪様、産着をお縫いでしたら、いくらも女の手がございます」

「最初の一枚くらいは自分の手で縫ったものを着せたいものと思いました」

と美雪が笑った。すでに大黒屋の奥を仕切る貫禄《かんろく》がそこはかと笠蔵にも伝わってきた。

「ちよ、ここはようございます。大番頭さんとお話がございます」

ちよが目礼して下がり、美雪が笠蔵を見ると、

「なんぞ異変が」

と訊いた。

「北町の例の与力が顔を見せましたんで、どうしたものかと思案をしていたところでございます」

「捕らえておられる同心どのの始末ですね」

「鹿家は鶴巻の身を解き放てというんですがねえ」

「うちとしては出来かねる、と」

「それに大黒屋の秘密を少しでも知った同心を鹿家の下には帰したくございません。それに解放したところで鹿家の厳しい尋問にあって、鶴巻がいびり殺されるのは目に見えてます」

「同心どのは切羽詰まらされておるのですね」

「思い切ってうちの手で始末するか」

「大番頭さん、命が助かる道はございませぬのか」

「うちの秘密が外に洩《も》れるのは困ります」

総兵衛の留守を預かる一族の〝江戸家老〟が再び言い切った。頷いた美雪が
ふいに、

「大番頭さんには断りなしにおてつさんの手を借りました」

と言いだして、笠蔵の顔に驚きが走った。

「いえ、鶴巻琢磨が通っていた深川仲町の茶屋梅本にいる遊女のことです。お

栄は十九歳、野州から売られてきた女だそうでございますね」

「私は存じませんが、そのお栄がどうかしましたか」

「いえ、鶴巻琢磨とお栄は、二世《にせ》を誓った仲だそうでしてねえ。会えば所帯を持ちたい持ちたいと言い暮らしているんだそうです」

「遊女と客、だれもが交わす会話にございますよ」

「朋輩《ほうばい》に聞いてもそれがどうも違うようです」

「本気とおっしゃるんで」

「蹲い同心上がりの再興方には出入り先に馴染《なじ》みがございません。お栄と会う金を工面するために無理をしているのもその証拠です」

「美雪様、お栄を引かせて、鶴巻と野州かどこかに逃すと申されるので」

「いけませぬか」

「もし、鶴巻が美雪様のお心を裏切って、万が一鹿家の下に戻るようなことがあれば大事が起こります」

「大番頭さんは、先程はどうしたところで鹿家が鶴巻に見切りを付けていると申されませんでしたか」

「はい、申しあげました。だが、鶴巻が鹿家の冷酷非情を読み切れずにもう一度頼りにするとしたら」

美雪が文机《ふづくえ》の引き出しから一枚の紙を取りだして、笠蔵に示した。

「鶴巻琢磨が出入りの店々から絞り取っていた小遣いにございます。店でも困っておいでで、これ以上の難題が続くと奉行所に訴えると申される店もあるとか」

紙には数軒の出入りの店の名と絞り取られた金子の額が丹念に書き取られていた。

「驚きました」

と笠蔵は正直な気持ちを言った。

美雪がここまで考えて行動していたとは、さすがに総兵衛が目をつけた女性だけのことはあった。

美雪は、鶴巻にもお栄にも因果を含めて、二人だけで生きる道を作ってやれと言っていた。

「分かりましてございます。お栄の身を引かせる適当な人間を立てます」

笠蔵は鹿家に鶴巻との関わりが知られないようにだれぞ身請け人を立てようと咄嗟《とっさ》に考えていた。

「残るはその与力どのですね。総兵衛様の留守に大黒屋に踏みこまれては困ります」

「代々の町奉行所が鑑札を与えてきた古着問屋の富沢町惣代《そうだい》の大黒屋をそうそう与力風情《ふぜい》の一存にはさせませぬ。ここはご面倒でも大目付の本庄様にお願いして、北町奉行の坪内様に釘《くぎ》をさしておいてもらいましょう」

美雪が会釈《えしゃく》して同意を示した。

「それにしても美雪様の念のいった策、笠蔵、感心いたしましてございます」

「大番頭さん、お金を使わせますな」

と美雪が嫣然《えんぜん》とした笑みを浮かべた。


夜明け前、鶴巻琢磨は、手首を縛《いまし》められた縄の痛みに目を覚ました。すると闇《やみ》の一角から凝視する目があることを感じた。

「だれだ」

それでも弱々しい声で問うた。

「蹲い同心鶴巻豕磨」

その言葉が響いてきた。

「おのれ、言うな。今では諸問屋組合再興方に転属した」

蹲い同心とは公事《くじ》訴訟の折り、訴え出た方や訴えられた被告人と同様に蹲いのそばの白洲《しらす》に控えるのである。

町方奉行所同心百二十五人のうちでも最も嫌われる分課だ。

鶴巻は先祖代々の蹲い同心から花形の定廻《じょうまわり》同心に出世したいと夢見てきた。

だが、一代限りが決まりの町方になかなか昇進の種などない。

そんな鶴巻の心を見透かしたように新任の与力の鹿家赤兵衛が声をかけてきたのだ。

「鶴巻、おれの下にこないか。奉行にはおれが掛け合うぜ」

一も二もない申し出だった。

下手人と同じ白洲に座らされる蹲い同心など思い出したくもなかった。だが、闇の声はそう問うた。

「どちらでも同じことですよ。もはや鶴巻琢磨は、北町奉行所に戻れる身じゃない。よしんば、私たちが解き放ったとしても、鹿家赤兵衛があなたを許すわけもございません」

「鹿家様はそれがしを信頼しておられる」

「あなたが奇妙な船のところまでわれらを案内したんですよ。そんな失敗《しくじり》を許す鹿家赤兵衛とも思いませんがね」

鶴巻は黙りこんだ。

鹿家との付き合いは長くない。が、鹿家の得体の知れない恐怖はよく承知していた。鹿家はだれをも懐疑の眼でしか見ていなかった。

鶴巻は数日の不在をどう説明すれば、納得させ得るか自信がなかった。

「あなたは戻っても始末されるだけだ」

闇の声が言い切った。

「殺されるというのか」

「取引してもようございます」

「どういうことか」

「私はねえ、あなたがまだ洗いざらい話したとは思えない。鹿家赤兵衛のことについてなんぞ話すことがあれば、考えてもようございますよ」

「町奉行所にも戻れぬ身のおれだ、解き放たれてなんの得がある」

「例えばお栄の村、野州真岡《もおか》に行くなんて話はどうです」

「ど、どうして、お栄のことを……」

「言わずもがなのことですよ」

「おれ一人、真岡に落ちても暮らしも立たぬわ」

「大黒屋はそんな野暮は申しませぬ」

「なにっ、お栄と一緒に逃してくれるというのか」

「ですから、あなた次第でございますよ」

鶴巻は沈黙した。

白洲の中でいろいろな悪党を見てきた。

牢問《ろうど》いに洗いざらい話したと見えた下手人がいよいよ裁きが下されるという段になっていろいろと喋《しゃべ》りだすことがあった。

罪一等を減らされることを願ってのことだ。

囚《とら》われ人にとって情報は、最後の取引の材料、命の保証なのだ。

鶴巻琢磨も大黒屋の手に落ちたと知らされた時から、そのことだけを考えてきた。

「鹿家赤兵衛様のことはすべて話した。だが、鹿家様を北町に紹介なされた柳沢家の鵜飼参左衛門様のことは話しておらぬ」

「ほう、話してごらんなさい」

「お栄を確かに仲町から足抜きさせるのだな」

「足抜きなどさせません」

「せぬだと。約束が違うではないか」

「身請けいたしました」

鶴巻はごくりと唾《つば》を飲んだ。すると遠くに明かりが点《とも》り、お栄が座らされているのが見えた。

「お、お栄」

「琢磨様」

明かりが消えた。

「お分かりですな」

「しょ、承知した」

両者の取引がなった。

三

再び明かりが入った。

鶴巻琢磨はお栄の姿を捜し求めたがどこにも見えなかった。

その代わり、大黒屋の大番頭の笠蔵が数間先に立ち、かたわらに鶴巻を殴りつけた大男が控えていた。

「作次郎、鶴巻さんの縛めを解いて、話し易いように水を上げなされ」

鶴巻の手足を縛った縄が切られ、水が与えられた。

「約定を反故《ほご》にすることはあるまいな」

「痩《や》せても枯れても富沢町の大黒屋です、おまえさんを騙《だま》すほど落ちぶれてはおりませぬ」

鶴巻は今一度考えこんだ。

「大番頭さんが優しく言われるうちが華だぜ。おめえに駆け引きする余地なんぞは、これっぽっちも残されてねえんだ」

作次郎が鶴巻の耳元に囁《ささや》き、鶴巻はぞくりと身震いすると話しだした。

「今から一月《ひとつき》も前のことだ。おれは、鹿家様の命で道三河岸に手紙を持っていかされた。相手の鵜飼参左衛門様に直《じか》に渡すように命じられていたゆえ、おれは書状を鵜飼様にお渡しした……」

鵜飼は鶴巻琢磨に一言も声をかけず、手紙をその場で読むと何度か舌打ちした。そして、帰ってよいとも言わずに立ちあがった。

柳沢吉保の上屋敷の玄関先には、諸侯の家老や豪商の供たちが大勢待っていた。

「鹿家様にご返書がございますか」

鵜飼がじろりと見た。

それは鹿家赤兵衛と同じ、いや、それ以上に人を信じてはいない眼だった。

「あるなればあると命じておる、帰れ」

満座が注視する中での答えだった。

町方同心はお目見《めみえ》以下、不浄役人と蔑《さげす》まれてきたが、このような恥辱を受けたことはない。鶴巻は大老格柳沢家の上屋敷を憤怒《ふんぬ》の思いで出た。出たところで吐き捨てた。

「糞《くそ》っ、人をなんと思うておるのだ」

鶴巻は、道三堀に架かる道三橋でしばし佇《たたず》んでいた。

そんな鶴巻の鼻先を小太りの鵜飼参左衛門がせかせかとした足取りで出てきた。供は連れていない。

鶴巻は届けた手紙のせいで鵜飼が動きだしたなと思った。

道三堀を早足に銭瓶《ぜにがめ》橋の方角へ下っていく鵜飼を鶴巻は尾行していた。

常盤《ときわ》橋で御堀を渡った鵜飼は、金座前から竜閑《りゅうかん》橋を経て、鎌倉河岸から青物役所のかたわらを抜け、筋違《すじかい》御門から神田川に架かる筋違橋を渡って、下谷御《したやお》成道《なりみち》を入った屋敷に姿を消した。

明らかに旗本の拝領屋敷だが、長年の無役を示して、片番所付きの長屋門も塀も壊れっぱなしだ。

敷地はおよそ五百から六百坪と見た。庭木も長年、手が入れられてないと見えて、塀の上から伸び放題の松の枝が通りに差しかけていた。

鶴巻はどうしたものかと、鵜飼が消えた拝領屋敷を眺めた。すると破れ放題の屋敷には、不気味な緊張が漂っていることに気がついた。

鶴巻は御成道まで出ると神田旅籠《はたご》町の角にまだ店を開いていた米屋の越後屋に入っていった。

番頭がすぐに町方同心と見て、揉《も》み手をしながら姿を見せた。

「なんぞ御用にございましょうか」

鶴巻が屋敷の佇まいを説明して、どなたの屋敷かと訊いた。

「ああっ、幽霊屋敷ですか。内貴《ないき》頼母《たのも》様の屋敷ですよ」

「内貴様とな」

内貴は甲賀五姓家のひとつではなかったか。

「はい、旗本二百七十三石、年貢《ねんぐ》は何年も先まで蔵前に差し押さえられておりましょうよ」

「そなたのところも米代が滞っておるか」

「前は滞っておりました。が、このところお支払いは順調にございますな」

「お役に就かれたか」

「頼母様は労咳《ろうがい》にございます。お役は無理かと思いますがな」

「なんぞ実入りがなければ、滞った米の代金も払えまい」

「それが不思議なことで」

　と答えた番頭が、

「それに内貴様の米の注文は半端《はんぱ》じゃないんで」

「どういうことか」

「へえっ、三百石にも満たないお屋敷では、主《あるじ》一家と奉公人合わせてせいぜい十四、五人が相場にございましょう。ところが内貴様の屋敷では、時に五、六十人の人間が食べるくらいに減り方が激しいので」

「ほう、奇怪なことだな」

　鶴巻は越後屋界隈《かいわい》の味噌屋《みそや》や酒屋や薪炭商《しんたん》を廻り、越後屋と同じような証言を得た。

「……おれは今一度、内貴屋敷に戻ってみた。だが、言われれば言われるほど界隈で幽霊屋敷とよばれるわけがわかったようでな、不気味なのだ。それで近づくことなく戻って参った」

「それが話し残されたすべてにございますか」

「さよう、これでは駄目か」

鶴巻琢磨の声が弱々しかった。

「お栄さんと所帯を持つ代償にはちと足りませぬな」

「そうは申してももはやおれの知るところなどなにもない」

「ならば、手紙を一本書き残してもらいましょうかな」

「だれにか」

「むろん鹿家赤兵衛様にでございますよ」

「なんと書く」

「内容は私がお教えいたします」

作次郎が硯《すずり》と筆を運んできた。

町人姿の鶴巻琢磨とお栄が手に手を取り合って、野州真岡を目指して江戸から消えた翌日、内貴屋敷の裏手の屋敷に鳶沢一族の者たちが入りこんでいた。百二十俵取りの御家人《ごけにん》大武朝太郎《おおたけあさたろう》の屋敷に入ったのは、おてつと秀三の親子だ。

御家人や少禄《しょうろく》の旗本屋敷は、古着屋とのつながりが深い。

江戸期、衣類は貴重品である。洗い張りして何度も再利用された。また実入りの少ない武家屋敷は、新物を買う余裕などない。

そこで大武家に目をつけた笠蔵らが出入りの古着屋を探すと、柳原土手の坂《さか》本屋《もとや》という間口一間ほどの小店と分かった。こうなれば、手蔓《てづる》を付けることなど簡単なことだ。

大武家の老用人江間昌吉《えままさよし》に頼んで、臨時に二人を飯炊《めした》きと中間《ちゅうげん》に雇ってもらった。

給金なしの上に大武家の家族の秋物衣類と奉公人のお仕着せを持参したのだ。文句の出ようもない。

江間用人はおてつたちが入りこんだ日のうちに内貴家のことを喋《しゃべ》っていた。

甘いものを買って持っていったおてつが言葉巧みに誘いかけたのだ。

「おおっ、広小路の錦《にしき》堂の金鍔《きんつば》焼か、私の好物でな」

たまらず金鍔に手を伸ばした江間が、

「お隣の内貴どのな、あれは得体の知れん屋敷だぞ。出入りの商人どもが幽霊屋敷と呼ぶのも無理はない。いつもな、怪しげな靄《もや》でもかかっているように不気味な殺気があり、大勢の人が住んでおるかと思うと、まるで無人の日があるという具合で、よう分からぬ」

「屋敷付き合いもございませぬので」

「ないない、変わり者だ」

と手を振った。

「内貴様のご家族は何人でございましょうかな」

「頼母様に内儀と娘が一人、奉公人は、草履取りに女中など都合六人かな」

「つまりは九人で住んでおられるのですね」

「わしの知るところはそうだ。だが、このところ出入りの店の小僧どもが酒だ、米だとよう運んで参るわ」

老用人は羨《うらや》ましそうに言った。

「長年の無役と聞きましたが、懐《ふところ》具合がよろしいとなると、親類縁者に金持ちがおられるか、娘様が大家に嫁入られたか」

「さような話は聞いたこともないぞ。第一な、近頃まで女中が八百屋《やおや》にくず野菜を貰《もら》い歩いていたし、最下等のくず米を購《あがな》っていたわ。それが急にな、羽振りがよくなった」

「いつごろからにございますか」

「この一年といったところかのう」

「先ほど不気味な殺気があり、大勢の人が住んでおる気配があると申されましたが、門の出入りはないのでございますね」

「ないな。だから、不気味なのだ。だがただ今は、のんびりした日が続いておるで心配いたすな」

老用人はそういうと二つ目の金鍔に手を伸ばした。

掛取りにきた風情《ふぜい》の大黒屋三番番頭の又三郎は小僧の芳次を連れて、内貴屋敷の前を通り過ぎた。

傾いた長屋門の奥では中間がのんびりと満ち足りた様子で庭掃除をしていた。内貴家の南側は、御小普請《こぶしん》改め百俵七人扶持《ぶち》の上野《うえの》家、ぐるりと裏に回っておてつと秀三の入り込んだ大武家、さらに北側に回りこむと、空屋敷が内貴の屋敷に接していた。

又三郎と芳次が御成道に戻ったとき、秀三が追いかけてきた。二人はそ知らぬ顔で下谷広小路まで行き、一軒の蕎麦《そば》屋に入った。すると秀三が従ってきた。

三人は人目につかない隅の卓に座った。

「怪しげな屋敷と聞いてきたが、無役のわりにはのんびりした風情が漂って、格別怪しげという風はございませぬな」

蕎麦を注文した又三郎が言いだした。

「へえっ、ただ今は、内緒の同居人どもがいないようなんで。主の頼母様家族に奉公人の九人暮らし、のどかなものです。昨夜などは、酒でも飲んでいるのか、笑い声まで響いておりましたぞ」

「同居人ひとり残らず他出か」

「まずは残っておりませぬな」

「出入りは空屋敷ですか」

「間違いございませぬ。昨夜のうちに塀を乗り越えましたが、内貴の屋敷の北側から地下通路が空屋敷の破《や》れ蔵《ぐら》に通じております。穴は昨日今日の細工ではありませぬな」

「とするとおまえさんが住みこんだ大武家にも上野家にも隠し穴があるのではありませぬか」

「あるやも知れませぬ」

秀三が頷《うなず》いた。

「調べますか」

「今晩も同居人が戻っておらねば、私どもが空屋敷に入りこみましょうかな」

「なれば私どもも呼応して調べます」

又三郎と秀三が頷き合い、会合の刻限を夜半九つ（午前零時頃）と決めた。

夜半前、入堀の栄橋下から一隻《せき》の猪牙舟《ちょきぶね》が忽然《こつぜん》と姿を現わした。

大黒屋の地下に設けられた船着場から隠し水路を使って入堀に出てきた猪牙舟は、二丁櫓《ろ》でも三丁櫓でも漕《こ》げるように工夫された早舟だ。

黒ずくめの格好で乗っているのは、風神の又三郎に手代の稲平、荷運び頭の作次郎に漕ぎ手は文五郎だ。

入堀からいったん大川に出た舟は、新大橋、両国橋と潜り、神田川に入っていった。

その舟が止められたのは、対岸に柳原土手を望む和泉橋と筋違橋の中ほど、神田佐久間町あたりの土手下だ。

早舟を土手下に生えた柳の木の繁《しげ》みに隠した四人は神田川の土手を一気に登り、下谷御成道に進むと越後村松藩三万石の上屋敷の手前で西に折れた。

又三郎の案内で難なく空屋敷の塀の外に辿《たど》りついた四人は、秀三の合図を待った。

しばらくすると梟《ふくろう》の鳴き声がして、秀三が空屋敷の塀の上に顔を覗《のぞ》かせた。

四人は一気に塀を乗り越えた。

空屋敷の敷地はおよそ五百坪、壊れかけた屋敷に伸び放題の植木、さらに雑草が生えっ放しで、怪しげな人間たちが出入りするにはうってつけの場所だ。

この荒れ果てた屋敷の北側に白壁が落ちかけた蔵があった。蔵の周りには、何本かの銀杏《いちょう》の大木が植えられて、蔵自体を覆《おお》い隠していた。

蔵に案内した秀三は、用意していた手燭《てしょく》に明かりを点《とも》した。二階への階段は踏み板が落ちていたが屋根はしっかりして、雨漏りはないようだ。

「番頭さん、こっちだぜ」

秀三が埃《ほこり》だらけの長持ちの積まれた背後に導くと、床に一尺（約三〇センチ）四方の穴が開いていた。

「秀三さんは、どこまで潜りこみなさった」

「内貴家の敷地の入り口までは覗きましたよ。その先はまだにございます」

「同居人の甲賀鵜飼衆遠雷組は戻っておりませぬな」

「そいつは確かだ」

「内貴家は甲賀五姓家の一つだが、当代様はどんな風ですね」

「労咳を患《わずら》っていることもあるが、ありゃ、長年の貧乏暮らしで気概も矜持《きょうじ》も捨てた口だねえ。遠雷組が入りこんで身銭が入るようになったことだけを喜んでいる感じだ」

「貧乏が忍びの技も忘れさせたかどうか入りこんでみますか」

又三郎はそう言うと、文五郎を蔵の出入り口に残し、四人で穴に潜りこんだ。

手燭を持った秀三が先頭に立った。

穴から梯子《はしご》段が一間半（約二・七メートル）ほど地中に下っていた。ひんやりとした冷気が四人を包んだ。そこは半間四方に広げられ、その一角から幅一尺五寸（約四五センチ）、高さ五尺（約一五〇センチ）ほどの通路が延びていた。

「番頭さん、穴の木組が新しく変えられていましょう」

秀三が明かりで地下通路の棟や梁《はり》が新しい資材に変えられていることを見せた。

「頻繁に使われてますぜ」

床を足裏で踏み締めた作次郎が言った。

「よし、いこう」

秀三が明かりを消した。

ここからは暗黒の中を先導する秀三の動きを感じつつ、又三郎、作次郎、稲平の順で進んだ。どれほど前進したか、秀三がふいに歩みを止めた。後に続く又三郎も前方に人の気配を感じた。

四人は気配を消した。すると、

「範造《はんぞう》さん」

「おせつさん」

と切なく言い合う声がして、小さな明かりが遠くに点った。どうやら内貴家の小者と女中が穴倉を密会場所に使っているらしい。

「おせつさん、ほれ、乳房を見せてくんな」

「恥ずかしいよ」

「恥ずかしかねえさ、おれたちは互いに尻《しり》の毛羽まで見せ合った仲だぜ」

「あれ、そんなことを。あいつらが戻ってきたらどうするの」

「あと三日は戻ってこねえとさ」

「どこに行ったんだえ、大飯喰らいどもはさ」

「そんなことはいいからさ、ほれ、帯を解きなって」

「寒いよ」

「なあに、二人で重なっていりゃあ、温かいぜ」

男と女の荒い息遣いの後、あられもない嬌声《きょうせい》が地下の通路に響いてきた。

「驚いたぜ」

秀三が呟《つぶや》き、

「番頭さん、どうしたもので」

と又三郎を振りむいた。

「主《あるじ》に内緒の密会者だ、脅しつければなにか吐きだすかもしれないね」

「ならば、事が終わった二人をひっ捕まえますかえ」

「そうしておくれ」

その場に秀三と稲平が残り、又三郎と作次郎は空屋敷の蔵に後戻りしていった。

四半刻《しはんとき》（三十分）後、目隠しをされた範造とおせつが引き立てられてきた。

女は繻袢《じゅばん》一枚に男は褌《ふんどし》一丁だ。

「屋敷の中で密会とはおまえさん方もなかなか大胆だねえ」

「いえ、これには訳が」

男が必死で言い募った。

「まあいいさ、内貴様に申しあげたところで互いに一文も得になるわけじゃない。それよりさ、範造さん、おせつさん、銭を稼がないかえ」

「ど、どういうことで」

「二人が所帯を持つ程度の金は出そうじゃないか」

範造とおせつが手探りで互いの手を取り合い、どうしたものかと見えない目で考えを探ろうとした。

「話次第では五両まで出しましょうかねえ」

「な、なにを話せと言われるんで」

「内貴様の屋敷に時折り転がりこむ、大飯喰らいのことですよ」

範造が息を飲み、

「おまえさん方は」

と言った。

「余計な詮索《せんさく》はなしにしましょうな。おまえさん方が五両を稼ぐ途《みち》ですよ」

「なにを話せばいいんです」

「甲賀鵜飼衆はどこに出向いているんですね」

「相州の観音崎と聞きましたけど」

作次郎らの背筋に悪寒《おかん》が走った。

観音崎には大黒丸の船隠しの深浦湾がある。遠雷組がそのことを察知したとしたら、囚《とら》われの身になったるりの口を通してのことだろう。

これは鳶沢一族にとって一大事だ。

「やつらはいつ戻ってくると言い置きましたな」

「三日後の筈《はず》ですが」

「刻限は」

「出入りは八つ（午前二時頃）と決まってます」

「内貴家を隠れ家にする鵜飼衆遠雷組は何人ですね」

「最初は三十四、五人いましたが、近頃は二十六人ほどで」

「頭分はだれです」

「鹿家赤兵衛って男ですよ」

「主どのと鵜飼参左衛門様は、親類縁者かな」

「一族の方と聞いてますが……」

と答えた範造が、

「わっしら、渡り中間の知っていることなんてこんなもんですが」

とすべてを吐きだしたといった。

又三郎がおせつの手に五両を握らせ、

「おまえさんはなんぞまだ知っちゃあいませんか」

と訊いた。

おせつは小判の感触を楽しむように撫《な》でていたが、

「鵜飼の旦那《だんな》とうちの奥様は割りない仲ですよ。三日に上げず柳橋の船宿の神《かん》田川《だがわ》から屋根船を借りて逢瀬《おうせ》を楽しんでいられます」

「そいつはおもしろい話だねえ」

又三郎が秀三と稲平に合図をして、二人は再び穴の中へと連れ戻された。

「番頭さん、どうしますねえ」

作次郎が又三郎を振り見た。

「三日後に戻ってきますさ。だが、その前にうちの尻にも火がついたよ」

「そういうことだ」

「ともかく明晩からここの穴が仕事場になろうよ」

二人の男は顔を見合わせ、頷いた。

四

又三郎と作次郎の二人から報告を受けた笠蔵は、その夜のうちに相州浦郷村の深浦へ国次と文五郎、晴太の三人を早舟で発《た》たせた。

国次は深浦の船隠しを見つけて、お膳《ぜん》立《だ》てした人物だ。なんとしても浦郷村の男衆《おとこし》と会うには国次が動く必要があった。

三人の目的は、遠雷組が大黒丸の船隠しの入り江をすでに見つけたかどうか、調べるためだ。

大黒屋にとって都合のいいことは大黒丸がいないことだ。巨船がいないのであれば、なんとでも隠しおおせるし、言い逃れもできる。

ともかく早急に出立させたあと、笠蔵は朝の一番でそのことを美雪に報告した。

「笠蔵さん、るり様が大黒丸の船隠しの場所をどれだけ仔細《しさい》に承知していたかですね」

るりも大黒丸の出帆を見送りにいっていた。

「はい。又三郎らに急を告げられた後、何度も考えました。が、明神丸に佃島《つくだじま》沖から乗って観音崎の邂逅《かいこう》地点まで出向いただけ、るり様は船室に引き籠《こも》っておられましたな。大黒丸がどこから来たか、おそらくなにも知りはしますまい。ですが、鵜飼衆遠雷組に観音崎付近の入り江に船隠しがあると見当をつけられたことは確かにございます」

「われらとしては痛手です、知られてはならぬことです」

「さよう」

「鵜飼衆遠雷組が深浦を突き止めた、突き止めぬにかかわらず、一人残らず殲《せん》滅《めっ》しなければなりませぬ」

「美雪様、御許しいただけますか」

「総兵衛様のお帰りまでには片をつけておかねばならぬことです」

「今晩より空屋敷に一族の総力を挙げて仕掛けを致します」

「二晩とありませぬな」

「死に物狂いで立ち向かいます」

女主に大番頭が約束した。

さらに柳沢家の鵜飼参左衛門と内貴頼母の内儀お松《まつ》におてつと秀三らが張りついた。

昼間は店を開け、夜間は一族全員が下谷御成道に出張っての仕事になった。

そのせいで夜の間の大黒屋を守るのは、美雪ら女衆《おんなし》だけになった。

ちよは美雪に従って、奥座敷にいた。

仲夏の夜、風もなくどことなく湿っぽい。

座敷の隅に積まれた座布団《ざぶとん》の上に丸まっていた黒猫のひながふいに顔を上げて、鳴いた。不安に塗《まぶ》されたような鳴き声だ。

渡り廊下に足音が響いた。

ちよが立つと大黒屋の台所を仕切る勝手頭のよねが六尺棒を小脇《こわき》にして、姿を見せた。むろんよねは鳶沢一族の女だ。

「表が妙な具合にございます。怪しげな男どもがうろつくかと思うと、ただ今は、北町奉行所の御用提灯《ごようぢょうちん》に取って変わっております」

「怪しげな男とは武士ですか、町人ですか」

「無宿人とも思える男どもです」

「その者たちと奉行所の御用提灯な」

美雪は鹿家赤兵衛がなんぞ策をめぐらせてのことだと見当をつけた。

鶴巻琢磨が江戸から姿を消して、数日が過ぎていた。

大番頭の笠蔵は、鶴巻に手紙を書かせた。

上司の鹿家赤兵衛に宛《あ》てた手紙には、自発的に同心を辞め、江戸を立ち退《の》く仕儀に相成ったとその旨《むね》が記載されていた。だが、その手紙を鹿家が信じたとも思えない。

大黒屋に囚われてのことと考え、その捜索に立ち入るつもりか。だが、無頼の者をどうしようというのか。

大番頭の笠蔵らが戻ってくるまでには数刻の間があった。

「美雪様、どうしたものでしょうな」

よねの顔が緊張していた。

「仕方ありませぬな。御用とあれば、表戸を開けぬわけにも参りますまい。私が応対いたします」

美雪の態度は堂々として怯《おび》えたところなど微塵《みじん》もなかった。

それがよねの高ぶった気持ちを鎮《しず》めた。

「よねさん、万が一のことを考え、女衆を家のあちこちに配置して、手元に火を用意させるのです」

古着問屋の大黒屋の表構えは当然のことながら、商家造りだ。だが、二十五間四方を総二階の店や蔵が囲み、外からの侵入者を寄せつけぬ構えになっていた。

大黒屋の店と住いは、鳶沢一族の江戸屋敷でもあったのだ。

北町奉行所に押し込まれて町方にこの秘密を悟られてはならなかった。

美雪は総兵衛との祝言《しゅうげん》の夜に、

「もし大黒屋の秘密が他人に洩《も》れる恐れのあるときは、一瞬の迷いなく灰燼《かいじん》に帰せ」

と申しつけられていた。その準備を美雪は命じたのだ。

「畏《かしこ》まりました」

よねが緊張の返答をしたとき、再び渡り廊下に急ぎ足の音がした。

若い女中のいよが血相を変えて、

「北町のお調べだと表戸が叩《たた》かれております」

と叫んだ。

「いよ、慌《あわ》てるでない！」

よねが一喝して、

「内儀様が応対なさいます」

と答えていた。

美雪が静かに立ちあがり、ちよが美雪と自らの小太刀を持って従った。

ちよは近頃美雪から小太刀の手解《てほど》きを受けていたのだ。

よねはいよに火を用意して、予《か》ねて命じられた場所に待機せよと美雪の命を伝えると、美雪の後を追った。

大黒屋の屋敷内に緊張が走り、速やかに配置についた。さらに若い女衆を数人選んでそれぞれ武器を持って潜ませた。

「北町奉行所である、大黒屋、潜《くぐ》りを開けよ！」

「叩き壊して押し入るぞ！」

表から怒鳴り声が次々に響いた。

美雪が店の広々とした板の間に座すとよねに合図した。よねが広い土間に下りると、

「どなたでございますな。店は明朝五つ（午前八時頃）からにございます」

と応じていた。

「何度言わせる気か、北町奉行所である！」

「はっ、はい、ただ今」

よねは配下の者たちが配置についたか、胸の内で確かめた。

女たちに鳶沢一族の江戸屋敷を守り抜く心構えはあった。また万が一の場合、店のあちこちに火を放って、一気に炎上させる決意もできていた。その覚悟を自らに問うたのだ。

よねが今一度美雪を振り見た。

美雪は整理の行き届いた板の間に端座して笑みを浮かべた。その背後にちよ

が控えていた。

会釈《えしゃく》を返したよねは、臆病《おくびょう》窓に手をかけた。

夜間、訪問者がだれか確かめる小窓に北町奉行所の御用提灯がちらちらして、

「開けぬか、御用である！」

という怒鳴り声がよねの耳を襲った。

よねは通用口の閂《かんぬき》を抜き、体を開いて潜り戸を引いた。

「御用だ！」

提灯がまず押し入り、続いて黒い集団が旋風のように飛びこんできた。

美雪はそれが奉行所の手の者ではなく、無頼の徒だと即座に見た。

「何者です！」

美雪が誰何《すいか》した。

「何者だと、北町の手の者よ！」

と叫び返した男の片頬には刃物の傷が刻まれていた。懐《ふところ》から匕首《あいくち》を抜いた男の腕に入墨が覗《のぞ》いた。なんと鹿家は罪人を唆《そそのか》して大黒屋に押し入らせようとしていた。

最後にゆっくりと潜り戸を入ってきた者がいた。

鹿家赤兵衛は、自ら後ろ手で戸を閉じた。

「北町奉行所のお役人とも思えぬ振る舞いですね」

鹿家は黙っていた。

「旦那、大黒屋には男がいねえようだね」

美雪の問いを無視して鹿家に言ったのは、最初に飛びこんできた無頼者だ。

背丈は五尺六寸（約一七〇センチ）余か、小太りで俊敏な動きを示した男は、七首の先を頬の傷に当てた。

「鋳掛《いかけ》の権太《ごんた》、おれが睨《にら》んだとおり、店は女だけだ。好きにしてよい」

「有難きお言葉にございます」

とにたりと笑った無頼者が美雪を睨み、

「おめえが女主人のようだな」

と訊いてきた。

「大黒屋総兵衛の女房美雪にございます。夜分に北町奉行所の名を出されて押し入られるとは無法も過ぎますな」

「だれが北町の御用といった。北町奉行所に御用になったおれたちと名乗っただけだぜ」

平然としたものだ。

「この者たち、有象無象を唆したのが与力の鹿家赤兵衛様にございますか」

「有象無象か、内儀さん、よく言ってくれましたねえ」

鋳掛の権太が意気込んだ。

「うじ虫と申さばよいか」

「畜生、言いたい放題に。鋳掛の権太、島流しの罪一等を鹿家の旦那《だんな》に減じられたんだぜ。お許しも得た、好き勝手に大暴れしてみせようかえ」

匕首を上がり框《がまち》に突き立てると、縞《しま》の裾《すそ》をまくって帯に挟みこんだ。汚い褌《ふんどし》の端から一物が見えた。

ちよが美雪の背後に移動して、布で包んだ小太刀を渡した。

「おや、内儀さん、わっちらに楯《たて》突こうというんですかえ。止《や》めときねえな、だれもが修羅場潜ってきた狂犬ばかりだ。それよりさ、おれっちの体の下で随喜の涙でも流したほうが互いに極楽往生というものだぜ」

鋳掛の権太と名乗った無頼者が突き立てた匕首に手を伸ばした。

その瞬間、美雪がぱらりと布を剝《は》ぎ取り、小太刀の柄《つか》に手をかけるが早いか、閃《ひらめ》かせた。

正座したままでの迅速なまでの抜き撃ちだ。

匕首を抜き取ろうとした権太の手首が美雪の一閃《いっせん》に斬《き》り放たれて、虚空《こくう》に飛んだ。

ぎええっ！

血を振り撒《ま》いて権太が尻餅《しりもち》をついた。

それでも権太は立ちあがると左手で匕首を摑《つか》み、美雪に突っかかっていった。

さすがに入墨者だ、根性が据わっていた。

美雪は平然としたものだ。片膝《かたひざ》を立てて、飛びこんできた権太の首筋を、
ぱあっ
と一太刀で刎《は》ね斬った。

さすがの権太も意表をつかれ、横倒しに倒れた。

「やりやがったな！」

仲間たちが匕首や長脇差《ながどす》を振りまわして、美雪に飛びかかろうとした。それを美雪が軽やかに斬りさばき、その背後から六尺棒を構えたよねが襲いかかった。さらにちよも店の奥に待機していた女たちも加わって、奮戦した。

女ばかりと見て侮《あなど》った無頼者たちは、美雪の小太刀に斬りかけられ、女たちに殴りかかられて、次々に倒されていった。

その様子を鹿家赤兵衛は驚きもせずに冷酷な眼差《まなざ》しで見ていた。

「さすがに大黒屋の女房だな、ただ者ではないぜ」

そう言い放った鹿家が羽織を脱ぎ捨て、剣の柄に手をかけた。

美雪は上がり框から足袋裸足《はだし》で土間に下りた。

鹿家は美雪が倒した権太の死骸《しがい》や怪我人《けがにん》を避《よ》けて、大黒屋の広い店先の奥へと移動していた。

鹿家赤兵衛と美雪は一間の間合いで睨み合った。

がっちりとした体格の鹿家は足を大きく開き、腰を沈めて、大刀の柄を腹前に置くようにして構えた。

居合いを得意にするのか。

美雪は小太刀を片手正眼にとった。

構えはただすっくと立っているように見えた。

鹿家の左手が柄に添えられた。

緊迫の時が流れて、ふうっと止まった。

その瞬間、鹿家赤兵衛が疾駆した。同時に腹前に置かれた大刀が鞘《さや》走り、白い光が車輪を描いて美雪の胴に伸びていた。

美雪は気配もなく垂直に飛んでいた。

虚空で両足が後方に跳ねられて、胴斬りに引きまわされた剣をかわした。そうしておいて、正眼の小太刀が突進してきた鹿家赤兵衛の眉間《みけん》に吸いこまれていった。

すうっ
と小太刀が鹿家の眉間を二つに割り、鹿家が立ち竦《すく》み、そのかたわらをふわりと飛んだ美雪が音もなく土間に着地した。

どさり
と背後で鹿家赤兵衛が倒れこんだ。

「よね、怪我人の手当てをしなされ」

美雪がよねらに何事もなかったように命じた。

笠蔵らが大黒屋に戻ってきたとき、店の土間に北町奉行所の諸問屋組合再興方与力であり、甲賀鵜飼衆の幹部でもある鹿家赤兵衛ら二つの死体と、入墨者五人が転がされていた。

兄貴分の鋳掛の権太は美雪の小太刀に命を落とし、三人が怪我を負い、二人だけが無傷で縄をかけられていた。

「な、なんとしたことで……」

「ちょっとした騒ぎでした」

事情を説明された男衆が迅速に始末に動いた。

「美雪様、やや子に障《さわ》りませぬか」

笠蔵がひと段落したとき、心配したのはそのことだ。

「総兵衛様と美雪の子です。少々のことではなんということもありませぬ」

美雪は平然と答えたものだ。

翌夜、笠蔵と美雪は戦支度《いくさ》で下谷御成道北側の空屋敷近くの林然寺に待機していた。すでに一族の者たちは空屋敷の内外に潜んで、甲賀鵜飼衆遠雷組の帰りを、息を凝らして待ち受けていた。

上野寛永寺の境内で打ち鳴らされる深更八つの時鐘が下谷御成道まで響いてきた。

ふいに下谷一帯に妖気《ようき》が漂ってきた。

「戻ってきましたかな」

笠蔵が呟《つぶや》く。

美雪の潜む山門下から空屋敷の塀を次々に乗り越えて、鵜飼衆遠雷組が消えていく。その数、およそ十六、七人だ。

「思ったよりも少のうございますな」

笠蔵の言葉が消えぬうちに一つの影が姿を見せた。

「おや、あれは晴太ではありませぬかな」

相州の浦郷村に急行した三人のうちの一人の晴太だ。

笠蔵が山門から出た。

それに晴太が気づき、気配もなく寄ってきた。

無言のうちに挨拶《あいさつ》を交わした三人の主従は、まず空屋敷の門前に向かった。

十七人の鵜飼衆遠雷組を飲みこんだ空屋敷の破《や》れ蔵《ぐら》では、地に潜み、闇《やみ》に隠れていた鳶沢一族の男たちが姿を見せて、蔵を取り囲んだ。

一族の二隊の指揮をそれぞれ又三郎と作次郎が執っていた。

作次郎と配下の者が破れ蔵を囲むように立つ銀杏《いちょう》の大木の枝に登って、大鉈《おおなた》を構えていた。

銀杏の大枝には頑丈な縄で編まれたもっこがいくつも吊《つ》り下げられて、もっこには重そうな岩が何個も入っていた。そのもっこは地下通路の線上に並べられていた。

そのとき、相州から江戸に戻ってきた甲賀鵜飼衆遠雷組は、空屋敷から内貴家の敷地へと通じた地下通路に入りこみ、江戸の隠れ家に戻りつこうとしていた。だが、いつもと違う気配に先頭を行く小頭の足がぴたりと止まった。

「どうした」

仲間が訊いた。

「風が」

「風とな」

地下通路に風が吹き通っていた。

「おかしいぞ、戻れ！」

「どうした、引き返すとな」

暗く、狭い地下通路でもみ合いが続いた。

夜陰に又三郎が放った夜烏《よがらす》の鳴き声が響いた。

銀杏の枝に跨《また》がっていた作次郎の大鉈がもっこを吊るす縄を断ち切った、さらに二つ目、三つ目を……。

空屋敷から内貴家へと通じた地下通路の柱や梁《はり》が抜かれ、その上に穴が穿《うが》たれて地盤が脆弱《ぜいじゃく》になっていた。

この二日、鳶沢一族が徹夜で作業した成果だ。

銀杏の大木に吊るされた岩が次々と落下して、暗黒の通路を押し潰《つぶ》していった。

地中から悲鳴が起こり、それでも鵜飼衆遠雷組の後尾にいた数人が破れ蔵へと飛びだした。が、そこには鳶沢一族の面々が待ち受けていたのだ。

「おのれ!」

甲賀鵜飼衆遠雷組の面目にかけて、忍び刀を抜くと鳶沢一族の面々に襲いかかっていった。

又三郎に指揮された一族も一気に動きだした。

即座に勝負の決着はついていた。

美雪と笠蔵と晴太の三人が破れ蔵に入ったとき、甲賀鵜飼衆遠雷組十七人はこの世からすでに消えていた。

「私など出る幕はございませんでしたな」

「美雪様に二晩続けて働かれますと、一族の男どもの面目も立ちませぬ」

笠蔵が、満足げに笑った。

神田川から富沢町へ戻る早舟の中、美雪と笠蔵は晴太から旅の報告を受けた。

船頭は荷運び頭の作次郎だ。

「内儀様、大番頭さん、大黒丸の船隠しにございますが、見つけられてはおりませぬ。いえ、浦郷村の深浦の入り江にも怪しげな面々が入りこんだようですが、村人たちが知らぬ存ぜぬで、追い返したということにございました」

「そいつは一安心でしたな」

笠蔵が晴太の労を労《ねぎら》った。

「大番頭さん、大黒丸が戻ってくるときが大事にございましょう」

「残党も生かしてはおきませぬ」

笠蔵が言い切り、

「国次と文五郎はどうしたな」

「今しばらく浦郷村に留《とど》まるそうで、わっしが使いに戻ってきました」

「よい判断です」

「晴太さん」

と美雪が遠出をしてきた荷運びの名を呼んだ。

「そなたはどこで鵜飼衆遠雷組と会いなされたのです」

「それにございますよ。相州まであやつらを追っていって、この江戸で会ったのでございますよ」

晴太は富沢町の大黒屋に戻った。すると美雪も一族の男衆も下谷御成道に出張っているとよねらに告げられた。

美雪様直々の出張りなれば、一族存亡の瀬戸際《せとぎわ》であろう。晴太もすぐに店を飛びだしてきたのだ。

「……和泉橋を渡ろうとしたときでございますよ、橋下を二隻《せき》の奇妙な八丁櫂《かい》の船が通り過ぎました。それが相州まで探し求めて探し切れなかった甲賀鵜飼衆遠雷組だったのでございますよ」

「鵜飼衆は八丁櫂で神田川を遡《さかのぼ》ってきたのですね」

美雪は沈黙した。

「なんぞ気がかりにございますか」

「八丁櫂はどうなりました」

さて、と頭を捻《ひね》った晴太が、

「八丁櫂の船を降りた鵜飼衆の後をつけるのに夢中で船のことを気にもしませんでした」

「美雪様は鉄甲船が完成したと申されるので」

笠蔵が訊いた。

「ひょっとしたらと思ったまでにございます」

「確かめる要がございますな」

船頭の作次郎が心得た顔で櫓《ろ》に力を入れた。

美雪と笠蔵らを乗せた早舟は、大川を下り、仙台堀を経由して塩浜町の造船場に急行した。だが、大黒丸を捕捉《ほそく》するために建造された鉄甲船団は、忽然《こつぜん》と姿を消して、一隻も残っていなかった。

「鵜飼衆遠雷組の残党はどこぞに移ったと見えますな」

「大黒丸が観音崎を回るときにあやつらが姿を見せるということでしょうか」

「ちょいと油断をしました」

笠蔵が悔しそうに言い、

「頭、一先《ひとま》ず富沢町に戻ろうか」

と命じた。

第四章　参《さん》籠《ろう》

一

浄土宗の総本山知恩院《ちおんいん》から北へ向かう大路の一角に楠《くすのき》の巨木が四方に枝を伸ばし、青々と葉を繁らせて坂道に影を落とす場所があった。

青蓮院《しょうれんいん》の門前に何百年も前から聳《そび》え立つ大楠である。

この大路の途中から三条大路を東に折れ、山沿いを北に行き、さらに東に曲がると正応《しょうおう》四年（一二九一）に創建の五山之上に列せられた南禅寺の三門が見えてくる。

この南禅寺に向かう途中からさらに北へ如意嶽《にょいがたけ》の山麓《さんろく》をうねり続く山道を鹿《しし》

ヶ谷《たに》道という。

京の中心から外れたこの一帯は、

〈そもそもこの嶺《みね》（如意嶽）は、叡嶽《えいがく》の南に隣りて、白雲嶺を埋《うづ》み、谷深うして、万仭《ばんじん》の青巌路を遮れり。華洛《からく》に程近しといへども、衆山嶮難《けんなん》にして常に人跡稀《まれ》なり〉

と『都名所図会《ずえ》』に紹介されているほど山奥であった。

この鹿ヶ谷道をおよそ三ヶ月前から牛車《ぎっしゃ》を引いて通う一団があった。

その行き先は、鹿ヶ谷の談合谷の東の竹藪《たけやぶ》に住いする公卿《くぎょう》清閑寺親房《ちかふさ》の山荘である。

鹿ヶ谷の山荘といえば聞こえはいいがただの山家、都大路の屋敷の傷《いた》みが激しく、雨露も凌《しの》げなくなって移り住んだだけのことだ。

さて、牛車を引いて通う一団が日を重ねるうちに京にいろいろな噂《うわさ》が飛び交い始めた。

「清閑寺はんの三女やが、なんと綱吉様の愛妾《あいしょう》に召しだされはるんやて」

「新典侍《しんてんじ》の教子《のりこ》はんがどすか。それは、ものすごい出世どすなあ」

「ほんまかいな」

「ほんまもほんまや。お迎えは今を時めく柳沢吉保様の御使いやて」

「そんで清閑寺はん、首を縦に振らはりましたんか」

「親房様はほれ、すぐにも振りたいのとちゃうか。けどな、教子はんが御使いに言わはったそうや」

「なんて言わはったん、まさか断ったんちがうやろな」

「五代綱吉様の側室とはいえ妾《めかけ》は妾、江戸の御使いさんが本気かどうか、教子はんが鹿ヶ谷の山荘の小阿弥陀堂《あみだどう》に参籠《さんろう》百日続ける間に毎朝通いなされ、とな」

「まあ、なんと深草の少将まがいやな」

「ともかくや、京の目敏《めざと》い商人たちが教子はんの江戸下向を前に親房様にお近づきをと金子を持参したり、着物《べべ》を持ったりと通いなはれて、鹿ヶ谷道はえらい賑《にぎ》わいどっせ」

「わても相伴に与《あず》かろ」

「相伴やて、おこぼれと違いまっか」

「まあ、そんなことどうでもよろし」

京から牛車を引いて通う柳沢吉保の御使いは、柳沢家の用人定岡舎人《さだおかとねり》という老人だった。そして供奉《ぐぶ》するものは、甲賀鵜飼《うかい》衆時雨《しぐれ》組の面々だ。

新典侍の教子が小阿弥陀堂に参籠すること九十七日目の夜明け、大黒屋総兵衛と四人の奉公人は、京に入っていた。むろんこのことを知る由《よし》もない。

四人とは、手代の駒吉に鳶沢《とびさわ》村の老練な探索方の又兵衛、それに十四歳の雄八郎と康吉だ。

京に足を踏み入れたとき、駒吉が、

「どこぞに旅籠《はたご》を取りますか」

と主《あるじ》に訊《き》いた。

「宿は心当たりがある」

「おや、どちらにございますな」

「初めてのお屋敷を訪ねるにはちと早い刻限だが、朱雀《すざく》大路の坊城《ぼうじょう》様お屋敷に願ってみるつもりだ」

「崇子《たかこ》様のご実家が総兵衛様のお目当てにございましたか。それはよいところに気づかれました」

「手代さん、おめえの話を聞いているとまるで年寄りの笠蔵様の口調だな。年相応に話したほうが舌を噛《か》まないと思うがねえ」

又兵衛が冷やかした。

総兵衛がにやにやと笑い、駒吉がふくれた。

まだ朝靄《あさもや》が漂う朱雀大路の坊城邸は表戸が閉じられていた。

坊城公積《きんつみ》は百十三代今上天皇の近習《きんじゅ》にして、朝廷勅使前大納言《さきのだいなごん》柳原資廉《すけかど》とは縁戚《えんせき》の間柄、江戸幕府にも馴染《なじ》みの人物だ。

昨夜のうちに小雨が降り、その湿りが坊城屋敷の内外に残って仲夏の風情《ふぜい》をしっとりとしたものにしていた。

「どなたか起きるまで門前にて待たせてもらおうか」

坊城崇子は中納言坊城公積の次女である。

その昔、京に上ってきて呉服の老舗《しにせ》じゅらく屋の手代となっていた富沢町の古着屋江川屋の松太郎《まつたろう》と理無《わりな》い仲になり、子を身籠《みごも》った。だが、松太郎は非情にもさっさと一人で江戸に戻ってしまった。

崇子はじゅらく屋の番頭佐助《さすけ》とともに身重の体で江戸に下って、松太郎との復縁を迫ったことがあった。

この騒ぎの折り、総兵衛は佐助と一緒になって奔走し、崇子が江戸で立ち行くように世話をした。

今では中納言の次女は富沢町の江川屋の女主として、堂々とした商いをしていた。

総兵衛は此度《こたび》の騒ぎを聞いたときから、京では坊城様の屋敷に世話になろうと崇子に熱海からの手紙で頼みこんでいたのだ。

坊城家の門前を疏水《そすい》が清々《すがすが》しくも音を立てて流れていく。

「京の水はさすがにきれいじゃな」

総兵衛は入堀の濁った水を思い出しながら、夜旅の汗を疏水の水で洗い清めた。すると門前が開いて一人の老爺《ろうや》が箒《ほうき》を片手に出てきた。

「おはようございます」

駒吉の挨拶《あいさつ》にびくりとした老爺が立ち竦《すく》んだ。

「驚かせたなれば相すまぬことです」

総兵衛が言いかけるとようやく口を開いた。

「もしや江戸の大黒屋の主様では」

「はい。大黒屋総兵衛と供の者にございます」

「お待ちしておりました」

老人は箒を投げだすと奥へ走りこんだ。

四半刻《しはんとき》後、総兵衛一人が奥書院で坊城公積と顔を合わせた。

「よう来られましたな、総兵衛どの」

公積は総兵衛を昔からの知り合いのように迎えてくれた。

「大勢にて押しかけまして申し訳もございませぬ」

「なんのなんの、貧乏公卿《びんぼうたれ》が通り相場のわたしらでおます。ぼろ屋敷なれど部屋数はぎょうさんおじゃります、いつまでも逗留《とうりゅう》しておしやす」

朝廷と幕府の間に立ってきた交渉人の公積は、いわば江戸期の外交官、柔軟な頭の持ち主であった。

言葉も公卿言葉から江戸訛《なま》りまで自在にこなした。

おじゃる」

「総兵衛どの、崇子のことでは、世話かけましたな。公積、ほれ、この通りに
突然、公積が総兵衛に頭を下げ、総兵衛が慌《あわ》てた。

「公積様、崇子様と大黒屋は江戸で親戚付き合いの仲にございます。どうかそのようなことはなさりませぬように」

「総兵衛どの、よう言うてくれはりました。崇子と縁者の付き合いなれば、この坊城公積とも親類の交わりでおじゃるな」

「できることなれば」

二人はにっこりと笑い合った。

「ところで総兵衛どの、京に出向かれた御用とはなにやいな」

公積は娘から大黒屋とその一統がただの商人ではないことを手紙で仄《ほの》めかされていた。となれば朝廷の外交官、およそのことを飲みこんだ上で訊いてきたのだ。

総兵衛も此度の一件、最初から坊城公積に相談するつもりであった。そのために崇子の手を煩《わずら》わしたのだ。鳶沢一族の使命と身分は別にして、包み隠さず

に話した。

「なんと清閑寺親房どのの三女のことどしたか」

公積は納得した様子で頷《うなず》いた。

「親御の親房どのは、ごくごくおとなしい公卿におじゃります。官位は大《おお》外記《しるすつかさ》どすわ。役職になんぞ就かれたという話も聞かへんな。つまりは貧乏《すかんぴん》公卿の一人どす」

中納言家の貧乏とは比較にもならぬ貧乏であろうことは、総兵衛にも推測がついた。

公積は、近頃、京の雀《すずめ》どもを騒がす話題として、柳沢家の御使い一行の鹿ヶ谷通いを説明した。

「なんと参籠百日にございますか」

「江戸に出向くかどうか、百日の参籠にて答えを出すそうな」

「さすがに変わり者の娘にございますな」

「江戸でもそのような噂が……」

そのことを総兵衛に知らせたのは、影様だ。

「三女の新典侍はんは、姉たちと大違いでな。美人の誉《ほま》れ高うてな。その上、ちいと変わり者ときています」

「どう変わっておられますので」

そこが影の手紙にもなかったところだった。

「新典侍は、いわば御所の奥女中におじゃります。御所に教子はんが初めて上がられたときのことどす……」

教子は二年前、十四歳で御所に奉公に上がった。

女ばかりの世界である。新参者を驚かせ、いたぶるのはどこの閉鎖社会も常のことだ。

古参の典侍たちが手薬煉《てぐすね》引いて待つ書院に通った教子は、頭も下げずに古女《め》狐《ぎつね》を見まわした。臆《おく》すどころか平然としていた。そのことが古手の典侍の頭に、
かちん
ときた。

「なんやな、顔がちいとばかり整うておるからとえろう頭《ず》が高《たこ》うおすな」

一人の典侍が教子のかたわらに歩み寄ると御垂髪《おすべらかし》の頭を、

ぐいっ
と扇子の先で下げようとした。すると教子の切れ長の両眼から奇怪にも光が放射されて、古典侍の太った体がふわっと虚空《こくう》に持ちあがり、逆立ちをした。そのせいで召し物が垂れて、あられもなく下着から女の秘部まで丸出しにされた上、頭から床に落下して悶絶《もんぜつ》した。

「……この話、真実やどうかだれも知りまへん。ただそないな秘術を遣う新典侍やと京では定説になっておりますのんや」

公積が言った。

「公積様はいかが思《おぼ》し召しにございますな」

「そやな、変わった典侍やということはほんまのことでおじゃりましょう。ですが、あれは清閑寺はんのお子やない。如意嶽の天狗《てんぐ》の子やという話なんぞは眉唾《まゆつば》どっしゃろ」

「そんな風説もございますので」

「真《まこと》しやかにいろいろと風聞が飛んでます。教子はんの気品は、阿弥陀様のお情を受けたせいやというのんもあります」

「十六歳になられたそうですな」

「公積はまだ会うたことはありまへん。けど、教子典侍に会うたものが、まさに芳紀十六歳、えらい気品の色気やと口を揃《そろ》えて言いますのや」

「色気にございますか。教子は処女《おぼこ》にございましょうな」

「そこだす。処女娘があないな色気があるんやろかと評判でな」

公積が頭を捻《ひね》り、

「お籠《こも》り百日が三日後には参ります。江戸に下向なさるときが見物やと京雀が言うてますんや」

「綱吉様はすでに還暦を過ぎておられます。そのような女狐を閨《ねや》に近づけるは、お命をお縮めなさるは必定にございましょう」

「真にもって奇怪なことで、柳沢様はなにを考えてのことでおじゃりましょうな」

公積が言ったのをしおに、総兵衛は懐《ふところ》に用意した袱紗《ふくさ》包みを差しだした。中に二百両が入っていた。

「御宿代にございます。お納めのほど願います」

「さすがに大黒屋どのどすな。有難うな、戴《いただ》きましょう」

総兵衛は中納言坊城公積の持つ権威に金子を支払ったのだ。

そのことを承知の公積も快く受け取り、

「なんぞ清閑寺家について話があれば、聞き耳を立てておきましょう」

と請け合ってくれた。


総兵衛たち主従に用意されたのは、お離れ舎《や》と称された茅葺《かやぶき》の家だった。そこには朝粥《あさがゆ》が用意され、酒《ささ》も総兵衛のために運ばれていた。

「待たせたな」

総兵衛は四人の供に朝餉《あさげ》を食するように許しを与えた。

総兵衛自身は、白磁の酒器で酒を嘗《な》めるように呑《の》んだ。

しばし無言で酒を口に運んでいた総兵衛が、

「又兵衛、そなたは京の地理にも詳しい。清閑寺教子の身辺を探れ」

と鹿ヶ谷の山家の小阿弥陀堂《あみだどう》に参籠《さんろう》するという娘について説明し、身辺探索を命じた。

「足手まといやも知れぬが、雄八郎と康吉を連れていけ」

「はっ」

と又兵衛が箸《はし》をおいて畏《かしこ》まった。

「総兵衛様」

駒吉が主の名を呼んだ。

「なんだ、駒吉」

「私めはいかが致しましょうか」

「おおっ、そなたがおったか」

「なんということを申されますので。駒吉はわざわざ江戸から総兵衛様の荷運びに参ったのでございますか」

「忘れておったわ」

酒器に残った酒を飲み干した総兵衛が、

「京の呉服屋に奉公せえ」

と言いだした。

「呉服屋に奉公とはまたどういうことにございますか」

「古着よりは新物の手代がなんぼかよいぞ、時に新典侍《しんてんじ》に会うこともあろうでな」

「分かりました。どこぞの呉服屋の手代になって教子様に近づけと」

「奉公先は決まっておる」

「手回しのよいことで」

「じゅらく屋にお願いする」

「あっ、忘れておりました」

じゅらく屋は、大黒丸が運んでくる異国の物産を仕入れ、上方で一手に販売することで合意したばかりでもあった。つまりは商い仲間だ。

そのじゅらく屋に頼んで駒吉を奉公人の一人に加え、鹿ヶ谷の清閑寺家に接近させようと総兵衛は考えていたのだ。

「今日の昼にもじゅらく屋に挨拶に参る、供をせよ」

「はっ、はい」

と張り切った駒吉が残った粥を啜《すす》りこんだ。

その日の夕暮れ前、総兵衛の姿は、鹿ヶ谷に独りあった。

朝餉を終えた総兵衛らは、しばしの休息の後に、又兵衛が二人の子供衆《こどもし》を連れて、鹿ヶ谷に走り、総兵衛もまた駒吉を伴い、老舗《しにせ》の呉服屋じゅらく屋の店先を訪れた。するとと帳場格子《ごうし》の中で若い手代に小言を言っていた佐助が総兵衛らに目をとめて、しばし呆然《ぼうぜん》としていたが、

「大黒屋総兵衛様やおへんか」

と叫ぶと足袋裸足《はだし》で土間に飛びおりてきた。

店じゅうが老番頭の慌て振りに驚いて見た。

「総兵衛様、やっぱり何度見ても総兵衛様や。はあっ、京にお上りやなんて聞いてまへんどしたわ。よう来られました、ほんになんとうれしい日や」

と大喜びで迎えてくれた。

「佐助さん、ご壮健でなによりです」

「まずはお上がり下され」

佐助は汚れたままの足袋で店に上がろうとして、

「番頭さん」

と先ほど小言を喰らわしていた手代に注意されたほどだ。

それだけ総兵衛と佐助は崇子の一件では苦労しあった仲だった。そのことをだれよりも承知の崇子は江戸で生まれた子供に総兵衛が付けた、

「佐総《すけふさ》」

という名を受け入れて感謝したものだ。

奥に通された総兵衛はじゅらく屋の主《あるじ》夫婦、栄左衛門《えいざえもん》とお蓮《れん》に挨拶《あいさつ》し、手代を一人臨時で雇ってもらいたい旨《むね》、事情を簡単に話して頼みこんだ。

「なにっ、綱吉様のお妾《めかけ》騒ぎに京まで上られたんどすか、呆《あき》れましたな」

と口をあんぐり開けた佐助は、

「いやいや、大黒屋さんのこっちゃ。裏にいろいろと隠された事情がおましょうな。旦那《だんな》様、大黒屋様は……」

と富沢町の店の盛業ぶりを旦那夫婦に伝えると、

「南蛮船も凌《しの》ぐ大船を造られて、異国に仕入れにいかれる商人どすわ。腹も据わっておられますし、わてらの知らん事情もきっとおありどす」

と栄左衛門に執り成した。

「大黒屋さん、うちは将軍さんの側室に上がられるんやというて、慌《あわ》てて挨拶になど参じません。ですが、大黒屋さんのお頼みとあればなあ、番頭さん」

「ほい、わてが手代さんを伴い、あんじょうご挨拶して様子など見てきまひょ」

と請け合ってくれたのだ。

総兵衛は坊城家に戻るかどうか、迷った末に清閑寺家のあるという鹿ヶ谷に足を向けたのだった。

驚いたことに山路を商人たちがぞろぞろと挨拶に向かい、戻ってきていた。

将軍家の側室になるにはそれだけの支度が要った。むろん貧乏《すかんぴん》公卿に調度、衣類を誂《あつら》える金子などない。江戸から上ってきた柳沢家の御使いが持参してきた大金を目当ての売り込みだ。

「だれもかれも欲深いことよ」

総兵衛は呟《つぶや》くとさらに山道を登り、清閑寺家の門前に出た。

二

門内では大外記《おおいしるすつかさ》清閑寺親房家の用人や奉公人が朝から訪問していた商人たちの点呼をとり、用意した帳面に名前などを記載させていた。

「親房卿《きょう》も教子様もきちんと目を通されておられるでな、安心してお帰りやす。三日後には教子様の百日参籠達成の日やさかいな。苦労も残り三日どす、精々気張って、鹿ヶ谷に通っておくれやす」

毎朝、参集する商人の番頭たちから貢物を受け取ると見えて、用人らの顔も艶々《つやつや》と輝いていた。

(貧乏公卿め、ここぞとばかりに稼ぐ気か)

総兵衛は竹垣をぐるりと回って裏手に向かった。すると人の気配が消えたが、かえって怪しげな妖気《ようき》が濃く漂ってきた。

竹藪《たけやぶ》をさらに奥に進んだ。すると小阿弥陀堂がひとつぽつんと建って、中から明かりがかすかに洩《も》れてきた。

妖気はその小阿弥陀堂から漂ってくるのだ。

(吉保め、おのれの一族の保身に綱吉様に怪しげな女を差しだそうなどと画策しおって)

総兵衛の胸の中に怒りがふつふつと湧《わ》いてきた。

(どうしたものか)

しばしさわさわと夕風が吹き抜ける竹藪に佇《たたず》んでいた総兵衛は門前に戻ることなく、竹藪の奥へと進んでいった。すると水の音がどこからともなく響いてきた。敷地の裏手を渓流が流れているのだ。

竹藪が切れると岩場の間を水が激しく流れ下っているのが見えた。

総兵衛は流れに沿って上がっていった。

ふいに巨大な崖《がけ》が行く手を塞《ふさ》いだ。流れは崖を回りこんで流れてきていた。

岩場の崖を這《は》い登ると視界が開けた。

夕暮れの光が淡く散っていた。

幅一丈(約三メートル)、高さ五丈ばかりの滝が総兵衛の目を射た。

冷気が総兵衛の体を包み、水飛沫《しぶき》が顔に当たった。

滝壺《たきつぼ》は小池ほどの広さがあって、その周辺には松の古木が四本、五本と生えて、滝壺に差しかけていた。さらに松の高みには大鷹《おおたか》が巣を作って、子育てをしている様子だ。

楼門滝《ろうもんだき》と里人に呼ばれる滝である。

その昔、滝の北側に如意寺《にょい》の楼門があったゆえにこう呼ばれたり、如意ノ滝と称されたりしていたそうな。だが、遠い昔に如意寺は姿を消していた。

「どうだ、そなたらも身を現わさぬか」

総兵衛の声が滝の轟《とどろ》きに抗して告げられると夕闇《ゆうやみ》の中から溶けだすように四つ五つと黒い影が忍びでた。

総兵衛は岩場から滝壺の岸辺に飛んだ。

周りを岩場に囲まれて滝壺と平ったい岸辺があった。

影も岸辺に降りてきた。

「甲賀鵜飼衆時雨組だな」

応じる声はない。だが、包囲の輪は縮まった。

「そなたらは初めてかもしれぬ。だがな、頭分の洞爺斎蝶丸《とうやさいちょうまる》にも小娘のおゆみにもなじみの者だ」

総兵衛は、そう言い放った。

さらに輪が縮まった。

「止《や》めておけ、はやそなたらの仲間は幾十人とおれの手で地獄に旅立ったわ。そなたらだけで大黒屋総兵衛を仕留めることは適《かな》わぬことよ」

夕風に乗って総兵衛の声が伝わり、包囲の五人に迷いが生じた。それでも頭分が腰に差し落とした刀の柄《つか》に手をかけて、総兵衛に殺到しようとした。

と、そのとき、大気を裂いて岩場から礫《つぶて》が飛来すると、
ぴしり
と頭分の眉間《みけん》を打った。

うっ
頭分が呻《うめ》いて動きを止めた。

それは警告の意を持って投げ打たれた雄八郎の鉄菱《てつびし》だ。わずかな打撃を与えただけで、総兵衛に連れがいることを教えた。

五人の忍びが夕闇に消えた。すると代わって、雄八郎と康吉の二人が姿を見

せた。

「ようやったな」

総兵衛の声に二人の若者の顔が和んだ。

二人は総兵衛の命で新典侍教子の身辺を見張っていたのだ。

「又兵衛は、どうしておる」

「霊鑑寺《れいかんじ》の門前にてお待ちにございます」

「ならばわれらも里に戻ろうか」

三人の主従は連れだって流れを下った。すると今度はしなやかな影が岩場に立った。

本坂越道から洞爺斎蝶丸とともに姿を消したおゆみだ。

おゆみは灰色の忍び装束を身に纏《まと》い、腰に四角の鉄鍔《てつつば》が嵌《は》められた直剣を携えていた。

「大黒屋総兵衛、いつまでもそなたの得意は続かぬものよ」

おゆみはそう言い放つと訪れてきた薄暮に身を溶かしこんで姿を消した。

総兵衛らが霊鑑寺の山門に下ってくると鹿ヶ谷道から商人たちがぞろぞろと

姿を見せて都へと戻っていこうとしていた。

「総兵衛様」

老寺男のような格好の又兵衛が山門の陰から姿を見せた。

「今宵は互いに挨拶じゃあ、われらも都に戻ろうぞ」

「はいはい、爺《じい》も供をしましょうかな」

又兵衛がおどけて言い、主従四人は商人たちの群れに紛れて都大路へと向かった。

「総兵衛様、小阿弥陀堂ですがな、なかなか近づけませぬのじゃあ」

「鵜飼衆時雨組が周りを囲んでおっては致し方ないわ、又兵衛」

「明日からなんぞ工夫が要りますぞ」

頷《うなず》いた総兵衛が、

「教子は確かに小阿弥陀堂に籠《こも》りっ放しか」

「毎日訪れる商人衆も里人もそう申されますがな。食事も水もわずかに摂《と》られるだけで、不眠不休一身に阿弥陀像に向かって読経《どきょう》を続けておられるそうにございます」

「貧乏公卿の娘め、なんぞ策を弄《ろう》しておるわ。間違いあるまい」

「それにしても参籠百日とは一体また何を考えてのことでしょうかな」

「自分を高く売り込もうとしたか、墓穴を掘りおったわ。われらが間にあったのだからな」

「参籠百日には教子様がお出ましになって、江戸に同行する商人の名を読み上げるとか、日参の商人衆が申しております。その他にも教子様が何ぞ見せてくれるとか」

「小娘め、どんな手妻を見せてくれるか、楽しみなことよ」

ようやく総兵衛らも商人たちも都外れの人家のあるところに降りてきて、ほっと安堵《あんど》の吐息をついた。

「ところで又兵衛、柳沢様の御使いはどこに逗留《とうりゅう》しておる」

「三条坊門小路というところに藤原《ふじわら》のなんたら様という公卿の屋敷を借りあげて、お住いと聞いてます」

「ほう、三条坊門小路な」

「その屋敷を丑《うし》の刻（午前二時頃）に出立なされて鹿ヶ谷通いじゃそうな。御用とは申せ、ご苦労なことにございます」

「われらも付き合うか」

「総兵衛様、こちらも御用だ。しようがあるめえ、あるめえ」

又兵衛が首を振った。

翌早朝、三条坊門小路の藤原兼郷《かねさと》邸を空の牛車《ぎっしゃ》を護持して、出立した一団があった。むろん五代将軍綱吉の側室に上げる清閑寺教子との約束に従い、百日参籠《さんろう》の小阿弥陀堂に通う柳沢吉保の用人定岡舎人ら一行だ。
付き従うのは甲賀鵜飼衆時雨組だが、白衣に裁《た》っ付《つ》け袴《ばかま》に草履を履き、頭には烏帽子《えぼし》を被《かぶ》って、手に松明《たいまつ》を掲げていた。その数、およそ三十余人だ。
牛車の車輪が、
ぎいぎい
と都大路に響いた。さすがに九十八日目ともなると行列には倦《う》み飽きた様子ともう直《す》ぐ朝の日課が終わるという期待が垣間見《かいまみ》え、だらしない行進であった。
鴨川《かもがわ》を渡った一行は日参する商人たちの群れに合流し、その流れが冷気の支配する鹿ヶ谷道へと続いていた。

総兵衛も柳沢家一行の後方から従っていた。

又兵衛を頭分とする雄八郎と康吉は、行列の先頭へと回りこんでいた。

牛車の車輪は鹿ヶ谷にかかり、一段と激しく軋《きし》みを上げ、牛ももうもうと鳴き通した。

夜明け前の七つ（午前四時頃）過ぎ、行列は清閑寺親房家の傾きかけた門前に到着した。だが、扉は閉じられていた。

「清閑寺親房様ご息女、新典侍教子様お迎え行列ただ今参上しましてございます」

「どうれ」

門内から声がかかり、ぎいっと扉が開け放たれて、牛車ごと行列が門内に入りこんだ。

従う商人たちは門前に待たされた。扉が再び閉じられたからだ。

公卿の山荘に入った柳沢家の一行は、屋敷の前を通過して、裏手の竹藪にある小阿弥陀堂へと向かった。

百日通いの牛車が通れる道が造られていた。

竹藪の中の小阿弥陀堂は未《いま》だ暗がりの中にあって、明かりが外へと洩れていた。

牛車が小阿弥陀堂の前に横付けされ、御用人の定岡舎人が口上を述べ始めた。

「新典侍教子様、百日参籠ご苦労様にございます。江戸幕府大老格柳沢吉保が使い、定岡の舎人、約定により、百日通いの九十八夜目の御伺いに参上いたしましてございます。教子様にはお心お定まりになられましてございますか」

小阿弥陀堂の中で人の気配がした。

扉が開かれて、十二単《ひとえ》に御垂髪《おすべらかし》の女が小阿弥陀堂の回廊に立った。

「ご参籠、ご苦労に存じます」

身震いした定岡舎人が労《ねぎら》った。

「教子様、江戸下向のご決心いかがにございますな」

松明の明かりに教子の顔が浮かんだ。

うりざね顔の端正なこと、肌の肌理《きめ》細やかなこと、そして、抜けるような白さ、どこをとっても一点の非の打ち所もない美形だった。

九十八夜も通い、顔を合わせた定岡が身震いしたのは、その美しさだ。権力に任せて柳沢吉保が都じゅうを探しまわり、白羽の矢を立てただけの美《び》貌《ぼう》といえた。その貌《かお》からは京の何百年にわたる長い公卿文化が作りあげた神秘と見識と矜持《きょうじ》が漂って男どもを、

ぞくり

とさせた。

「未だ江戸下向の決心定まらず……」

玉を転がす声が響いた。

「あと二夜にございますれば、われらの鹿ヶ谷通いも満願成就《じょうじゅ》を迎えとうございます」

「あと二夜……」

と呟《つぶや》いた教子の顔が、

きいっ

と険しさを増した。

「だれぞ不浄の者を連れてこられたな」

声も尖《とが》り、

「なにを申されますか、教子様」

と定岡舎人の声が狼狽《ろうばい》した。

供奉《ぐぶ》してきた烏帽子白衣の鵜飼衆時雨組が竹藪《たけやぶ》の奥に松明を向けた。すると
そこに黒地の小袖《こそで》をざっくりと着込んだ大男が独り立っていた。

その小袖の裾《すそ》には躍り上がるような活海老《いきえび》が染めだされてあった。

「何者か」

定岡が誰何《すいか》して、供奉の鵜飼衆時雨組が竹藪の侵入者を囲むように走った。

だが、男は平然としたもので、小阿弥陀堂へと歩み寄ってきた。それに連れて、
鵜飼衆時雨組の輪も動いた。

「綱吉様の妾《めかけ》に差しだされるという貧乏公卿《すかんぴん》の娘の面《つら》を見に参った風狂者よ。

女狐《めぎつね》、江戸に身売りするか」

大黒屋総兵衛の声がびしりと教子に投げられた。

「お、おのれは何者か」

「柳沢吉保様の専横を許せぬ者よ」

「名はなんと言いやる」

「江戸は富沢町惣代《そうだい》大黒屋総兵衛」

「おのれが大黒屋か」

と叫んだのは定岡舎人だ。

鵜飼衆時雨組が急速に輪を縮めた。

「新典侍教子、百夜目に相見《あいまみ》えようぞ」

総兵衛が一本の竹に添って飛びあがると撓《しな》る竹先を掴《つか》み、その反動で虚空に身を投げ上げた。

鵜飼衆時雨組が追おうとした。

するとと鉄菱が飛来して、飛びあがろうとする白衣の者たちの動きを牽制《けんせい》した。

「なんということか」

青い顔に変わった定岡舎人が悲鳴を上げた。

「あやつが大黒屋総兵衛か」

その声が教子から洩《も》れた。

「いとおもしろき人物よな」

「教子様」

「舎人、江戸に興味が湧《わ》いてきた」

そう洩らした教子が小阿弥陀堂へと姿を隠した。


柳沢吉保の御使い定岡舎人ら一行が清閑寺家から消えた後、いつものように商人たちが屋敷内に呼び入れられた。

この朝、いつもの顔ぶれとは違う新入りが増えていた。老舗《しにせ》の呉服屋じゅらく屋の番頭の佐助が手代一人を引き連れて、訪問してきたのだ。

清閑寺家の用人が皮肉な目で佐助を見た。

「なんやじゅらく屋はんやおへんか、なんぞ鹿ヶ谷くんだりに御用どしたか」

「御用とはまたご挨拶《あいさつ》やな、御用人はん。教子様へご挨拶に伺わせていただきましたんや」

「それはえらいごゆっくりや。わてはまた、じゅらく屋さんともなると、貧乏たれの清閑寺なんぞには見向きもしてくれはらへんと思うてましたがな」

「そないなことおすかいな。ご参籠と聞いてましたんで、お静かにお見守りしてきたんどす」

「参籠百日が近づいたよって慌《あわ》てて見えられたんと違いますのんか」

「御用人はん、そないなてんご言わんといておくれやっしゃ。うちは考えがあってのことどす」

「ほう、どないな考えどすやろ」

貧乏公卿《くぎょう》の屋敷で切り盛りに苦労してきた用人が意地悪そうな目で佐助を睨《にら》んだ。

「その前にご挨拶代わりどす」

佐助が門の外に向かって、
ぽんぽん
と手を叩《たた》いた。すると揃《そろ》いの法被《はっぴ》姿の男衆《おとこし》が紅白の練り布に飾られた長持ちやら道具箱を次々に運びこんできた。庭じゅうが諸国の反物やら珍奇な異国の品々で埋まったほどだ。

庭に詰めかけていた京のお店《たな》の番頭や手代たちが度肝を抜かれたようにじゅ

らく屋の運び込みを黙って見詰めていた。

「な、なんやねん、これは」

さらに酒樽《さかだる》と二尺は優に越えるような明石鯛《あかしだい》が驚く用人の前に置かれた。

「参籠百日満願の前祝いにございます。親房様にようお執り成し願い申しまひょ」

佐助は手招きで手代を呼び、持たせていた三方《さんぼう》を酒、魚のかたわらに置かせた。

三方には袱紗《ふくさ》包みがかけられてあった。

用人の視線が袱紗に釘付《くぎづ》けになった。

佐助が十分注意を引きつけておいて、さらりと袱紗を払った。

包金が十二個、三百両の金子が山積みされていた。

「ごくり」

用人が唾《つば》を飲みこんだ。

「じ、じゅらく屋はん、これが前祝いのご挨拶だすか」

「本祝いではおへんで、気に入ってもらえまへんか」

「め、滅相もおへん」

用人が慌てて佐助の手から袱紗を奪い取ると三方の小判が消えぬようにといった風情《ふぜい》で包み隠した。そして、三方を抱えると屋敷に走りこんでいった。

直《す》ぐに用人が大外記《おおいしるすつかさ》清閑寺親房を伴い、戻ってきた。

親房もにこにこと顔が崩れっ放しだ。

「じゅらく屋、此度《こたび》は世話をかけたな」

「なんの教子様のご出世にございます。京が上げてお祝いせなあきまへんとうちの栄左衛門も言うてます」

「じゅらく屋が教子の後見についてくれるなら麿《まろ》も心強い。礼を申すぞ」

「勿体無《もったいな》いお言葉にございます」

と佐助が畏《かしこ》まり、

「大外記様、うちの手代を一人連れてきてます。荷の整理やらなんやらに屋敷に置かしてくださりませ。そんでな、なんぞ足りんものがあったら、すぐに店まで手代を走らせてくださりませ」

と言いだした。すると先ほど三方を差しだした手代が片膝《かたひざ》ついて挨拶をした。

「そないな気まで遣わせてすまんことでおすな」

清閑寺親房がぱたぱたと扇子を使い、上気した顔の火照《ほて》りをあおいだ。

「駒吉、お店《たな》とは奉公が違います。せいぜい気を遣《つこ》うてお役に立ちなはれ」

佐助に命じられた駒吉は、こうして鹿ヶ谷道の清閑寺家に入りこむことになった。

総兵衛はその頃、坊城公積の屋敷に向かい、何事か頼みごとをなした。話を聞いた公積は、

「そやな、あないな娘は早う江戸でもどこでもいかんとかなわんな」

と言いながら、総兵衛が出した金子を受け取り、

「これで御所の賄《まかな》いも一息つきます」

と嘆息した。

三

じゅらく屋が鹿ヶ谷の清閑寺家に挨拶したという噂《うわさ》はたちまち京じゅうに広

まった。

「なんやじゅらく屋が派手なことしたという話やないか」

「まるでお練り行列のように商い物の反物から南蛮の香やら調度品やらぎょうさん運んでいかれたそうやで」

「その上に三百両の小判やて」

「三百両やおへん。わては千両と聞いたで」

「いや、大判百枚やそうな」

「なんにしてもどえらいこっちゃ。じゅらく屋も商人や、どないして元を取り返すつもりなんや」

「そりゃ、新典侍の教子はんが綱吉様の側室に上がってみいな、その上に男のやや子を産んで六代様にでもなったら、そないな前祝いくらい直ぐに取り返せるがな」

「ま、待っておくれやす。綱吉様は六十を越えておられると違うんか」

「そりゃ、あの道ばかりは六十かて七十かて変わらしまへん。京女の色香にかかってみいな、たちまち綱吉様のあそこも元気に蘇《よみがえ》ります」

と姦《かしま》しい話が都の大路、小路のあちこちで飛び交っていた。

教子が参籠して九十九日目の夜明け、柳沢吉保の代理人定岡舎人の一行は、鵜飼衆時雨組の厳しい警護の下に鹿ヶ谷道に向かった。

この朝、一行を統率したのは女人頭であった。

むろん総兵衛らの前におゆみとして登場し、本坂越道で姿を消した甲賀鵜飼衆時雨組の紅蛇子《あかへび》だ。

緊張のうちに都大路から鹿ヶ谷へと道中は進んだが、この朝はなんの異変もなかった。

ただ紅蛇子は、清閑寺家の奉公人の中に見知った顔を見つけて、互いに視線を交わした。

「大黒屋、手代を清閑寺の内部に入れおったか。ということは、じゅらく屋め、大黒屋と関わりがあるということではないか」

ともあれ、参籠百日の満願日が明日に迫っていた。

百日通いの前日の挨拶を滞りなくすませた一行は、鹿ヶ谷道をゆらりゆらりと空の牛車《ぎっしゃ》を引いて京へ戻っていった。

その日の昼下がり、三条坊門小路の藤原邸を借り受けた柳沢の御使い屋敷に清閑寺家の用人が現われ、

「教子様からの伝言におます。明日、百日参籠満願成就の暁には、裏の流れで斎戒沐浴《さいかいもくよく》なされ、その足にて江戸に下向なさるそうにございます」

「なんとな、教子様はお心を決められましたか」

「はいな、帝《みかど》からの直々のお勧めもありましてな」

「なんと帝から」

「朝廷と幕府が親しく交わりをなすのは、公卿諸家にもよいことやとのお言葉や。いいな、明朝は旅支度でお出《い》でなされ」

「承知仕《つかまつ》りました」

定岡舎人はようやく京滞在が終わるかと安堵《あんど》すると、屋敷じゅうに明日は鹿ヶ谷から江戸に向かう旨《むね》、触れまわらせた。

朝廷が動いたのは、前日に百十三代今上天皇に近い中納言《ちゅうなごん》坊城公積が総兵衛の持参した金子を持って面会したゆえだ。

柳沢の御使い屋敷は急に慌《あわただ》しさを増した。

そんな最中の夕暮れ、着流しの腰に煙草《たばこ》入れだけをぶら提げた総兵衛の姿が門前に立った。

たちまちその行動は、屋敷内の定岡舎人に知らされた。

「なにっ、大黒屋が乗りこんできたとな」

舎人は腰を抜かさんばかりに驚いた。

明日には京を発《た》つという騒ぎの中に新たな火種が加わった。

「定岡様、あやつはわれらを動揺させようとの行動にござれば、ここは落ち着いておられよ」

にゅるりという感じで部屋に姿を見せた洞爺斎蝶丸が言うと、

「紅蛇子、見て参れ。ただし、あやつの挑発に乗るではないぞ」

と注意を与えて、京友禅の振袖《ふりそで》を着た紅蛇子と鵜飼衆時雨組を玄関に走らせた。

だが、すでに総兵衛の大きな体は門前から消えていた。

「おのれ、どこへ行きおった」

紅蛇子が門前に出てみると、総兵衛の大きな体がゆらりゆらりと鴨川の河原へと向かって歩いていくではないか。

その大きな背が紅蛇子を挑発しているように見えた。

紅蛇子は蝶丸の注意を忘れて、その後を追った。

「紅蛇子様」

鵜飼衆時雨組の五、六人が仕方なく後に従った。

鴨川の河原には、仲夏の風にあたる人々が散策していた。

総兵衛は煙草に火をつけたか、煙管《きせる》の火皿をときに赤くしながら、上流へと歩いていく。すると人影も途絶え、水音だけが響くようになった。

河原をさらに濃さを増した夕闇《ゆうやみ》が包んだ。

紅蛇子らと総兵衛の間合いが段々と詰まった。

くるりと総兵衛が振り見た。

「おゆみ、野良《のら》猫にも一宿一飯の恩義があろう。この大黒屋総兵衛に熱海以来の礼を申さぬのか」

「おのれの慢心、飽き飽きした」

ふふふっ

と総兵衛が笑い、

「そなたの名はなんと申す」

と聞いたものだ。

「甲賀鵜飼衆時雨組紅蛇子」

「洞爺斎蝶丸の血筋か」

「娘だ」

「聞いてみればおもしろみもない話よ」

「おのれ、大黒屋総兵衛。明日は江戸に向かうわれらだ。そなたの首を鴨川に晒《さら》して前祝いに致そうか」

鵜飼衆時雨組が紅蛇子の袖を引いたがもはや聞き入れる耳はもたなかった。

「赤い着物《べべ》を着た娘にふさわしい遊びが京にはたくさんあろう。血腥《ちなまぐさ》い真似《まね》など止《や》めておけ」

「甲賀鵜飼衆時雨組を小馬鹿《こばか》にしくさった態度、許さぬ！」

紅蛇子がきゅるきゅると帯を解いて首にかけ、振袖を剝《は》ぎ取った。すると赤い忍び装束姿に変わった。

その腰には四角鍔《つば》の嵌《はま》った忍び刀が差し落とされていた。

「紅蛇子様、お頭様の意に逆らう気か」

鵜飼衆時雨組が頭領の娘をさらに諌《いさ》めた。

「忍び紛《まが》いの商人一人に臆《おく》したか、その方らの手伝いなどいらぬ」

紅蛇子がそう言い放つとまだ手にしていた京友禅の両袖を持ち、びりびりと引き裂いた。さらに二つを四つに、四つを八つにと倍々に数を増やして引き裂いていく。たちまち紅蛇子の両手に無数の友禅の細切れができあがっていく。

「総兵衛、悶《もだ》え死ね！」

紅蛇子の片手が振られた。すると手に持たれていた友禅の細切れ一枚一枚が虚空《こくう》に飛んで、赤い蛇に変わった。

鎌首《かまくび》をもたげた蛇の群れが総兵衛に向かって襲いかかった。

総兵衛の銀煙管の雁首《がんくび》が、
ひょい
と振られ、飛来してきた赤蛇の目玉に当たって、
げえっ

という叫びを上げさせた。

だが、蛇の群れは紅蛇子が両手を振るたびに増えて、鴨川の河原に舞い踊って襲いかかろうとした。

総兵衛の銀煙管が左に右に閃《ひらめ》くと、たちまち何匹もの赤蛇が頭を潰《つぶ》されて、河原に落ちた。

「総兵衛、これからが本物の苦しみぞ！」

紅蛇子が首に巻き残っていた帯を虚空に撥《は》ねあげた。するとたちまち変化《へんげ》した大蛇が鴨川の水を巻き上げて天へと昇り、夜空で身を転じると総兵衛に向かって滑空を始めた。

赤い無数の小蛇と一匹の大白蛇がうねり躍って、いつの間にか、紅蛇子の姿も掻《か》き消えていた。

「総兵衛様」

という雄八郎の声がして、総兵衛の手元に三《み》池典太《いけでんた》光世《みつよ》二尺三寸四分が投げられた。

「待っておったぞ！」

総兵衛が虚空で鞘《さや》を摑《つか》み取《ど》りして、抜き放った。

「参れ、小娘！」

大白蛇が鴨川河原の大気を乱して大きく鎌首をもたげると、口から赤い舌をちろちろと伸ばした。

その周辺を赤い小蛇が蠢《うごめ》き舞った。

一気に蛇の群れが総兵衛を襲う構えを見せたとき、鉄菱《てつびし》が地表から投げ打たれて、赤い小蛇の頭を次々にびしびしと潰し始めた。

雄八郎と康吉の飛び道具だ。

鴨川に旋風が巻き起こった。

その場にあるものをすべて吹き飛ばさんとするほどの激烈な風だった。

その渦の中心にあって、総兵衛を攻撃せんとした大白蛇が、
くるり
と頭を回して、赤い舌を伸ばした。

舌先に向かって、総兵衛が虚空に飛びあがったのはそのときだ。

茎《なかご》に葵《あおい》の紋章を刻みこんだ神君家康公からの拝領刀、葵典太を振り翳《かざ》した総

兵衛が、
「徳川家と朝廷の間に水差す愚か者の使いめが！」
と吐き捨てるとゆるやかに振るった。
大白蛇の舌先と葵典太の切っ先が虚空で絡《から》み、舌先が斬《き》り放たれて飛んだ。
血飛沫《ちしぶき》とともに、
ああっ
という悲鳴が上がった。
大白蛇が虚空でのたうった。
総兵衛が地表に下り立った。
すると続いて鵜飼紅蛇子が忍び刀を提げて、三間先の河原に飛び降りてきた。
その唇から血が滴《したた》り流れていた。
「おのれ！」
紅蛇子の忍び刀が躍って、総兵衛の眉間《みけん》へと振りおろされた。
総兵衛が両の手を広げて、
つつつっ

と舞った。

その右手に葵典太の一剣が扇のようにある。

紅蛇子の剣は、総兵衛の舞う円運動に付き従い、斜めへと流れた。それでも二人の間が見る見る縮まった。

紅蛇子の忍び刀が再び総兵衛に振りおろされようとした直前、葵典太が舞扇のように翻《ひるがえ》って忍び刀の鎬《しのぎ》と合わさった。

忍び刀が虚空へと流れた。

紅蛇子の眼前に総兵衛が翳す葵典太があった。

それがゆるやかにも風を呼んで、紅蛇子の首筋に迫りきた。

わああっ
声にならない声を上げた。

が、その直後には首筋に冷たい痛みが走っていた。

紅蛇子がこれまで感じたこともない、静かなる衝撃だった。

恐怖が全身を駆け抜けた。

視界が揺れた。

その次の瞬間には紅蛇子の目は暗く閉ざされ、意識も途絶えた。

どさり
と紅蛇子が鴨川河原に倒れこんだ。

総兵衛が血振りをくれると、

「鵜飼衆時雨組の面々に申しあげる。今宵《こよい》の勝敗は決着つき申した。これまでの縁を考えて、紅蛇子の亡骸《なきがら》を洞爺斎蝶丸に下げ渡すことを差し赦《ゆる》す。運んでゆかれよ」

闇から鵜飼衆時雨組が蠢き現れた。

それを見た総兵衛が流れの方へと下がった。その場には、雄八郎と康吉が控えていた。

「さて、参ろうか」

主従三人は流れに沿って岸を下り始めた。

三人が朱雀大路の坊城家に帰ると、主《あるじ》の公積が総兵衛の戻りを待っていた。

早速主のいる書院に向かうと公積の傍らに一人の老人が控えていた。

「総兵衛どの、麿《まろ》は御用に役立ち申したか」

「公積様、お蔭様《かげさま》にてお膳立《ぜんだ》てが捗《はかど》りました」

「帝《みかど》も総兵衛どのの贈り物に感謝しておられてな、よしなに申してくれよとお言葉を賜りましたぞ」

「恐縮至極にございます」

総兵衛が答えると公積が、

「このお方は禁裏御用のお医師後三条唯種《ごさんじょうただたね》どのでな、総兵衛どのがよろこびそうな話をしてくださるそうじゃあ」

老人が口をもぐもぐさせて、なにかを言った。

総兵衛には聞き取りにくい言葉だった。

「総兵衛どの、薬料と言っておるのんや。なに、たんとは要らぬ。ほんの二、三両でよろし」

総兵衛は懐《ふところ》から五両を出すと老人の膝《ひざ》の前に差しだした。すると骨っぽい手がすうっと伸びてきて五両を摑み、懐にしまった。

「ごほん」

と空咳《からせき》をした老人が話しだした。

「元禄《げんろく》十七年が宝永元年と変わったころのことや。わては清閑寺親房様に呼ばれたんや、三女の教子が高熱に浮かされてどもならんというてな」

「今から三年も前のことですな」

「はいな」

とまるで商人のような返事をした後三条は、

「屋敷というても、鹿ヶ谷やおへんで。なんせ薬料なんて当てにならん貧乏《すかんぴん》や、あないな、山家まで行けるかいな。天神川端のぼろ屋敷や。わてが見舞ったときはやで、教子はん、骨と皮ばっかりでな、高熱にがたがたと震えてはったがな。わてはもう手に負えんと思いましたで。そんでもなんぞせんと格好《かっこ》つきまへんがな、解熱《げねつ》の薬を煎《せん》じてその場で飲ませました。けど、もはや薬も受けつけけん体やったんや」

後三条医師は言葉を切ると出されていた茶碗《ちゃわん》の茶をぴちゃぴちゃと音をさせて飲んだ。

「明け方のこっちゃ、息も弱《よお》うなった」

「亡《な》くなられたんか」

公積が急き込んで訊《せ》いた。

「はいな、中納言《ちゅうなごん》はん」

「おかしやないか。教子はんは元気でおられるで」

「そこやがな、わてもここんとこ、ぼけましてな、仕事もしてませんよって外歩きもしまへんのや。まさか綱吉様の側室として江戸に下られる娘が、あの清閑寺親房様の三女やなんて、夢にも思わしませんでしたわ」

「唯種はん、よう思い出しなはれ。教子はんが死んだというのんは確かやな」

「確かもなにもあの朝、流行病《はやりやまい》は移るよって、はよう埋めんといかんとわてが親房はんに言いましたら、ほなら、埋めまひょと、屋敷内の古紅葉の木の下に穴を掘って、ぼろ錦《にしき》に包まれた教子はんの亡骸を埋めましたがな。天神川から石を拾うてきて、墓石代わりや」

「驚いた」

と公積が呻《うめ》き、総兵衛の顔を見た。

うふふっ

と忍び笑いした総兵衛が、

「さすがに京の都、狐狸妖怪《こりようかい》の類《たぐい》には事欠きませぬな」

「というても、死んだ娘が生き返って綱吉様の側室やなんてけったいですな」

「なんのなんの、江戸にも柳沢吉保様と申される古狸《ふるだぬき》が幕閣を牛耳《ぎゅうじ》っておられてな、このお方の手に掛かれば、死んだ娘も蘇《よみがえ》っておどけ芝居の一つも演じましょう」

「どうしたもので」

「いやさ、公積様、総兵衛の心持ちがいささか軽《かろ》うなり申したわ」

と総兵衛が高笑いし、公積と唯種が呆然《ぼうぜん》と見た。

四半刻《しはんとき》（三十分）後、三条大路と天神川が交わるあたりにある清閑寺家の屋敷跡に四人の影があった。

老紅葉が野放図に枝葉を伸ばして、月明かりに浮かんでいた。

「これですかな」

又兵衛が幹近くに苔《こけ》むす石を見た。

「その他にはないようじゃな、掘ってみよ」

総兵衛の言葉に雄八郎と康吉の二人が坊城家から担《かつ》いできた鍬《くわ》で紅葉の木の下を掘りだした。

固い土を交替で掘り返すこと半刻余り、

「総兵衛様、錦織でございますぞ」

と又兵衛が声を張りあげた。

提灯《ちょうちん》の明かりで確かめると確かにぼろ錦に細い小さな骨と髑髏《されこうべ》がくるまれて出てきた。

十三歳で死んだ清閑寺教子の骨だ。

「総兵衛様、鹿ヶ谷で百日参籠《さんろう》を続けておられる女は、いったいだれなんでございます」

康吉が訊いた。

「大方、甲賀鵜飼衆時雨組の血筋のものよ。さすがに柳沢吉保もそこまでは承知しておるまい」

といった総兵衛は、掘り出した骨と髑髏を天神川から汲《く》んできた水で手ずから洗い、用意した真新しい友禅に包み直すと再び穴に戻した。

主従四人は墓石に供物《くもつ》をそなえて、線香を手向《たむ》けると読経《どきょう》の真似事《まねごと》をして教子の供養をした。

「さてこれで明日が楽しみになったものよ」

総兵衛が不敵に笑い、又兵衛が、

「あの女狐《めぎつね》の正体を暴《あば》きますか」

と応じた。

「暴き甲斐《がい》のある身許《みもと》か否か知れぬが、あやつを逢坂《おうさか》の関の東には出さぬ。この錦切れにかけてもな」

総兵衛の手には死んだ教子が包《くる》まっていたぼろ錦があった。

四

洞爺斎蝶丸の背中が震えていた。

三条坊門小路に借り受けた屋敷の庭の一角でも穴が掘られ、鵜飼衆の手で紅《あか》蛇子《へび》の亡骸が埋められた。

柳沢吉保の御使いの定岡舎人は、

「おのれ、おのれ！」

という憤怒《ふんぬ》の声が蝶丸の口から洩《も》れたのを聞いた。

だが、それ以上、娘を亡くした父親の悲嘆は聞かれず、四尺三寸の矮軀《わいく》をすっくと立てた。

庭に集まっていた鶏飼衆時雨組全員が頭領に注目した。

「京に滞在すること百余日、それも本未明の百日通いにて終わる。われらは甲賀鶏飼衆時雨組の面目にかけて、新典侍清閑寺教子様を護持奉《たてまつ》り、江戸に下向いたす。予《か》ねてからわれらの行動を邪魔いたす大黒屋一統のこと、いまさら説く要もあるまい。今、わが手にて一人娘の紅蛇子を葬《ほうむ》った。この次、おれが葬るのは、大黒屋総兵衛の屍《しかばね》ぞ！」

おおっ！

という鯨波《とき》の声が響いて、

「鹿ヶ谷に向かう支度をいたせ。本日は戦《いくさ》支度で向かう、分かったか」

おおっ！

再び一族の結束を意味する声が響いて、白磁の酒器が配られ、酒が注がれた。

「この酒を紅蛇子の血と思え、おのれの胎《はら》にためて怒りとせよ！」

「心得たり！」

一息に酒が飲まれ、酒器が足元に叩《たた》きつけられて割られると鵜飼衆時雨組が戦支度を始めた。

八つ（午前二時頃）の時鐘が京の町に鳴り響いた。

すると三条坊門小路の借り受けられた御使い屋敷の門が開かれ、松明《たいまつ》を翳して弓矢を負い、槍《やり》や薙刀《なぎなた》を手にした一団が空の牛車《ぎっしゃ》を真ん中にして姿を見せた。

洞爺斎蝶丸はといえば、鵜飼衆時雨組の中でも七尺（約二一二センチ）に近い巨軀の大起虎《おおだちとら》右衛《え》門《もん》の右の肩に止まって、行列の先頭に立った。

御使いの定岡舎人は、輿《こし》で牛車の前をゆらゆら行く。

百日通いの最後の朝、行列には喜びの気配の一片もなく、ただ深い哀《かな》しみと怒りが漂って、道中に出会った商人たちを、
ぎょっ

とさせた。

牛車を引く小者は、

（今朝は行列ばかりか、牛車の車輪も重いがな）

と思った。が、そのことよりも今朝の行列を最後に鹿ヶ谷通いが終わる安堵《あんど》の気持ちのほうが強かった。

鹿ヶ谷の山道に入り、轍《わだち》がいつもより深く嵌《は》まりこんだ。

（どうしたこっちゃ）

と不安になった。だが、蝶丸なる小男の憤怒の顔を思い出して身震いし、

（このままなんとか清閑寺家まで辿《たど》りつくこっちゃ）

と牛の尻《しり》を手のひらで叩いて鼓舞した。

その未明、清閑寺教子は参籠百日を迎え、小阿弥陀堂《あみだどう》の扉を自ら開いた。するとそこには父親の親房を始め、一族郎党が出迎えて、

「教子様、参籠百日満願成就おめでとうございます」

と声を揃《そろ》えた。

教子はただ頷《うなず》いた。

「お浄《きよめ》やで」

親房の言葉に女人たちが教子の周りを固め、小阿弥陀堂から竹藪《たけやぶ》の奥へと進んだ。

白衣の男衆《おとこし》も松明を点《とも》して供奉《ぐぶ》する。

駒吉はお浄めの後に着替える十二単《ひとえ》を奉じて奉公人の群れに加わった。

一行が向かった先は、霊峰如意嶽から流れ来る楼門滝だ。

滝音が大きく響く半町手前で男衆は止まり、駒吉は女衆《おんなし》に十二単を渡した。

そして、人の群れの外に下がった駒吉は、気配も見せずに藪陰に姿を隠した。

次に現われたとき、棒縞《ぼうじま》の着物の裾《すそ》を絡《から》げ顔には黒手拭《てぬぐい》で盗人被《かぶ》りをして、楼門滝へ藪を伝って先回りしていた。

駒吉は山猿《ましら》のように岩場を伝って、楼門滝の上に這《は》いあがった。岩場にへばりついて滝壺《たきつぼ》を見おろした。五丈下の滝壺は未《いま》だ暗闇《くらやみ》に沈んで、水音だけが轟《とどろ》いていた。そして、水飛沫《しぶき》が滝壺から上がってきて、駒吉の盗人被りの顔を濡《ぬ》らした。

視界を転じた。

女人の持つ松明がちらちらとして清閑寺教子らが滝壺に近づいてきた。

駒吉は滝壺の音と水飛沫に乗じて気配を消した。

滝の周辺は冷気が乱れ動いて、いかな忍びでも神経を四方に配ることのできない場所だった。

反対に身を浄めたり、己の心をうちに集中するには絶好の場所といえたのだ。だからこそ古来から修験者《しゅげんじゃ》が滝行《たきぎょう》を繰り返してきたのだ。

滝壺の縁《ふち》に幔幕《まんまく》が張られていた。

教子は幔幕の内に入ると白衣一枚になり、なにか口の中で唱えると敢然と足を冷水に踏み入れた。

駒吉には水飛沫を透して白衣姿の教子が浮かんで見えた。

すでに白衣は濡れそぼり、教子の裸身にぴたりと張りついて、しなやかな体をおぼろに見せた。

教子は駒吉が見ているとも知らず、滝壺を渡って、滝にゆっくりと近づいてきた。

わずかに夜明けの空が白み、微光が楼門滝に差しこんだ。

教子が滝水の下に身を入りこませるために女体を回した。

滝上と滝下、教子と駒吉との間はわずか五丈（約一五メートル）しかなかった。

だが、その間には茫漠《ぼうばく》たる滝水の流れが滔々《とうとう》とした悠久の轟きを上げていた。それが駒吉の気配を薄れさせていた。

駒吉は教子が一心不乱になにかを唱えているのを見ていた。

さらに夜明けが近づき、楼門滝付近が白々と見えてきた。すると教子の五体の周辺に黒い霊気が立ち込めているのが感じられた。

遠くで、

「柳沢吉保様御使い定岡舎人様、百日御通い満願成就《じょうじゅ》にござる！」

という叫び声が伝わってきた。

お迎えの行列は清閑寺家の小阿弥陀堂前に到着し、さらに楼門滝へと進んでこようとしていた。

駒吉は、そのとき、不思議なものを見ていた。

白衣が張りついた教子の背に黒い阿弥陀仏が浮かんでいるのをだ。

(な、なんということか)

教子は駒吉の驚愕《きょうがく》を知らぬままに滝の流れの下から滝壺へと身を移した。すると滝水に打たれた体が赤く染まり、背に黒阿弥陀仏がはっきりと浮き彫りにされているのが確かめられた。そして、それは徐々に薄れて元の白い裸身へと戻っていった。

定岡舎人の一行が楼門滝に教子をお迎えに行くと知った商人の番頭や手代は、

「わてらも行きまひょ」

「ここで確約もらわんとなんのために百日通いしたか、分からへんがな」

「そやな、柳沢様の御使いはんに約定もらわんと敵《かな》わん」

「主《あるじ》に毎日、小言ばっかり言われてきたんや、これで空手形で帰ったら、店に入れてもらえまへんがな」

好き勝手な言葉を交わしながら、竹藪に入りこんだ。

その上、綱吉の側室に上がるという教子の百日参籠満願成就の朝を見物しようと訪れた京の老若男女《ろうにゃくなんにょ》が滝へと殺到していった。

教子は、幔幕の中に戻った。

禊《みそぎ》を待っていた女人たちの前に惜しげもなく裸身を晒《さら》して、濡れた体を拭《ふ》かせ、純白の下着を身につけていった。そして、まるで儀式のように十二単の重ね着をゆるゆると身にまとい、御垂髪《おすべらかし》を整え終えた。

そのとき、滝まで苦労して上がってきた牛車が止まり、定岡舎人が、

「新典侍清閑寺教子様の江戸行きのお迎え参じましてございます」

と謹んで申しあげた。

「大老格柳沢吉保様の代人、定岡舎人どの、よう百日通いを遣《や》り通しなされた。清閑寺親房、謹んで娘教子を柳沢様の下にお預けいたしましょうぞ」

と応じた。

朝の光がきらりと楼門滝に差しこんだ。

滝の周辺には、江戸下向の従者たる甲賀鵜飼衆時雨組、商人衆、それに見物の野次馬など大勢の人間が取り巻いて教子の出現を一目見んと待ち構えていた。

幔幕が揺れて、真新しい十二単姿の新典侍教子が姿を見せた。

その瞬間、大勢の人々の群れから嘆声が上がった。

「さすがに柳沢様が目に止めた女性《にょしょう》やで。﨟長《ろうた》けた女とは教子はんのことをたとえたものでっせ」

「これなら綱吉様も満足やで。正室も側室もあるかいな、早うやや子産んでもろうて、六代様に名乗りを上げられるこっちゃ」

「そうなれば、こっちの懐《ふところ》も潤《うるお》いまひょいな」

「そやそや」

欲の皮の突っ張った商人たちも囁《ささや》き合うほど教子の美貌《びぼう》は冴《さ》え渡っていた。

「江戸まで謹んでお供させて戴《いただ》きます」

定岡舎人が腰を折り、牛車へと案内に立った。

教子が辺りを見まわして、会釈《えしゃく》すると牛車に向かった。

するとだれも乗っていないはずの牛車が揺れた。

牛方の顔に驚愕が走った。

教子は敏感に悟った。さりげなく洞爺斎蝶丸に合図を送った。

(なんぞ異変にござるか)

蝶丸の顔がそんな気配を見せたとき、牛車から笑い声が洩れてきた。

「な、なんや、これは」

清閑寺親房が驚きの声を発した。

牛車の垂れが上げられると唐獅子牡丹《からじしぼたん》文様の着流しを着た大男が腰に三池典太光世の一剣を落とし差しにして、ゆらりと姿を見せた。

「大黒屋総兵衛ではおへんか」

清閑寺親房が叫んだ。

「京の貧乏公卿《くぎょう》があろうことか他人の娘をだしに一芝居打つとは、いい度胸だな」

「ど、どういうこっちゃ」

「どういうこともなにもあるかえ。おめえの三女の教子は三年も前に流行病《はやりやまい》に倒れて死んだんじゃなかったのかえ。弔いもできねえとおめえ自身が天神川端の屋敷の老紅葉の木の下に埋めたというじゃねえか」

「そ、そんなことはおへん。ここにおるのは正真正銘の教子でおじゃる」

「江戸は日本橋富沢町の古着問屋、大黒屋総兵衛がおめえが埋めた娘の骨を掘り起こして、供養したぜ。ほれ、見ねえな、こいつは、おめえが娘の教子を包んだぼろ錦《にしき》だ」

総兵衛の手がはらりと地中に埋まっていた錦織の切れを見せた。

「違う違う」

「いくら貧乏《すかんぴん》が売りとは申せ、どこぞの娘を替え玉に将軍綱吉様の側室に差しあげようたあ、村芝居もちと阿漕《あこぎ》に過ぎるぜ」

総兵衛の手のぼろ錦が、

発止！

と親房に投げられた。すると親房がぶるぶると震えだした。

「おい、女狐《めぎつね》、おめえの正体はなんだえ」

総兵衛の視線が清閑寺教子に向けられた。

「おのれ、邪魔をしくさって」

この言葉が十二単の女の口から洩《も》れた。

「なんや、江戸を騙《だま》す大芝居やて、うちらどないしょう、えらい損害やで」

「清閑寺はん、運んできた品、返してんか」

見物の輪が騒ぎ始めた。

「総兵衛様」

その声が滝壺の岩場から響いた。

駒吉だ。

「その女の背には黒阿弥陀仏が彫り込まれておりますよ」

「大方、甲賀鵜飼衆の一味の女であろう」

と応じた総兵衛が、

「女狐、名はなんという」

「黒阿弥陀蓮女《れんにょ》」

総兵衛が牛車から女のそばに飛んだ。

同時に蓮女が虚空《こくう》に跳んだ。

十二単が宙で広がり、整えられたばかりの御垂髪が乱れて、鵜飼衆時雨組から投げられた薙刀《なぎなた》を小脇《こわき》に、蓮女が滝壺の中に降り立った。

白衣一枚の姿だ。

総兵衛も追った。

鵜飼衆が総兵衛を囲もうと滝壺に迫ろうとした。すると見物の輪の中から、

「こやつらが京を騙したんやで！」

という声が湧《わ》き起こった。

「そや、貧乏たれを誑《たぶら》かして、わいらから貢物を絞り取りおったわ」

「怪しげなやっちゃ、どないしょう」

その声に商人たちが騒ぎだした。鵜飼衆時雨組を商人たちが取り囲んで、

「銭を戻せ！」

「品、返せ！」

と叫んだ。

最初に火をつけたのはむろん群衆に紛れこんでいた又兵衛に雄八郎、康吉の三人だ。

総兵衛と蓮女は滝壺の水に腰まで浸《つか》って対峙《たいじ》していた。

蓮女の両手は差しあげられ、赤柄の薙刀が横手に構えられた。総兵衛は、ゆっくりと三池典太を抜き放って、正眼につけた。

すでに蓮女の体にはぴったりと白衣が張りついて、裸身が透けて見えた。

「見てみいな、背中に黒阿弥陀が浮きでてきよったで」

「清閑寺はんはどえらい女を綱吉様に上げようとされましたんやな」

「これはただでは済まんで、京の所司代が動きまっせ」

見物衆が勝手なことを口々に言いながら、息詰まる対決に視線をおいていた。

総兵衛の正眼の剣が片手八双に立てられた。

舞扇のような構えだ。

その総兵衛の口から即興の謡《うたい》の文句が流れでた。

〈所は此処《ここ》ぞ京の鹿ヶ谷、楼門滝のほとりにて、甲賀鵜飼の女忍びとて、黒阿弥陀蓮女なる端女《はしため》が、花の命を散らしける……〉

「おのれ、言うな！」

蓮女が水中から高々と虚空に飛びあがった。

総兵衛は、それを見て、
つつつつ
と滝壺の深みへと身を移した。

腰から胸へ、胸から頭へと水没させた総兵衛の葵典太が最後に消えて、虚空に飛びあがった蓮女は目標を失った。

滝壺の上の岩場に飛び移ろうとしてもそこには駒吉が得意の縄を回しつつ、牽制《けんせい》していた。

仕方なく蓮女は再び滝壺に降り立った。

その瞬間、総兵衛の身が現われ、虚空に跳んだ。

蓮女も即座に虚空へと戻った。

総兵衛と蓮女、間合い半間の虚空で薙刀と葵典太を撃ち交わした。

だが、薙刀の刃の迅速よりも二尺三寸四分の定寸の剣が鋭くも死の円弧を描いて、蓮女の首筋を、
ぱあっ
と刎《は》ね斬《き》った。

蓮女は叫ぶ間もなく驚きの表情を目に残して、水中に落下した。

総兵衛が再び滝壺に降り立った。

水中に沈んだ蓮女の白衣が水面に浮かんできた。そして、下から黒阿弥陀仏の背中が浮かびあがり、赤い血が体のわきから広がっていった。

「蓮女!」

悲痛な叫びを上げたのは、洞爺斎蝶丸だ。

そして、その直後、甲賀鵜飼衆時雨組一統の姿が楼門滝から掻《か》き消えた。

我に返った商人たちが清閑寺親房を囲んだ。それに今一人、柳沢吉保の御使いの定岡舎人が標的にされた。

「どないしてくれんのや、この百日分の損害を！」

「ともかく返してもらおうか」

親房が小声でなにか言い訳した。

「なんやて、返すもんがないやて」

「おのれ、騙しくさった人間の言葉か」

怒りが一気に爆発した商人たちが二人に摑《つか》みかかり、蹴《け》りつけた。

「た、助けてくれ！」

「麿《まろ》は死にとうない」

「死にとうないやて、滝壺《たきつぼ》に叩きこめ！」

二人が抱え上げられて、滝壺に投げ落とされた。

そのとき、総兵衛が、

「屋敷うちになんぞ残っておるかもしれぬぞ！」

と叫んだ。

「そや、あないな金子、すぐに使えるもんやないやろ」

「貧乏たれのこっちゃ、どこぞに金子を隠しておるわ」

と口々に叫ぶと楼門滝から屋敷へと走りだした。

滝壺に半死半生の公卿《くぎょう》と御使いが浮かびあがった。

「道三河岸《どうさんがし》の代人、このことしかと大老格に報告するのじゃあ。相分かったか」

「は、はい」

よろめくように滝壺から上がった定岡舎人が鹿ヶ谷道を目指して降りていった。

総兵衛は、未《いま》だ滝壺に浮かぶ蓮女の流れに浮き乱れる髪を一房切り取ると、亡骸《なきがら》を流れに押し出した。

岸辺の木陰に二つの人影があるのみだ。

遠くから滝壺の戦いを見守っていたのは、中納言坊城公積と京都所司代松《まつ》平紀伊守信庸《だいらきいのかみのぶつね》が家来今坂八郎兵衛《いまさかはちろべえ》だ。

むろん総兵衛の頼みで公積が入魂《じっこん》の今坂を誘ったのだ。

今坂が、

「なんということか……」

と嘆息した。

総兵衛は十三歳で死んだ教子の骨を包んでいたぼろ錦の切れはしで蓮女の髪を包んだ。

「総兵衛様」

又兵衛ら四人の配下が集まってきた。

「此度《こたび》の一件は終わりにございましょうか」

駒吉が訊いた。

「手代どのは、物足りぬか」

「いえ、そういうわけではありませぬが」

「鵜飼衆が生き残っておるわ。そうそう簡単に幕を引かせてもくれまい」

「ならば、気をつけて江戸に戻りますか」

「手代どのの仰《おお》せだ。又兵衛、東海道を下ろうか」

という総兵衛の声が楼門滝に響いて、四人の姿が消えた。

それを見届けた坊城公積と今坂八郎兵衛が滝壺のほとりを最後に去った。

第五章　海　戦

一

駿府《すんぷ》の鳶沢《とびさわ》村は晩夏の季節が漂っていた。

海はどことなく暑さの勢いを失い、秋を思わせる長閑《のどか》な光が降り、山には薄《すすき》が白い穂を広げていた。

総兵衛一行は府中から海沿いの道を辿《たど》り、久能山《くのうざん》の石段を登って神君家康公の霊廟《れいびょう》にお参りして、京での首尾を報告した。

その後、久能山の北側の急峻《きゅうしゅん》な道を下って鳶沢村に入った。

村への道々に虫のすだく声が響いて、静かな夕暮れが訪れていた。いや、異様に静か過ぎる緊迫があった。

総兵衛たちが久能山を訪れたことは一族の神廟衛士《えじ》たちによって、当然長《おさ》の次郎兵衛へと伝えられているはずだ。

「あっ、あれは」

「次郎兵衛様のようじゃが、どうなされたか」

と駒吉と又兵衛が驚きの声を上げた。

村の入り口の路傍に一族の長老鳶沢次郎兵衛が独り座していた。

白髪頭がきれいに剃《そ》り上げられていた。

総兵衛の胸に冷たい予感が走った。

(だれぞ一族の者が死んだか。まさか大黒丸になにかが起こったということではあるまいな)

総兵衛が歩みを早めて、路傍に土下座した次郎兵衛のそばに寄った。

「叔父貴、ただ今、戻った」

「ご苦労様にございます」

頭を下げたまま次郎兵衛が答えた。

「なんの真似《まね》にござるな」

「一族の者が不始末を犯してございます」

「それでさような格好でお迎えか」

次郎兵衛の背が哀《かな》しみと悔いに震えていた。

「なにがあったか、屋敷にて聞かせてくれぬか」

「江戸よりるりと助次の亡骸《なきがら》が戻ってきて以来、次郎兵衛は、久能山下の御堂《みどう》に籠《こも》り、経を唱えて過ごしてきました。できますことならこの場にて、るりの行状を申しあげ、総兵衛様のご処分を仰ぎとうございます」

一族の長老は頑《かたく》なに言い張った。

「よかろう、聞こうか」

総兵衛も地べたに胡坐《あぐら》をかいて座った。

京から従ってきた又兵衛ら四人も村の入り口に座した。

遠く村の広場でも一族の男たちが成り行きを固唾《かたず》を呑《の》んで見守っていた。

次郎兵衛が甲賀鵜飼《うかい》衆の姦計《かんけい》に落ちて勾引《かどわか》されたるりとそれを助けようとした助次の死の顚末《てんまつ》を淡々と告げた。

「……総兵衛様、おきぬに代わって鳶沢村から富沢町へ奉公に上げたるりは、若年とはいえ、分家の直系にございました。鳶沢一族の範たるべき人間が江戸に出て浮わつき、一族に課せられた使命を忘れて、敵方の手に落ちる。その上、おのればかりか、若い助次の命まで道連れにした……分家の長として慙愧《ざんき》に耐えませぬ。孫を一人前の奉公人として江戸に差しだせなかった罪、ひとえにこの老人にございます。総兵衛様の厳しいご処断を仰ぎたくお待ちしておりました」

肺腑《はいふ》を抉《えぐ》る次郎兵衛の言葉に鳶沢村には粛《しゅく》として声もない。集《すだ》く虫の音も止まっていた。

総兵衛の返答はしばしなかった。そして、絞りだされた言葉はこうであった。

「大黒丸が駿河《するが》沖に戻ってきたときのことよ、一人娘のるりの死を知った忠太郎の嘆きを思うとのう」

「はっ」

「次郎兵衛どの、るりを手元に呼んだおれの罪でもある。るりと助次の墓に案内してくれぬか。互いの処分はその後、考えようか」

「はっ、はい」

総兵衛が次郎兵衛の手をとって鳶沢村の墓地へと誘《いざな》っていった。するとその後を又兵衛らが従った。

墓地には一族の女たちが先行し、本家と分家の長を迎えた。

総兵衛と次郎兵衛は、新たに一族の戦死者の列に加わった二人の卒塔婆《そとば》の前で瞑想《めいそう》して経を唱えた。

今や墓地に鳶沢村の全員が参集していた。

読経《どきょう》が終わった。

ゆらりと総兵衛が立ちあがった。

「皆の者、よおく聞け。われら、鳶沢一族は、武と商を通して徳川様にご奉公申しあげてきた集団である。頭領もおれを数えて六代になった。その間に幾多の一族の者たちが戦いに倒れ、この地に屍《しかばね》で戻ってきた。その霊様にも申しあぐる……」

総兵衛の言葉が途切れた。

「戦いに倒れた一族の者たちの死にも軽重あり、愚かにも敵の姦計に自ら落ちての死あり、その命を助けんと自らの命を捧《ささ》げた死あり、様々であった。だが、死すれば御仏の前では等しく同じ、のう、助次、そうではないか」

総兵衛の声が薄闇《うすやみ》に響いた。

堪《たま》らず嗚咽《おえつ》が走った。

助次の家族からだ。

「生き残ったわれらが腹掻《か》き切って喜ぶは敵方だけよ。未《いま》だ鳶沢一族は戦いの渦中《かちゅう》にある。次郎兵衛どの、無闇に敵を喜ばす手もあるまい。が、始末は始末、片はつけねばなるまいて」

総兵衛が、

「駒吉、三池典太光世《みいけでんたみつよ》を」

と手代に手を伸ばした。

「お刀をでございますか」

「駒吉、二度言わせる気か」

「はっ」

覚悟を決めたように背に担《かつ》いできた拝領刀を総兵衛に差しだした。

次郎兵衛が背筋を伸ばして、次に首を差しだして瞑目した。

総兵衛が葵《あおい》典太を受け取ると鞘《さや》を払い、その鞘を駒吉の手に戻した。

薄闇に刃だけが鈍く光った。

一同が悲しみのうちに見守っていた。

それは鳶沢一族が存続するためのけじめとはいえ、余りにも大きな犠牲であった。

総兵衛の左手がふいに己の髷《まげ》を摑《つか》み、葵典太で一思いに裁ち斬《き》った。

総兵衛の残った髪が乱れて肩に落ちた。

一族の者たちが息を飲んだ。

「助次、これにてるりの愚かな振る舞い、赦《ゆる》せ」

総兵衛の言葉に目を開けた次郎兵衛が、

「総兵衛様」

と叫んだ。

総兵衛が助次の卒塔婆の前に己の髷を捧げた。

「次郎兵衛どの、これで新坊主《ぼうず》が二人できたわ。俄《にわか》坊主の施主《せしゅ》にて、明日はるりと助次の弔い、それにこれまで戦いに倒れた鳶沢一族のご先祖の供養《くよう》を行うぞ」

「おおっ」

と一族の者たちが畏《かしこ》まった。

鳶沢村に総兵衛らは、三日滞在した。

その間に若い二人の弔いをし、先祖の供養をした。さらには次郎兵衛に大黒丸の帰着の際の行動を事細かに命じ、富沢町の奉公人の陣容編制をあれこれと相談したりした。また時に相州三崎沖の絵地図を広げてはなにごとか考えに耽《ふけ》っていた。

次郎兵衛は次郎兵衛でるりの後釜《あとがま》を気にしたが、

「美雪もおるでな、しばらくはよい」

と断った。

青坊主になった総兵衛が江戸は日本橋富沢町に戻ってきたのは、初秋の季節だ。

供は駒吉に新入りの小僧の雄八郎と康吉の三人だ。

又兵衛は鳶沢村に残り、若い二人だけが江戸入りすることになったのだ。

入堀の柳に蜻蛉《かげろう》が絡《から》まりつくように飛んでいた。

富沢町で売られる品も袷《あわせ》や綿入れが主になっていた。

「総兵衛様のお帰り！」

店仕舞いをしていた小僧の芳次が徒歩《かち》で富沢町に入ってきた総兵衛らに気づき、店の奥に叫んでいた。そして視線を総兵衛に戻して、

「あっ」

という驚きの声を上げた。

「そろそろお戻りの頃合と考えておりましたよ」

と大番頭の笠蔵が店の前まで飛びだしてきて、これもまた目を丸くした。

「ちょ、ちょっとこれはまたいったいどうしたことで」

慌《あわ》てて鼻の頭に外れた眼鏡を掛け直して確かめ、

「これはこれは、また新しい趣向にございますな」

と呻《うめ》いた。

にやり
と笑った総兵衛が店に通った。すると奉公人一同の視線が総兵衛の頭にいった。

荷運び人足の伊三《いぞう》じいが、

「なんとまあ、総兵衛様が青坊主になられて戻られたか」

と嘆息した。

伊三は一族の者ではない。だが、若い頃から大黒屋に勤めてきて、口にも遠慮がない。

「伊三さんや、京に参ったら、仏心が出ましてな。かたちばかりとは思いましたが、得度しましたのさ」

「商人が坊様にですか」

「伊三さんの弔いくらいはできるように修行を精々いたしましょうかな」

「滅相もねえ、もうしばらくは生きてえよ」

と伊三が顔の前で手を振り、笑い声を上げた総兵衛が奥に通った。

奥座敷では腹が膨らみ始めた美雪が総兵衛を迎えた。

「ご無事のご帰還、祝着《しゅうちゃく》に存じます」

美雪は武家の娘で、女武芸者として長い歳月を送ってきた経緯があった。だからつい武家言葉となった。

「どうだ、腹のやや子は元気か」

「近頃では動きまわるのも感じ取れます」

「なによりなにより」

ちよが新茶を淹《い》れて運んできた。

美雪の目も総兵衛の入道頭にいっていたが、そのことについてなにも言わなかった。

お店では笠蔵らが駒吉を囲んで、総兵衛が坊主になった経緯を訊きだして、

「なあるほど、それで総兵衛様が青坊主になられた理由が分かりました」

と納得していた。

笠蔵の視線が二人の新入りにいった。

「大番頭様、亡《な》くなられた番頭の藤助さんの弟の雄八郎と辻前《つじまえ》の鍛冶屋《かじや》の倅《せがれ》の康吉にございます。総兵衛様と次郎兵衛様が相談なされて、この度、富沢町に

上がることになりましてございます」

と駒吉が紹介した。

「藤助の弟か、面立《おもだ》ちがよう似ておるな。私が大番頭の笠蔵です、なんでも分からぬことは店におられる先輩方にお聞きして、しっかりと奉公なされよ」

と店にいた国次以下の奉公人に顔合わせをさせた。

「駒吉、二人を部屋に案内してな、一休みさせてやりなされ」

と命じた。そうしておいて当の笠蔵は、心持を定めたように奥座敷に向かった。

奥座敷からは総兵衛と美雪の笑いの混じった会話が廊下に伝わってきた。

「総兵衛様の入道頭もなかなかにございます」

「惚《ほ》れ直したか」

「はい、お似合いにございます」

「おれもそう思うておる」

夫婦はまた笑い合った。

「総兵衛様」

廊下に畏まった笠蔵が、

「お留守中のこと、ご報告いたします……」

と言いだすと総兵衛が遮《さえぎ》り、

「大番頭さん、るりのことなれば、鳶沢村で一件落着した。そなたの白髪頭を剃《そ》りあげたところでふやけた冬瓜《とうがん》頭が一つ増えるだけのことだ」

というとぺたぺたと自分の頭を叩《たた》いた。

「それでは江戸の示しが付きませぬ」

「大番頭さん、此度《こたび》の戦《いくさ》、まだ終わってはおらぬ。今、われらが専念すべきは、関ヶ原の大合戦に備えることじゃ」

「関ヶ原の合戦はいつのことにございますな」

「大黒丸が江戸に戻ってくるときよ、甲賀鵜飼衆の残党と大戦になろうぞ」

「そのことにございますよ」

と笠蔵が総兵衛の留守の間、江戸で起こったことを報告した。

「なにっ、美雪が与力を始末しましたか」

「総兵衛様、女だけの店にならず者と一緒に押し入って参ったのです。美雪様がおられなかったらと思うとぞっとします」

総兵衛と笠蔵の問答を、緊張の顔で美雪が聞いていた。

「美雪、これからは無理をするでないぞ」

「はい」

夫婦が笑みを交わし、総兵衛がさらに笠蔵に訊いた。

「その後、なんの音沙汰《おとさた》もなしか」

「奇妙なくらいに江戸は静まり返っておりますよ。むろん柳沢家と新御番組に新規召抱えになった鵜飼参左衛門には見張りがついております。三日に一度の割で内貴家《ないき》の内儀お松《まつ》と船宿で密会するために屋敷を出る以外は実に静かなものにございます。残る問題は、奇怪な鉄甲船の行方にございますな」

「鉄甲船の船団なるものな、いよいよ大黒丸が次なる狙《ねら》いか」

「総兵衛様、大黒丸の帰着はいつのことにございましょうかな」

「異国を往来する船旅、いつとは答えられぬが、帆を上げて四月になる。あとどれほどかかるか」

大黒丸の主船頭の忠太郎には、初めての本航海に、

一　売り込みと仕入れ
一　航路の開拓
一　大黒丸の操船技術の習得
とその主たる課題を命じていた。

航路の短縮は一日でも、上方、加賀、江戸に卸される品の値に反映してくる。

忠太郎としても一日でも早い往来を念頭に船を走らせているに相違ない。

総兵衛の勘は、

「あと一月後の中秋まで」

と教えていた。

晩秋になり、海が荒れるようになれば、大黒丸は琉球《りゅうきゅう》に一冬過ごすことになる。

「笠蔵さん、大黒丸の六枚横帆が観音崎を回るのは、そう遠いことではあるまい。そのときのためにうちの陣容を再編制しておく必要があるな」

「畏まりましてございます」

この夜、総兵衛の無事帰着と二人の新入りの小僧の祝いを兼ねて、大黒屋では夕餉《ゆうげ》の食膳《しょくぜん》に酒が付けられた。

深夜、総兵衛は又三郎を伴い、東叡山《とうえいざん》寛永寺に上がった。

だが、本殿の奥に通ったのは総兵衛ただ一人だ。しばし瞑想《めいそう》した総兵衛が懐《ふところ》からやおら火呼鈴《ひこれい》を出して、振った。

闇《やみ》に鈴の音が響き、遠くで別の音色が呼応した。

水呼鈴《すいこれい》だ。

鳶沢一族が徳川家康との密約を交わしたとき、策謀家の家康は鳶沢一族に力だけを与えて、頭脳を付与しなかった。

一族が動くときは、影が指令を発したときのみという安全策を講じていた。

つまり影と鳶沢一族は、一つの頭と一つの体を別々にされて謀反《むほん》を起こさぬように互いを監視させてきたのだ。

影と一族が出会うとき、水火二つの呼鈴を神君家康公の所縁《ゆかり》の地で鳴らし合う、それが決まりごとだった。

御簾《みす》の向こうに忍びやかな気配がして、影が座した。

「鳶沢総兵衛勝頼、御用は終えたか」

総兵衛は声に従い、持参した錦織《にしきおり》の切れとそれに包みこんだ頭髪を御簾の向こうに差し入れた。

「綱吉様の側室に上がろうとした新典侍の清閑寺《せいかんじ》教子《のりこ》こと黒阿弥陀蓮女《くろあみだれんにょ》の遺髪にございます」

「二つ名とはどういうことか」

総兵衛は甲賀鵜飼衆時雨組の女が十三歳で亡くなった公卿《くぎょう》の清閑寺親房《ちかふさ》の三女に化けていた経緯を語った。

「……遺髪を包んだぼろ錦は亡くなった教子の遺骸《いがい》がくるまれていた布にございます」

「なんと忍びの女を柳沢吉保どのは綱吉様の褥《しとね》に誘おうとしたか」

「むろん承知ではありますまい」

「親の清閑寺はいかがか」

「こちらは承知で死せる娘を種に一芝居を打った張本人の一人にございます」

「京の公卿は徳川幕府が始まって以来、貧乏に付き纏《まと》われて苦労しておる。とは申せ、ちと阿漕《あこぎ》だな」

「騒ぎの一部始終は、中納言坊城公積《ちゅうなごんぼうじょうきんつみ》様、それに京の所司代松平紀伊守信庸《まつだいらきいのかみのぶつね》様ご家来今坂八郎兵衛《いまさかはちろべえ》どのが見分なされておられます」

総兵衛が公積に頼んで仕組んだことだ。

「幕閣に連なる者にも柳沢様の猿芝居をご存じの方がおられるわけだな」

「さよう」

「ご苦労であった」

影が任務の終わったことを告げた。

「影様、大奥に入りこまんとした女狐《めぎつね》の一族が未《いま》だ江戸に残っております」

「戦が続くと申すか」

「おそらくは江戸を離れた地で決着がつこうと思いますが、お耳を煩《わずら》わすやもしれませぬ」

「総兵衛、禍根を残さぬように根を絶やせ」

「それには道三河岸《どうさんがし》の主《あるじ》どのの命を縮めるしかございますまい」

しばし応答に間があった。

「それはならぬ」

さらに間があった。

「勝頼、柳沢様は齢《よわい》六十を越えられた上様の数少ない話し相手だ」

「上様の茶飲み友達として生かせと仰《おお》せで」

「茶飲み友達であればよいのだがなあ。なにかと策を立てられる」

「さようにございます」

「困ったことよ」

「今ひとつご相談がございます」

「申せ」

「表高家品川氏郷様についてご存じのことはございませぬか」

「勝頼、どういうことか」

「柳沢様に甲賀鵜飼衆の当主の鵜飼参左衛門を紹介したのは品川様にございますそうな」

影が沈黙した。

「品川家は三百石、長いこと表高家に甘んじておられると思うたが、柳沢様の袖《そで》に縋《すが》ったか」

また沈黙があった。

「品川家が一件、なんぞ考えようか」

それが影の返答であった。

二

江戸は日本橋富沢町にいつもの日課が戻ってきた。

朝七つ（午前四時頃）に総兵衛が地下城に降りてみると広い板の間に国次以下、住み込みの鳶沢一族の者たちが顔を揃《そろ》えて、拭《ふ》き掃除をしていた。

「おはようございます」

頭領の総兵衛に挨拶《あいさつ》が投げられ、

「よう集まったな」

と応じた総兵衛が上段の間に飾られた初代の鳶沢成元の木像に礼拝をなした。

総兵衛が江戸の拝領屋敷というべき富沢町の地下広間で稽古《けいこ》に汗を流そうと

いうのは何カ月ぶりのことか。

総兵衛が見所から振りむくと一族の面々が左右二手に分かれて、打ち込み稽古を始めようとしていた。

総兵衛は総兵衛で刃渡り四尺（約一二〇センチ）の馬上刀を手にいつもの独り稽古に没頭した。幽玄の舞か、能の所作にも似たゆるやかな動きを続けること一刻《とき》、総兵衛の全身から汗が噴きだしていた。

独り稽古を止めたとき、国次が恐る恐るという体《てい》で総兵衛の下にきた。

「総兵衛様、私め、一族にあって正当な武術の稽古をまともに受けておりませぬ。一手ご指南を仰ぎとうございます」

言われてみれば、信之助に次ぐ祖伝夢想流の腕前で小太刀もよく遣う国次だったが、道場に降り立つことは珍しかった。

国次は明神丸に乗って長年上方での仕入れに奔走してきて、富沢町に落ちついたのはごく最近のことだ。

「国次との稽古はそなたが富沢町に上がってきたとき以来か」

「はい。あの折り、総兵衛様はあまりの未熟に呆《あき》れておられました。その頃と変わりありますまい」

「よかろう」

二人は袋竹刀《しない》を手に立ち会った。

国次が打ち込み方を総兵衛が受け手に回った。

休みなしの稽古がおよそ半刻、

「止《や》めよ」

と総兵衛が言葉を発したときには、国次は腰から砕けるように床にへたり込んだ。

「国次、素直な剣じゃぞ」

「それが取り柄にございます」

「若くして天分を示す者もおれば、老いて才を伸ばす者もおる。国次、倦《う》まず弛《たゆ》まず稽古に励め」

「はっ、はい」

大黒屋の二番番頭が少年のような返答をした。

江戸の町々に、

「おがらおがら」

と売り歩く声が響いた。

おがらは苧殻（麻の皮をはいだ茎）のことだ。

朝稽古を終えた総兵衛は先祖代々の仏壇に灯明を点《とも》して、朝の勤めをすますと美雪やちよの手を借りて、魂棚《たまだな》を飾った。

盂蘭盆会《うらぼんえ》の朝だった。

その日の昼下がり、着流しに羽織姿の総兵衛は、駕籠《かご》を呼んで美雪を乗せ、手代の駒吉とちよを連れにして、鳶沢一族の江戸の菩提寺《ぼだいじ》、浅草元鳥越町の寿松院を訪ねて、先祖の墓前に灯火を捧《ささ》げて礼拝した。

墓前で読経《どきょう》を終えた和尚《おしょう》が総兵衛の頭を見て、

「大黒屋さん、きれいに剃《そ》りあげられましたな」

と訊いたものだ。

「和尚さん、念願のやや子ができました。無事、誕生のときまで得度の真似事《まねごと》をしてみましょうかと考えましたので」

「それはおめでたき話かな」

帰り道、駒吉が鳶沢家の家紋、双鳶《ふたつとび》が描かれた提灯《ちょうちん》を点して、元鳥越町から富沢町までの道を照らして先祖の霊を導き、魂迎えをした。

店仕舞いを終えた大黒屋では内外を掃き清めて、門口に焙烙《ほうろく》を置き、その上に苧殻を積みあげて焚《た》き、笠蔵以下奉公人一同が先祖代々の魂を迎えた。

通いの奉公人には、笠蔵からなにがしかの供養《くよう》料が渡され、いそいそと家路についた。

大黒屋に残った一族の者たちは、魂をお迎えした奥座敷の仏壇にそれぞれ礼拝した。

その後、台所の広い板の間に奉公人の精進料理と酒が供された膳が並べられ、静かに盂蘭盆会の初日を過ごした。

次の日、総兵衛は国次一人を連れて、四軒町の大目付本庄豊後守勝寛《ほんじょうぶんごのかみかつひろ》を訪ねた。

御城を下がった昼下がりの刻限を考えての訪問だ。

勝寛は書院で持ち帰った公事《くじ》の書類を見ていた。

用人川崎孫兵衛に伴われた二人が勝寛の下に参上すると書付から顔を上げた勝寛が、

「おう、総兵衛どのか、入道姿で帰られたか。その青坊主《ぼうず》もなかなかのお似合いだ」

と知己の無事帰着を心から喜んでくれた。

幕府大目付の要職にある勝寛は、総兵衛と一族が課せられた影仕事を承知している数少ない人物だ。むろんそのことを口に出して確かめる真似などしたことはない。だが、大目付という大名監察方の本庄勝寛と総兵衛は、これまでも度々《たびたび》協力し合って御用を果たしてきたゆえに互いのおかれた立場を尊重し、理解し合う仲であった。そして、今や御用を離れて、本庄家と大黒屋は、親戚《しんせき》以上の交わりをなしていた。

孫兵衛もぺたりとその場に残り、奥方の菊が女中たちにお茶を運ばせて現われた。

「総兵衛どの、お久し振りです」

菊の視線が嫌でも総兵衛の頭にいく。

ちと仔細《しさい》がございましてなと笑った総兵衛が、

「奥方様にもご壮健の様子、なによりにございます。金沢からよき知らせはございませぬか」

「それが待ち望む吉報は未《いま》だ……」

菊が総兵衛の顔を見て、

「もしや」

と呟《つぶや》く。

「うむ」

と勝寛が奥方の不審な顔を見た。

「過日、美雪様にお会いした折り、美雪様のお顔がふっくらしてご懐妊の兆《きざ》しではと思うておりました。総兵衛様、いかがにございますか」

「さすがに奥方様、おっしゃるとおりにございます」

「なにっ、大黒屋に跡取りが生まれるか」

勝寛が総兵衛を見て、総兵衛が大きく頷《うなず》き、坊主頭をぺたぺたと叩《たた》いた。

「めでたいな、これはめでたき話かな。奥、すまぬが祝いの酒の支度をしてくれぬか」

と申しつけた。

「畏《かしこ》まりました」

と菊と孫兵衛が下がろうとするのを総兵衛がしばしと押し止《とど》め、

「勝寛様、お菊様、孫兵衛どの、信之助に代わりまして大番頭笠蔵の下で働く国次にございます。これまでちゃんとお会いする機会もございませなんだ。本日はお引回しのほどを願いたく連れて参りました。今後ともよしなにご指導下され」

国次が総兵衛の紹介に、

「まだまだ半人前にございますれば、厳しいご叱正《しっせい》をお願い申します」

と平伏して願った。

「こちらこそな、よろしく頼むぞ」

菊と孫兵衛が書院から去るのに合わせて、総兵衛は国次も座を下がらせた。

残ったのは幕府大目付と影旗本の任を負う者の二人だけだ。

「京の御用はいかがであったな」

勝寛が即座に京の首尾を訊いた。

頷いた総兵衛は勝寛に事細かに報告した。

最高権力者の大老格とはいえ、柳沢吉保も大名の一人、大目付の監察下にあった。だが、勝寛は、影働きの総兵衛の報告を得て、軽々に動くような人物ではなかった。それだけに総兵衛も包み隠すことなく報告したのだ。

話を聞き終えた勝寛の顔に憂慮の陰りがあった。

「なんと柳沢様は上様に妖《あや》しげな端女《はしため》を側室に上げられようとなされたか」

脂汗《あぶらあせ》と一緒にこの言葉が吐きだされた。

「総兵衛、柳沢様の首ねっこを押さえる証拠はあるか」

「なくもございませぬ。ですが、柳沢様の下には未だ甲賀鵜飼衆の大半が残っておりますれば、すぐにそれを使うのは危険かと」

「未だ綱吉様のご信頼は厚いからのう」

勝寛も頷いた。

「暗闘はしばらくこの江戸でも続くということか」

「おそらく大黒丸が江戸に戻る頃合までは」

「柳沢様が幕閣内で近頃ご熱心なことがある、総兵衛。御船手《おふなて》奉行の他に幕府に御船手外海奉行を新設されようと下工作に動いておられる」

「御船手外海奉行にございますか」

「大船を建造して、万が一のときに備えるという防衛策を側近の方々に準備させておるということだ」

「奇妙な鉄甲船の軍船もその一環にございますかな」

「柳沢様はそなたの持ち船の大黒丸にえらくご執心という話だ。奇怪な船で急襲して乗っ取り、新設した御船手外海奉行の支配下におくのではないかな。むろん、積載された物品をも狙《ねら》ってのことであろうがな」

「精々注意いたしましょうか」

うん、と勝寛が頷き、二人の男の話は終わった。

総兵衛は久し振りに勝寛と酒を酌《く》み交わし、ほろ酔い気分で四軒町の本庄邸を辞した。

主従は徒歩で鎌倉河岸《がし》に出た。

国次は駕籠をと考えていたが総兵衛は、

「夜風に当たりながら富沢町へ戻ろうか」

と歩くことを望んだ。

鎌倉河岸の向こうには御堀越しに譜代の大名屋敷の甍《いらか》と御城が初秋の月の光を浴びて青く光って聳《そび》えていた。

勝寛と総兵衛は、あれやこれやと話をして時が過ぎるのを忘れていた。

刻限はすでに四つ（午後十時頃）を過ぎていた。

国次は千鳥足の総兵衛の足元を大黒屋の屋号を入れた提灯《ちょうちん》の明かりで照らしながら進んでいた。

ふいに、

「番頭さん、総兵衛様」

という駒吉の声が河岸から響いた。

「駒吉ではないか」

「舟にてお迎えに参りました」

駒吉は鎌倉河岸に猪牙舟《ちょきぶね》を着けてあるといった。

「国次、うちの手代さんはなかなか気が利《き》くではないか」

総兵衛がおどけていった。

「いえ、美雪様が旦那《だんな》様はご酒を召しあがられるはずと帰りのことを心配なされましたので」

「なに、美雪がな」

駒吉が二人を舫《もや》われた猪牙舟に案内した。

「いやさ、国次に夜風にあたりながら徒歩で戻ると申したが、お屋敷を出たところからしまったと思っていたところだ。ほっとしたわ、駒吉どの」

猪牙舟の真ん中に座した総兵衛がおどけ、舫い綱を解いた駒吉が竿《さお》を差して船着場から離れた。

国次が舳先《へさき》に座り、提灯を翳《かざ》した。

櫓《ろ》に変えた駒吉がゆったりと使う。

その足元には、細長い包みが置かれてあった。

小舟はすいっと御堀を竜閑橋まで進んで入堀への水路に曲がった。

「総兵衛様、やや子は男をお望みですか」

櫓を操りながら駒吉が総兵衛に問いかけた。

「そうよのう、男であれ女であれ、元気なればそれでよいな」

「女なれば、総兵衛様の後継になれません」

「なぜなれぬ」

「なぜなれぬと仰《おお》せで。大黒屋の主《あるじ》は男にございましょうが」

言外に鳶沢一族の頭は男という意が隠されてあった。

「駒吉、男なれど一人身すらおぼつかぬ者もいれば、女とて一家を立派に立てる者もいようぞ。女主で悪いことがあろうか」

「それでよろしいので」

「駒吉は、女主に仕えるは嫌か」

「さて、考えもしませんでしたよ」

国次は総兵衛と駒吉の遠慮のない会話を羨《うらや》ましくも聞いていた。

一族の中でも駒吉しかできぬ芸当だ。

「そうか、そうだな」

駒吉が独り言を呟き、猪牙舟を幽霊橋下に潜らせ、直角に辰巳《たつみ》（東南）の方角へと曲げた。

数町先は富沢町だ。

「総兵衛様、美雪様にお仕えすると思えばよいのですね。ならば、総兵衛様の下で働くのと変わりのうございますね」

と納得した。

「そのようなものかのう」

総兵衛が言い、ふいに国次に、

「明かりを消せ」

と命じた。

国次がすぐに吹き消し、駒吉が櫓を止めた。

猪牙舟は惰性で進み、浅草御門から延びてきた通りに架かる土橋を潜った。

この界隈《かいわい》は旅人宿が多い一帯だ。

「駒吉、静かに舟を進めよ」

心得た駒吉が竿に変えて、音もなく猪牙舟を滑らせた。

総兵衛は闇《やみ》を睨《にら》んでいたが、

「なんぞ妖気《ようき》が富沢町を覆《おお》っておるように思える」

と独語した。

駒吉は再び小舟を止めた。

千鳥橋の下だ。

「河岸伝いに店の様子を見て参りますか」

駒吉が総兵衛の指示を仰いだ。

「いや、しばしここで待つ」

総兵衛が決断した。

気配を消した主従は、遠くに栄橋を見渡す千鳥橋の暗がりで一刻《とき》(二時間)ほど待った。九つの時鐘が鳴り響いて半刻後、寝静まった富沢町の入堀に大川の方角から三隻《そう》の船が漕《こ》ぎ上ってきた。

その数はおよそ十数人、分乗する者たちは黒ずくめの忍び衣装だ。

その船を待つ影が栄橋にあった。

栄橋下に入りこんだ三隻の船が止まった。

見張りの影も消えた。

京に上っていた時雨《しぐれ》一族と江戸に残っていた遠雷組が合同した鵜飼衆の残党だった。

「うちを襲う気らしいな」

笠蔵が危惧《きぐ》していたことがあたった。

甲賀鵜飼衆に囚《とら》われたるりは、死ぬ前に大黒屋の秘密を語っていたのだ。

入堀に架かる栄橋下から隠し水路で大黒屋の地下の船着場に出入りできることを鵜飼衆が知っていたとしたら、それしか考えられなかった。

「なんということで……」

駒吉も呟く。

総兵衛が黙ってその駒吉に片手を差しだした。

駒吉が布に包んで持参した三池典太光世を主の手に渡した。

「るりが承知なのは隠し水路があることだけだ。どうやれば、石垣の向こうに滑りこめるかは知るまい」

そう独白した総兵衛が、

「国次、気づいてはいようが店に知らせよ」

「はっ」

と畏まった二番番頭が河岸に飛びあがった。

夜間、表戸を閉じられた大黒屋に忍び入るには、隠し水路を使う方法と富沢町に散在する大黒屋の息がかかった小売の店から地下通路を使って潜入する二つの方法があった。

国次はその店の一軒に走ったのだ。

総兵衛が駒吉に舟を進めよと命じた。

懐《ふところ》の綾縄《あやなわ》を確かめた駒吉が竿を手に猪牙舟を静かに滑らせていった。

合同した甲賀鵜飼衆を率いる大男の大起虎右衛門は、船の舳先の明かりを栄橋下の石垣に集中させた。

「どこぞに仕掛けがあるはずだ、よく見ろ」

七尺を越える大男の手には大槌《おおづち》があった。

石垣の間を光が流れ、大男が大槌を構えた。

「おのれら、夜盗の真似《まね》もいたすか」

ふいに甲賀鵜飼衆の背後から滑りきた猪牙舟に立つ男が叫んだ。

その声は栄橋の橋板に響いて虎右衛門にも聞こえた。

光が走って、大黒屋総兵衛その人を捉《とら》えた。

「おのれ、総兵衛か」

三隻の船に分乗した甲賀鵜飼衆が狙いを総兵衛に変えて、船の方向を転じようとした。

その間隙《かんげき》をつくように分胴付きの縄が伸びて、一隻の船の漕ぎ手の首にかかり、水中へと引き倒した。

むろん綾縄小僧の駒吉の手練《てだ》れだ。

総兵衛が漕ぎ手を失った船に飛びこむと、三池典太を抜き撃った。

迎え撃とうとした独りの忍びの首が刎《は》ね斬《き》られ、胴ノ間に下りた総兵衛が巨体を身軽に利して縦横に動きまわった。

そのたびに甲賀鵜飼衆が水中に落下していった。

狭く不安定な船上にあって、総兵衛の動きは忍びを凌《しの》いで自在だった。まるで風のように動き、葵典太を振るった。

混乱の栄橋に湿った風が吹いた。

「そうれ、おのれら、首を差しだせ！」

荷運び頭の大力の作次郎の声が響いた。

大黒屋でも国次の知らせがもたらされる以前に迎撃の態勢を整えていたのだ。

鳶沢一族の作次郎らが漕ぎ手を揃《そろ》えて、舳先を甲賀鵜飼衆の船べりにぶつけると挟撃した。

「引き上げじゃぞ！」

奇襲に失敗した大起虎右衛門の退却の声が響いて、乱戦の中からかろうじて二隻の船が大川方面へと逃走し得た。だが、総兵衛が躍り込んだ船の甲賀鵜飼衆は、
あっ
という間に制圧されていた。

七人の甲賀鵜飼衆の亡骸《なきがら》が入堀から引きあげられ、始末されることになった。

この夜、総兵衛は鉄甲船や鵜飼衆の動きについて詳細を手紙に認《したた》め、鳶沢村の次郎兵衛に宛《あ》てて書き送った。

三

この夜の奇襲を最後に柳沢家も甲賀鵜飼衆もぴたりと動きを止めた。

ただ一つ不敵な動きを続けていたのは、柳沢家に新規召抱えになった鵜飼衆の頭領鵜飼参左衛門と、同じく甲賀衆五姓家の一つ、内貴頼母《ないきたのも》の内儀お松《まつ》の密会だ。

二人は三日に上げずに柳橋の船宿の屋根船で逢瀬《おうせ》を重ねていた。

仲秋の名月が江戸の町に上がった夜、店を閉めた富沢町の大黒屋の表戸を荒い息の男が叩《たた》いた。

先ごろ総兵衛と京への御用旅を務め上げた又兵衛だ。

知らせを受けた総兵衛は直《す》ぐに奥座敷に通すように笠蔵に命じて面会した。

「総兵衛様、大黒丸が駿河沖に戻って参りました」

「戻ってきたか」

又兵衛は白湯《さゆ》を与えられ一息つくと、

「主船頭、忠太郎様以下、御一統様お元気にございます」

「なによりなにより」

又兵衛は、背中に負ってきた荷から油包みを取りだし、首里の信之助と次郎兵衛よりの手紙だと総兵衛に渡した。頷《うなず》いて受け取った総兵衛に又兵衛が、

「総兵衛様、大黒丸が駿府沖に戻ってきたことは、甲賀鵜飼衆も承知にございますぞ」

と告げた。

「なにっ！　ほんとですか」

と悲鳴を上げたのは同席した笠蔵だ。

「大番頭さん、鳶沢村が鵜飼衆の監視下にあったことは、蝶丸《ちょうまる》が鳶沢村界隈《かいわい》をうろついていたことでも推測つくことよ、仕方あるまい」

総兵衛が応じ、

「大番頭さん、手筈《てはず》どおり先遣隊を送るのです」

と命じた。

早速、荷運び頭の作次郎が総兵衛の前に呼ばれ、総兵衛から事情を説明され

た後、

「作次郎、なんとしても浦郷村の深浦の衆を争いに巻きこんではならぬ。この事くれぐれも留意して動け」

と命じた。

「承知仕《つかまつ》りました。われら、先行して、総兵衛様のご出陣を相州深浦にてお待ちしております」

「もし、深浦が甲賀鵜飼衆に気づかれておらぬようなら、そなたらは三崎突端まで走れ。われらと出会う場所はここだ」

総兵衛は相州の絵図面を広げると、その一角を指先で作次郎に差し示した。

「毘沙門《びしゃもん》湾にございますか」

「おう、すでに鳶沢村の峰太郎《みねたろう》じいらを潜入させ、大黒丸の出入りがあるとあの付近に噂《うわさ》を撒《ま》き散らさせてある。そなたらも鳶沢村の者たちと一致協力して、あやつらの注意を毘沙門湾に引きつけよ」

「承知いたしました」

作次郎が退室して四半刻後、早舟に六人の鳶沢一族の男たちが乗船して、隠し水路から栄橋下に出ると入堀から大川を経由して、江戸湾を横断する船旅に出ていった。

総兵衛は使いの役を務めた又兵衛に、

「忠太郎のことじゃが、るりの死を聞いてどうしておったな」

と胸の不安を質《ただ》した。

「へえっ、父親の次郎兵衛様と二人だけで話されたということにございますが、その後、まったくお変わりはございません。それに総兵衛様よ、墓参りにも足を向けられねえで、久能山沖合いに停めた船に早々に戻られただよ」

「そうか」

総兵衛は忠太郎の哀《かな》しみと怒りが手にとるほど伝わってきた。

「又兵衛、休め」

総兵衛はそう命じて、又兵衛を下がらせた。

奥座敷に残ったのは笠蔵、国次、又三郎の三人の番頭だけだ。

隣の部屋に控えていた美雪がちよの手伝いでお茶を淹《い》れて、総兵衛らの前に供して、自らもその場に残った。

鳶沢一族は、再び存亡をかけた戦《いくさ》に直面していた。

相手の大将は時の大老格、綱吉の寵愛《ちょうあい》厚い柳沢吉保だ。そして、その庇護《ひご》の下、戦うは柳沢家の新御番組に召し抱えられた甲賀五姓家の鵜飼参左衛門とその一統だ。

互いが死力を尽くす総力戦になることは分かっていた。だが、大黒丸を守って戦わねばならない鳶沢一族は、それだけ最初から守勢に回らされるともいえた。

「総兵衛様、大黒丸が相模湾《さがみわん》を横切ってくるのはいつのことにございますか」

「明々後日未明」

と笠蔵の問いに総兵衛が短く答えた。

「奇怪な鉄甲船団が待ち受けていましょうな」

「互いに死力を尽くした海戦となる。甲賀鵜飼衆を根絶やしにせぬかぎり、鳶沢一族の生きる道はないと思え」

はい、と畏《かしこ》まった笠蔵が訊《き》いた。

「本隊はいつ動きますな」

「鵜飼参左衛門の動静を見て決めよう。鵜飼の下にも駿府から伝令が走っておろうからな」

「おてつと秀三が見張りについておりますれば、早晩知らせがあるかと思います」

頷いた総兵衛は信之助の手紙を開封した。

〈大黒屋総兵衛様　此度《こたび》の南海行大変興味深い事にて機会を与えていただきました総兵衛様に深謝の思い一入《ひとしお》にございます。旅してみますといかに私めの考えが狭小であったか、思い知らされます。世の中には未知の人もいれば、初見の物産も多く存在いたします。われら大黒屋が生きる道には大いなる可能性が開けているものと考えます。さて、この首里の出店も順調に整いまして物産の集積出荷店として陣容を整えましてございます。差し当たって大黒丸の年一回の往来は支障なきものと確信いたします。さて最後に私事にて恐縮なれど、おきぬに春先やや子が生まれます。詳しきことは忠太郎兄の口よりお聞き下されたくお願い申しあげます　信之助〉

「おおっ、喜ばしき話よ」

と破顔した総兵衛が一座の者にそのことを伝えて手紙を美雪に渡した。

「ご本家と言い、分家と言い、跡取りができて祝着《しゅうちゃく》至極にございますな。これで鳶沢一族もまず安泰にございますな」

笠蔵がうれしそうに応じた。

「死せる者あらば生まれくる者あり、神仏が創造なされた理《ことわり》にわれらは抗《さか》らえぬな。だが、まず此度の戦に勝たねば生まれてくるやや子の行く末はない」

そう言った総兵衛が、

「又三郎、佃島《つくだじま》沖の明神丸の船出はいつでもよいのだな」

「はい、総兵衛様のお声があり次第、いつにても出帆できまする」

総兵衛は、次郎兵衛の手紙に目を通した。

〈総兵衛様　取り急ぎ認め申し候《そうろう》。大黒丸の無事帰着に伴い、忠太郎には観音崎沖にて奇怪なる鉄甲船が攻撃を仕掛けてくる旨《むね》、伝え申し候。

忠太郎の答えは一言、鳶沢一族の夢潰《つぶ》して成るものかに御座候。

総兵衛様の申し付け通りに鳶沢村の探索方重次郎《しげじろう》に峰太郎じいら数名を相州三崎に潜入させたは十数日も前のことに御座候。

大黒丸にては、鳶沢村の戦士十六人を同乗させて久能山沖を抜錨《ばつびょう》する予定にて、刻限違《たが》えなく総兵衛様ご指定の会合地に到着するものと信じおり候。このこと報告致し候。

また甲賀鵜飼衆密偵が鳶沢村周辺をうろつきたれども総兵衛様のお言葉どおりに知らぬ振りを押し通せし事付言いたし候。

此度の戦、必勝祈願のため、老人、神君家康様のご霊廟《れいびょう》に籠《こも》り、吉報もたらされる日を待ち望む所存に御座候　次郎兵衛拝〉

手紙が一座に回された。

夜半、秀三が戻ってきて柳沢屋敷の塀を甲賀鵜飼衆と思《おぼ》しき影が乗り越えたと報告してきた。

「よし、鵜飼参左衛門が動くとなれば夜明けであろう。秀三、おてつに申せ、見落とすなとな。もし、旅支度なればそなたら親子は、鵜飼衆の行く先までぴたりと張りつけ。ただし無理は禁物だぞ」

と命じた総兵衛は笠蔵に、

「秀三に軍資金を渡し、だれぞ一人、つなぎ役を付けよ」

と命じた。

秀三は早々に柳沢屋敷に戻っていった。

総兵衛は一通の手紙を認め、駒吉を呼ぶと、

「その家の家人にも気がつかれぬよう、主《あるじ》にそっと渡せ。できるか」

と尋ねた。

「総兵衛様のご期待を違《たが》えることは、この駒吉に限ってございませぬ」

と大見得を切った駒吉が大黒屋から夜の町に出ていった。


おてつと秀三についていたつなぎ役の稲平が店に戻ってきたのは、昼九つ(十二時頃)の刻限だ。

「総兵衛様、鵜飼参左衛門が動きました。道三河岸より新堀川端の柳沢様下屋敷に向かい、そのすぐ後に先遣隊と覚しき柳沢様新御番組の十二人が旅支度にて東海道を上っていきましてございます。おてつと秀三親子は付かず離れず、後を追うとのことでございます」

「よし」

と答えた総兵衛が、

「鵜飼参左衛門は残ったのだな」

と訊いた。すると稲平が、

「柳橋の船宿に入って、番頭を内貴屋敷に使いに出しました。おそらくはお松を呼びだしたのでございましょう」

「参左衛門め、江戸を出るにあたって他人の女房どのを呼んで、昼遊びか」

「どうしたもので」

笠蔵が始末を訊いた。

総兵衛はしばし考え、

「おれが出よう」

「総兵衛様直々にございますか」

「供には大番頭さんを願おうかな」

「なんぞ趣向がございますので」

「それはそのときの楽しみよ」

と苦笑いした総兵衛が、国次と又三郎を呼んだ。

「明神丸は、今夜半に佃島沖を出帆いたす」

「はい」

総兵衛の口から出陣組、留守部隊が発表された。

大黒丸に鳶沢村の一族が同乗してきていた。そのことで富沢町の大黒屋に半数ほどの人員を残す余裕が生まれた。

留守の差配は当然のことながら大番頭の笠蔵であり、奥には美雪が控えていた。

総兵衛が駒吉の船頭で笠蔵を伴い、大黒屋の船着場を離れたのは、七つ半(午後五時頃)過ぎのことだ。

「駒吉、主どのはおれのお節介を読んだな」

「はい、ぶるぶると身を震わせながら、おのれ、おのれと呪詛《じゅそ》するように繰り返されておりました」

「そうか。性根が腐っておるかどうか、見てみようか」

「楽しみにございます」

総兵衛と駒吉が言い合い、笠蔵が、

「この私だけがのけ者にございますか」

と異を唱えた。

「大番頭さん、その方がな、楽しみが倍に増すやもしれぬて」

総兵衛が笑い、駒吉の漕《こ》ぐ猪牙舟《ちょきぶね》は大川に出た。

仲秋の陽光は、足早に落ちて江戸に夕闇《ゆうやみ》が迫った。

総兵衛ら三人を乗せた猪牙舟は、船宿の裏手の船着場を見通せる対岸、石垣の下に舫《もや》われた。

時鐘が暮れ六つを打ち、さらに半刻《はんとき》が過ぎた。

大川から屋根船の櫓《ろ》が響いてきて、船が柳橋下を潜《くぐ》り、船宿の船着場に寄せられた。

船と船着場の間に船板がかけられた。

細身の女が姿を見せた。

「お松、異国の土産を楽しみに待っておれ」

「わたしゃ、異国の土産よりおまえ様の体がいいよ」

恥じらいもなく応じた女が船板を渡って船着場に上がろうとして、凝然と足を止めた。

「お、おまえ様」

船着場に着流しの痩身《そうしん》が立っていた。

甲賀五姓家の一家、内貴家の当主の頼母だ。

「おのれ、お松、やるに事欠いて、甲賀衆同僚の鵜飼参左衛門と不義三昧《ざんまい》とはどういうことか」

労咳《ろうがい》の頼母が咳《せ》き込んだ。

「おまえ様」

「寄るな」

屋根船の障子が開けられた。

「内貴頼母どの、お加減はいかがかな」

「おのれ、抜け抜けと」

「そなたの体に障《さわ》るといかんでな、お松を世話したまでだ。礼の言葉などいらぬいらぬ」

「鵜飼衆の者たちを屋敷に匿《かくま》ってくれと頼んできたによって甲賀衆の誼《よしみ》で、世話をした礼がこれか」

「甲賀の志を忘れた内貴家に施しをしたのはおれの方だ」

「二人とも成敗してくれるわ」

内貴頼母が腰の一剣を抜くと船板の途中に佇《たたず》むお松に走り寄った。

「おまえ様、赦《ゆる》して下され」

と言いながら後退《あとずさ》りするお松の胸を頼母の怒りの剣が刺し貫き、
ああっ
と悲鳴を上げたお松と内貴頼母は剣を支えにしばらく睨《にら》み合っていたが弾む息をものともせず、頼母が剣を抜いた。するとお松が船板から神田川へと落下していった。

「鵜飼参左衛門、覚悟！」

血刀を振り翳《かざ》した頼母が船板から船に飛びこんだ。

が、そこで長いこと病の床にあった頼母の足が踏ん張り切れずによろめいた。

頼母は片手で屋根に寄りかかった。

その腹部を鵜飼参左衛門の剣が刺し貫き、

「船頭、船を大川に戻せ！」

と命じる声が神田川に響いた。

立ち竦《すく》んでいた船頭が慌《あわ》てて、竿《さお》を取り、石垣を突いた。

船板が落ちて船は神田川の流れに乗った。

「内貴頼母、病人は病人らしくしているものだ」

非情の言葉を吐いた参左衛門が剣を引き抜くと、頼母はよろめいて水面に落下していった。

船頭が竿を櫓に変え、船足を早めて大川へ戻っていこうとしていた。

「総兵衛様、追いますか」

駒吉が櫓を握った。

「鵜飼参左衛門なれば地獄を見せた上であの世に送りこんでやろうぞ」

総兵衛がそう言いながら、流れを見た。

甲賀鵜飼衆の五姓家当主の頼母と内儀のお松の体は、十間余りの間をおいて神田川に浮かんでいた。

総兵衛にも笠蔵にも駒吉にもその間が、

「永久の間合い」

　のように哀《かな》しくも感じられた。

「総兵衛様、これが趣向にございましたか。ちと後味が悪うございますな」

　珍しくも笠蔵の言葉には苛立《いらだ》ちがあった。

　笠蔵は、内貴頼母に不貞の妻の始末をさせたかった総兵衛の気持ちを今ひとつ納得できないでいたのだ。

「大番頭さん、これもまた道三河岸の主が吐きだされた毒っ気の一つよ。見て見ぬ振りもできまい、ちとお節介には過ぎたがな」

「内貴頼母どのの無念、観音崎沖でとってくだされよ」

「言うには及ばずじゃ」

　と答えた総兵衛が、

「駒吉、佃島に猪牙舟を向けろ」

　と命じた。

　大黒屋の持ち船、明神丸に乗り組んだのは、鳶沢一族の頭領総兵衛勝頼以下、二番番頭の国次、三番番頭の風神の又三郎ら十三人だ。富沢町の店には、切り盛りするための笠蔵ら、ぎりぎりの人数が残されただけだ。

又三郎が積みこんだ得物を改めた。

「よし、帆を上げろ！」

という国次の声が響いて、佃島沖に見送りの笠蔵を乗せた猪牙舟を置き去りにして、千石船の明神丸に帆が上がった。

月明かりを頼りの江戸湾横断だ。

艫櫓《ともやぐら》下の部屋では、総兵衛以下、幹部連が呼ばれて、海戦の策が立てられることになった。

出席したのは、番頭の国次、又三郎、筆頭手代の稲平だ。

「柳沢様ご支配下の甲賀鵜飼衆の勢力じゃが、奇怪な船の漕ぎ手が八人、舵手《だしゅ》一人を考えて十隻《せき》で締めて九十人、おそらく小回りの利《き》く軽快鉄甲船団を補助する千石船が随伴していよう。となれば、敵方の人数は少なく見積もって百数十人、あるいは二百人を越えるやも知れぬ」

総兵衛は自らの前に観音崎付近の絵図面を広げた。

「わが方は、大黒丸乗り組みの二十三人に鳶沢村の十六人の応援部隊を含めて三十九人、富沢町からの先遣隊の作次郎らが六人、最後にこの明神丸組が十三人で五十と八人か。鳶沢一族は倍する敵方と当たることになる」

総兵衛が厳しい現状を述べ、

「軍船を比較するに大黒丸と明神丸二隻に対して、十隻の鉄甲船との船戦《ふないくさ》となるな。われらの味方は海しかあるまい」

総兵衛が言うように明神丸も大黒丸も江戸湾の出入り口の城ヶ島から剣崎、金田湾、そして浦賀水道から観音崎にかけての水路を熟知していた。

総兵衛は絵地図を示しながら、

「忠太郎には、潮の流れを利用しつつ、一隻も見逃すなと命じてある。なんとしても浦賀水道の藻屑《もくず》と消し去ってしまわねば、大黒丸の秘密が洩《も》れよう」

「総兵衛様、忠太郎様の大黒丸と明神丸はどこで会うのでございますか」

国次が訊いた。

「三崎城ヶ島沖合いで出迎えると書き送ってある」

「ならば、甲賀鵜飼衆の軍船を三崎から剣崎沖で迎え撃ちたいものです。あのあたりは地形複雑にして、潮の流れも刻限によって異なります。奇怪な鉄甲船のかたちを考えますとき、あのあたりの海に沈めるのが一番かと考えます」

明神丸による上方との往来が多かった国次が言い切った。

「国次、相手があることだ。ともかく船隠しの深浦に近づかせぬことが第一ぞ」

はっ、と国次らが畏《かしこ》まった。

四

明神丸は三浦三崎城ヶ島の沖合いをゆっくりと遊弋《ゆうよく》していた。

海を深い闇《やみ》が覆《おお》っていた。

月も厚い雲に隠れ、星も見えなかった。

明神丸は江戸から浦郷村の深浦へと走り、幸運なことに未《いま》だ大黒丸の船隠しが発見されていないことを知った。

「天はわれら鳶沢一族を見捨ててはおられぬわ。なれば、鳶沢総兵衛の知略に甲賀鵜飼衆が引っかかるかどうか、見物いたそうか」

明神丸は、昨日の昼前には毘沙門湾に入り、先遣隊の作次郎らを拾いあげた。その上で剣崎と城ヶ島の沖合いを西に東に飽きることなく折り返して往復していた。

鳶沢一族の家紋の双鳶《ふたつとび》も鮮やかに二十五反の帆が風に翻《ひるがえ》っていた。その行動を鵜飼衆が見れば、大黒丸を出迎えるための行動と見えただろう。だが、深川の造船場から姿を消した奇怪な軽快鉄甲軍船が姿を見せることはなかった。

総兵衛は明神丸の行動を頑《かたく》なに続けさせた。

七つ過ぎ、明神丸の帆柱の突端に取りついていた水夫《かこ》が叫んだ。

「総兵衛様、大黒丸の帰還にございますぞ！」

叫びを聞いた総兵衛らは舳先《へさき》や舷側《げんそく》に走り、相模湾を見た。

明神丸の明かりにうねる波があるばかりで、大黒丸の二本の主帆柱さえ見えなかった。

「左舷乾《いぬい》（北西）の方角にございますぞ！」

見張りの注意に視線を転じた。

すると百二十余尺と高く聳《そび》えた二本の主帆柱の先端に色鮮やかな旗が吹流しのように何流も靡《なび》き、三段の横帆が風を孕《はら》んで膨らんでいるのが見えてきた。

「おうっ、戻ってきたな！」

大黒丸は明かりを煌々《こうこう》と点《とも》して、悠然と波頭を乗り切ってきた。

総兵衛や鳶沢一族の者にとって実に誇らしい勇姿だった。

波間を切り裂いて、舳先の双鳶の船首像が見えた。

三角の補助帆も風にばたばた靡いていた。

三段の横帆と三角の弥帆《やほ》からは無数の綱や網が流れて、大黒丸の姿を特異なものとしていた。

雲間を割って夜明け前の月が姿を見せた。

そのせいで大黒丸の波間に浮かぶ船体がくっきりと見えた。

舳先が白く波を切り裂き、三段の横帆は優美に膨らみ、艫櫓で操船される固定式の舵《かじ》が確実に保持力を発揮していることが船尾に長く引く白い波で分かった。

大黒丸は南海への試走と異国への初航海の二度の挑戦で逞《たくま》しくも自信をつけ、威風堂々としていた。

「総兵衛様、大黒丸の様子が一段と変わったようでございますな」

駒吉が嘆声を上げた。

「忠太郎の操船ぶりも自信に溢《あふ》れておるな」

そう答えつつ総兵衛は、忠太郎は哀《かな》しみと怒りをこの操船にぶつけているのだと思った。それはむろん一人娘のるりの死だ。

大黒丸も出迎えの明神丸に気がついて、甲板を人影が走るのが見えた。

「よう戻られましたな！」

「お帰りなされ！」

明神丸から声が飛び、大黒丸から、

「ただ今戻りましたぞ！」

という呼応の返事が波間を伝ってきた。

船足の速い大黒丸はたちまち明神丸に並びかけた。

二隻の船の間は半町（約五五メートル）ほどで朝の微光に艫櫓で指揮する忠

太郎や舳先に立つ助船頭の清吉らの姿も見分けられるようになっていた。

その清吉の手には南蛮弓があって矢が番《つが》えられた。

明神丸に向かって矢先が上げられ、放たれた。

半町の海上を見事に飛んだ矢は、明神丸の船上に落ちてきた。

駒吉が矢を拾うと総兵衛の元に届けに走った。

矢には文が括《くく》りつけられていたのだ。

総兵衛が結び文を解くと、

〈総兵衛様　奇怪なる鉄甲船が出迎えとのこと、その始末大黒丸にお任せ下されたくお願い申し上げ候《そうろう》　忠太郎〉

と忠太郎からの願いが書かれてあった。

「よかろう。忠太郎のこの船戦ぶりを見ようか。あとは甲賀鵜飼衆が撒《ま》き餌《え》に飛びつくかどうかじゃな」

と独り言《ご》ちた。

大黒丸はすでに城ヶ島の安房《あわ》崎をかすめて過ぎ、半島側に回頭しようとしていた。

舳先は毘沙門湾に向けられた。

すると横瀬島の島陰から一隻の千石船が姿を現わし、さらに両舷から四丁ずつの櫂《かい》を突きだして揃《そろ》えた軽快鉄甲船の一団が大黒丸を包囲するように展開してきた。

八丁の櫂が見事に揃い、高波をものともせず漕《こ》ぎ寄せてくる様は、激しい訓練の成果だろう。

「引っかかりおったか」

総兵衛が高笑いすると、剃《そ》りあげた坊主頭《ぼうず》をぴたぴたと叩《たた》き、

「国次、われらの狙《ねら》いは千石船じゃぞ。鉄甲船は大黒丸に任せよ！」

と命じた。

「畏まって御座る」

国次が応じると艫櫓に走った。

明神丸に又三郎の、

「戦闘配置につけ！」

の声が響いて、乗船した鳶沢一族たちが戦支度で持ち場に着いた。

明神丸が千石船に的を絞って突進していこうとしたとき、舳先を毘沙門湾口に向けていた大黒丸が面舵《おもかじ》いっぱいに方向を転じた。

だが、小回りの利く鉄甲船は左右に展開して敏速に大黒丸を追った。

八丁の櫂がきれいに揃って海面を捉《とら》え、滑るように進んでぴたりと大黒丸の巨大な両舷に五隻ずつがへばりついた。そして、鉄帯を巻いた大角《つの》を突きだした鉄甲船が大黒丸の船腹に直角に急接近して、鋭い角を突き立てようと狙いをつけた。

二隻の角が左右から大黒丸を突きかけて動きを封じこめようとする作戦だ。その後、梯子《はしご》船が舷側に梯子をかけて、切り込み隊が乗りこむ手筈《てはず》だろう。

油船はどう使うのか。

大黒丸は十隻の鉄甲船団を引き連れて、悠然と沖合いに舳先を巡らした。

転舵性の高い固定式の西洋舵が大型帆船を容易に転じさせていた。

そのとき、明神丸は、鉄甲船を護衛する千石船に舷側をぶつけるように接舷して、風神の又三郎らが長柄の槍《やり》や大薙刀《なぎなた》で戦いをしかけた。

二隻の船の大きさはほぼ同じだ。

となれば船の操縦性と主船頭の操船能力が事を左右することになる。明神丸の艫櫓では明神丸の能力を熟知した国次が陣頭指揮して操船して、相手方の千石船を横手から押しこんでいった。

千石船では矢合戦から戦を始めようと考えていた。が、いきなり接近戦に持ちこまれた。

千石船の艫櫓には甲賀鵜飼衆の総大将鵜飼参左衛門が陣笠陣《じんがさ》羽織で立ち、そのかたわらに七尺になんなんとする大起虎右衛門の肩に止まった洞爺《とうや》斎《さい》蝶丸を従えていた。

「鵜飼衆一番隊、切りこめ！」

蝶丸が叫び、千石船の舷側を乗り越えて忍び装束の鵜飼衆十数人が明神丸に飛びこもうとした。すると明神丸が、

すうっ

と千石船から離れて、二隻の間に海が広がった。

飛びこもうとした鵜飼衆のうち、三、四人が海中へと落ちていった。だが、明神丸に飛びこんだ鵜飼衆の悲惨に比べれば、海中に落下した方がましだった

かもしれない。

待ち構えていた作次郎や又三郎らに斬《き》り伏せられ、突きかけられて次々に倒されていった。

緒戦は鳶沢一族が制した。

今度は千石船から明神丸に接近してきた。

互いに船端から槍や薙刀を突きだして斬り合いが始まった。

十隻の軽快鉄甲船を引き連れた大黒丸は、双鳶の船首像を南の沖へと向けて帆走しつづけた。

小型船ながら密閉性の高い鉄甲船は陸地から離れても平然と大黒丸を追跡してきた。

大黒丸もそれを取り巻く鉄甲船団ももはや陸地から遠く離れた外海にいた。

そして、大黒丸の舷側へ鉄甲船の角が迫り、今にも突き破ろうとした。

十分に敵の船団を引きつけた大黒丸は、そのときいきなり全速前進に移った。

主帆柱二本三段の横帆が、
ばん

と一気に満帆に風を孕んだ。

それに必死に軽快鉄甲船が追いすがった。

大黒丸は、転舵《てんだ》すると右舷から迫る五隻の鉄甲船との間合いを開けた。反対側の五隻には接近したことになる。

総兵衛は眼下の斬り合いをよそに沖合いの海戦を眺めていた。

大黒丸の右舷の扉が開かれ、なんと四門の大砲が黒光りする砲身を見せた。

「なんと忠太郎め、西洋大筒を仕入れて参ったか」

総兵衛は忠太郎が船戦を任せよと連絡してきた理由を悟った。

追い縋《すが》る鉄甲船の櫂が一瞬、
ぎくり
としたように乱れた。が、舵手が、

「こけおどしの大筒なぞ恐るるに足らぬわ！」

と叫ぶとまた船足を上げた。

「大筒の弾は昔から行き先が定まらぬものよ、それ、突きかけろ！」

当時の日本では大筒といえば、南蛮からもたらされた、単に鉄玉を撃ちだすカノン砲時代だった。

だが、西洋ではすでに装弾、発射、腔内洗浄《こうない》、発射薬、照準装置などが改良されて、速射式大砲時代に突入していた。

艫櫓《ともやぐら》の主船頭の忠太郎は、青島《チンタオ》で仏蘭西《フランス》の商船から八門の中空金属球に火薬と散弾を詰めた爆裂りゅう弾の大砲を購入して、大黒丸の両舷側に四門ずつ装備していた。

そのりゅう弾の照準が押し寄せる鉄甲船五隻《せき》に合わせられ、右舷の四門の砲口から一斉に放たれた。

どどどーん！

腹に響く殷々《いんいん》たる砲声が海原に轟き、炸裂《さくれつ》したりゅう弾が鉄甲船に雨あられのように襲いかかった。

それは恐ろしいほどの威力を見せつけた。

散弾が五隻の鉄甲船の船体や舵手や漕ぎ手を一瞬のうちに蜂《はち》の巣だらけにして、油を船腹に満載した船を燃え上がらせた。

五隻の鉄甲船は、

あっ
という間もなく海中に沈んだ。

その直後、大黒丸が面舵をとって右手斜めに船体を滑らせ、左舷の五隻との間合いを計った。

五隻は仲間の五隻が一瞬のうちに掻《か》き消えた恐怖に立ち竦《すく》んでいたが、

「下がれ下がれ！」

という舵手の叫びに櫂を今までとは反対方向に動かし始めた。だが、八本の櫂は乱れて、なかなか後退できなかった。

大黒丸と五隻の鉄甲船には半町の距離が開いた。

左舷のりゅう弾砲が砲声を揃えて、再び轟音《ごうおん》を上げた。

五隻の鉄甲船はようやく舳先を巡らして、陸地へと逃げ戻りかけていた。

その頭上からりゅう弾が雨あられと落ちかかり、再び阿鼻《あび》叫喚《きょうかん》の図を呈すると一息に波間に沈ませた。

（なんという空恐ろしさか、これが異国の底力か）

総兵衛が呆然《ぼうぜん》とする視界に悠然と回頭する大黒丸の姿が映った。いや、その場にある敵も味方もあまりに圧倒的な破壊力に戦《いくさ》の手を忘れていた。

ようやく我を取り戻した総兵衛が叫んだ。

「残るは千石船だけじゃぞ！」

「退却せよ！」

千石船でも思いもかけない展開に主船頭が舵を陸地に向けようとした。

大黒丸は巨体を滑らかに巡らすと千石船に並びかけた。それを見た総兵衛が国次に、

「離れよ！」

と命じていた。

千石船が三崎の方向へとようようと舳先を向けたとき、大黒丸は千石船の左舷横手に並びかけていた。そして、砲口が向けられた。

「な、なにをするか！」

陣笠、陣羽織の甲賀鵜飼衆、鵜飼参左衛門が無益にも叫んでいた。

無情にも大黒丸の砲口の照準が千石船の喫水線に合わせられた。

片手を上げていた艫櫓の忠太郎が砲手に向かって、手を振りおろした。

黒光りした砲口から白い煙とともにりゅう弾が撃ちだされ、それが海面をまっすぐに飛んで、至近距離の千石船の船腹に炸裂した。

ずずーん!

くぐもった砲声が響くといきなり千石船に大穴が空いた。

その直後、船は大きく傾くと帆柱が音を立てて折れ、船尾を持ちあげるように海面に横倒しになった。

千石船が浮いていたのはわずかな間だ。

総兵衛は慄然《りつぜん》としていた。

異国の科学の進歩にだ。

甲賀鵜飼衆が積年修行した忍びの技も戦略も、大砲弾が粉砕して、海の藻屑《もくず》とした。

(なんということか)

朝の光が三崎の沖合いに走り、躍った。

だが、海面には鵜飼衆の残骸《ざんがい》も柳沢吉保の野心のかけらも漂うことなく、いつもどおりの海が広がっているばかりだ。

「総兵衛様、武術の技などなんの役にも立たぬ時代が到来するということでございましょうか」

又三郎の言葉にも驚愕《きょうがく》があった。

「驚いた」

総兵衛も並走し始めた大黒丸の姿をしばし畏敬《いけい》の思いで見ていたが、

「又三郎、どのように武器が開発されようと、その技を支配するのは人であろう」

「さようにございましょうが……」

「忠太郎があの大筒を購《あがな》っただけで、操作を習得しなければ宝の持ち腐れであったぞ」

「はい」

「日進月歩、異国の技術とどう付き合うか、えらいものを見せられた。まかり間違えば、われら鳶沢一族が次に海底に沈むことになろうぞ」

総兵衛の複雑な響きの言葉が明神丸に流れた。

三崎沖での海戦から十数日間、総兵衛らは忙殺された。

深浦の船隠しに戻った大黒丸の荷の一部が京のじゅらく屋、金沢の加賀御蔵《みくら》屋《や》に振り分けられ、陸路と海路で運びだされていった。

大黒丸に残された荷は、駿河町の三井越後屋の分がまず密《ひそ》かに江戸に運びこまれた。

年の瀬から新春にかけて、三井越後屋は珍奇豪奢《ごうしゃ》な異国の布地を売り出すことになる。

最後に大黒屋がこれまで古着商いで培《つちか》ってきた卸しの経路で流される荷の振り分けで、大黒丸の始末がようように終わった。

この朝、日本橋富沢町の鳶沢一族の江戸屋敷から袋竹刀《しない》で打ち合う音が響いてきた。

商いに出た者を除いて鳶沢一族の者たちが黙々と汗を流して、日常の暮らしに戻ろうとしていた。

稽古《けいこ》が終わり、広い板の間に主《あるじ》の総兵衛と忠太郎が残された。

ようやく主従は二人きりになれたのだ。

「総兵衛様、昨夜までに此度《こたび》の商いの概要が出ましてございます」

「うむ」

「大黒丸に積みこんだ荷の一部は信之助の琉球首里の店で売り捌《さば》き、残りは、ルソン、安南を始めとする交易地の貿易商と取引いたしました。外国銀などの兌換《だかん》に時間がかかりますゆえ、細かい数字は出ませぬがおそらく一万五、六千両の利は見込めましょう」

「戻り船の荷の卸し値で一万八千両ほどか」

「まずは少なく見積もって」

「大黒丸の一航海で三万両を越えるか、大商いじゃな」

「はい」

「大黒丸がわれらにもたらしてくれるものは利潤だけではない。あの大筒の破壊力はどうだ」

「異国の底力にはただ驚かされます」

「総兵衛が大黒丸を造ったのもわれらが諸外国に後れを取り、井の中の蛙《かわず》になってはならぬ思いがあったからだ。だが、すでに大きく取り残されておるようだな」

忠太郎が大きく頷《うなず》き、言葉を改めた。

「総兵衛様、お願いの儀がございます」

「忠太郎、鳶沢村に引っこむというか」

「なりませぬか」

「るりの一件なれば、そなたの父とおれが青坊主《ぼうず》になって、事は終わった。そなたが鳶沢村に逼塞《ひっそく》してみよ、大黒丸がようようにして開拓した大商いの途《みち》が無に帰するではないか」

「さようでもありましょうが」

「忠太郎、鳶沢村に引っこんだところでるりを失った哀《かな》しみが軽くなるわけではなかろう。後悔がそなたの胸の奥に沈潜するだけだ」

「…………」

「忠太郎、苦しみを異国との商いにぶつけよ。もはやわれら鳶沢一族は立ち止まることは赦《ゆる》されぬわ。おれはのう、そなたが持ち帰ったりゅう弾砲なる大筒の威力に接したとき、新たな課題に直面させられた思いが致した。武と商に生きんとしてきた鳶沢一族は今後どうあるべきか、そなたが放った大筒がおれを脅迫しておるわ」

「答えは出ましてございますか」

「今のおれには答えられぬ」

主従はしばし沈黙した。

「忠太郎、われら一族は新たな問いの答えをみつけんがために死に、生きることになる。鳶沢一族のだれもが船を下りることは許されぬ」

しばし瞑目《めいもく》していた忠太郎が、

「分かりましてございます」

と答え、一礼すると総兵衛の前から消えた。

鳶沢総兵衛勝頼は無性に孤独を感じた。

坐禅《ざぜん》を組み、瞑想《めいそう》した。

時の流れに己を委《ゆだ》ねた。

終章意地

どれほどの時が過ぎたか。

総兵衛は鳶沢《とびさわ》一族の江戸屋敷に入りこんだ侵入者の存在に目を開けた。

板の間の真ん中に一本歯の高足駄を履いた洞爺斎蝶丸《とうやさいちようまる》の苔《こけ》むした姿が浮かびあがってきた。

「一族を率いるものに与えられるのは、空《むな》しさだけよ。鳶沢総兵衛」

「そなたも無常を感じておるか」

「鵜飼《うかい》の頭領、参左衛門様も大起虎右衛門も鵜飼衆もすべて海底に沈んで眠りに就いた」

「柳沢吉保に鵜飼衆の再興の望みをかけて、生き残ったはそなた一人か」

「つまらん」

と蝶丸が吐き捨て、腰の一剣を抜きあげた。

総兵衛も立ちあがり、見所の刀掛けから三池典太光世《みいけでんたみつよ》を手にした。

「つまるところわれらに残されたものは、命のやりとりだけよのう」

「意地か、宿命《さだめ》か」

「つまらんな」

そう言い合った蝶丸と総兵衛は板の間の中央で向き合った。

間合いは一間。

一尺余の高さの足駄を履いた蝶丸は、それでも総兵衛の背丈に届かなかった。

だが、右肩に立てて構えた剣は、己の背丈と同じ長さを持って、刃全体が優美な円弧を描いていた。

四尺三寸の身柄で同じ長さの剣を扱おうという蝶丸の腕は、格別太いものではなかった。だが、立てられた剣の重さを感じる風もなく、羽毛のように蝶丸の両手にあった。

総兵衛は、典太を抜いて正眼においた。

蝶丸の反りの強い剣が総兵衛の目には、三日月のように映った。

最初、微動もしなかった剣が小刻みに揺れ始めた。さらに早さが変わり、大きくゆるやかに左右に振れた。そして、ふいに小刻みな振動に戻った。

総兵衛は振動する細い三日月に注意を奪われ、眠りに誘われていた。

正眼の剣がだらりと垂れて、ついには右手一本に下げられた。

それでも総兵衛の目は、揺れ動く蝶丸の剣に吸い寄せられていた。

今度は大きな総兵衛の体が蝶丸の剣の動きに合わせて、小刻みに、そして、ゆるやかに大きく左右に振れ始めた。

蝶丸の剣と総兵衛の体は明らかに連動していた。

(総兵衛、死の刻《とき》よ)

(これが死か、蝶丸)

(おお、そうじゃ)

(参れ)

蝶丸が高足駄を履いたまま、虚空《こくう》に跳躍した。

「今こそ洞爺斎蝶丸が鵜飼衆の無念、恨みを晴らそうぞ!」

と叫んだ蝶丸が高足駄を大きく左右に揺れる総兵衛の眉間《みけん》に次々に蹴《け》り投げ

た。狙《ねら》いは違《たが》わず、総兵衛の眉間に叩《たた》きつけられ、額が割れて、血が噴きだした。

痛撃が総兵衛を覚醒《かくせい》させた。

総兵衛は横倒しに板の床に倒れて転がった。

転がる視界に虚空から細い三日月が振りおろされるのを見た。

総兵衛は転がることを止め、仰向けの姿勢のままに典太を顔の前に寝かせた。

右手を柄《つか》に、左手で棟を支えて、蝶丸の渾身《こんしん》の一撃を受けた。

がちん！

眼前で火花が散った。

総兵衛は蝶丸の斬《き》り下ろしを受けると同時に横手に典太を振っていた。

蝶丸が数間先に飛んだ。

総兵衛は転がりながら身を起こした。

蝶丸が着地したのと、総兵衛が片膝《かたひざ》ついて身を起こしたのが同時だった。

両者は二間余の間合いで睨《にら》み合った。

ぬらり

とした血が額から流れて総兵衛の目に入りこんだ。
総兵衛と蝶丸は低い姿勢から同時に立ちあがった。
もはや蝶丸の足には足駄はない。
小さな体が長い剣を突き上げるように立てた。
総兵衛は血に歪《ゆが》む視界に両眼を閉ざして、典太を脇《わき》構えにおいた。
「参る！」
仕掛けたのは総兵衛だ。
つつつうっ
と走った。
「おりゃあ！」
と受けつつ、蝶丸が再びその場で跳躍して、三日月の如《ごと》き長剣を振りおろした。
総兵衛の体が、
ふわり
と舞い動いたのは、その瞬間だ。

脇構えの典太が舞扇のように翻《ひるがえ》り、虚空から振りおろされる長剣の脇をかすめて動きつつ、蝶丸の喉元《のど》を、

ぱあっ

と刎《は》ね斬った。

げげえっ！

総兵衛の耳元で叫びが上がり、濡《ぬ》れ雑巾《ぞうきん》のように蝶丸の体が床に叩きつけられた。

総兵衛は拳《こぶし》で両目に流れこんだ血を拭《ぬぐ》うとぼやけた視界で床を見た。

甲賀鵜飼衆の洞爺斎蝶丸の小さな体が痙攣《けいれん》して、口の端からなにごとか呟《つぶや》いた。

だが、喉を斬り割られて、言葉にはならなかった。

総兵衛にはその口元が、

（つまらん）

といったように思えた。

そのとき、蝶丸は女房のこいを連れて時雨組を抜けた弟分常磐木《ときわぎ》風松《ふうまつ》の長い

顎《あご》を思い浮かべていた。

（顎松ならば必ずや大黒屋総兵衛を……）

死に落ちる瞬間、蝶丸は、風の吹きすさぶ曠野《こうや》を顎松がこいと甲賀五姓家鵜飼衆の郷に戻る光景を幻想した。

この作品は平成十五年七月徳間書店より刊行された。新潮文庫収録に際し、加筆修正し、タイトルを一部変更した。

光圀
—古着屋総兵衛 初傳—

佐伯泰英著

新潮文庫百年特別書き下ろし作品

将軍綱吉の悪政に憤怒する水戸光圀。若き六代目総兵衛は使命と大義の狭間に揺れるのだが……。怒濤の活躍が始まるエピソードゼロ。

死闘
古着屋総兵衛影始末 第一巻

佐伯泰英著

表向きは古着問屋、裏の顔は徳川の危難に立ち向かう影の旗本大黒屋総兵衛。何者かが大黒屋殲滅に動き出した。傑作時代長編第一巻。

異心
古着屋総兵衛影始末 第二巻

佐伯泰英著

江戸入りする赤穂浪士を迎え撃て——。影の命に激しく苦悩する総兵衛。柳生宗秋率いる剣客軍団が大黒屋を狙う。明鏡止水の第二巻。

抹殺
古着屋総兵衛影始末 第三巻

佐伯泰英著

総兵衛最愛の千鶴が何者かに凌辱の上惨殺された。憤怒の鬼と化した総兵衛は、ついに〈影〉との直接対決へ。怨徹骨髄の第三巻。

停（ちょうじ）止
古着屋総兵衛影始末 第四巻

佐伯泰英著

総兵衛と大番頭の笠蔵は町奉行所に捕らえられ、大黒屋は商停止となった。苛烈な拷問により衰弱していく総兵衛。絶体絶命の第四巻。

熱風
古着屋総兵衛影始末 第五巻

佐伯泰英著

大黒屋から栄吉ら小僧三人が伊勢へ抜け参りに出た。栄吉は神君拝領の鈴を持ち出したのか。鳶沢一族の危機を描く驚天動地の第五巻。

血に非ず
新・古着屋総兵衛 第一巻
佐伯泰英著

享和二年、九代目総兵衛は死の床にあった。後継問題に難渋する大黒屋を一人の若者が訪ね来た。満を持して放つ新シリーズ第一巻。

百年の呪い
新・古着屋総兵衛 第二巻
佐伯泰英著

長年にわたる鳶沢一族の変事の数々。総兵衛は卜師を使って柳沢吉保の仕掛けた闇祈禱を看破、幾重もの呪いの包囲に立ち向かう……。

日光代参
新・古着屋総兵衛 第三巻
佐伯泰英著

御側衆本郷康秀の不審な日光代参の後を追う総兵衛一行。おこもとかげまの決死の諜報で本郷の恐るべき野望が明らかとなるが……。

南へ舵を
新・古着屋総兵衛 第四巻
佐伯泰英著

金沢で前田家との交易を終え江戸に戻った総兵衛は町奉行と秘かに対座するが、帰途、闇祈禱の風水師李黒の妖術が襲いかかる……。

○に十の字
新・古着屋総兵衛 第五巻
佐伯泰英著

京を目指す総兵衛一行が鳶沢村に逗留中、薩摩の密偵が捕まった。その忍びは総兵衛の特殊な縛めにより、転んだかのように見えたが。

転び者
新・古着屋総兵衛 第六巻
佐伯泰英著

伊勢から京を目指す総兵衛は、一行を付け狙う薩摩の刺客に加え、忍び崩れの山賊の盤踞する危険な伊賀加太峠越えの道程を選んだ。

新潮文庫最新刊

原田マハ著
暗幕のゲルニカ
「ゲルニカ」を消したのは、誰だ？　世紀の衝撃作を巡る陰謀とピカソが筆に託したただ一つの真実とは。怒濤のアートサスペンス！

重松　清著
たんぽぽ団地のひみつ
祖父の住む団地を訪ねた六年生の杏奈は、時空を超えた冒険に巻き込まれる。幸せすぎる結末が待つ家族と友情のミラクルストーリー。

川上未映子著
あこがれ
渡辺淳一文学賞受賞
水色のまぶた、見知らぬ姉――。元気娘ヘガティーと気弱な麦彦は、互いのあこがれのために駆ける！　幼い友情が世界を照らす物語。

高橋克彦著
非写真
一枚の写真に写りこんだ異様な物体。拡大すると現れたのは……三陸の海、遠野の山などを舞台に描く戦慄と驚愕のフォト・ホラー！

西條奈加著
大川契り
―善人長屋―
盗賊に囚われた「善人長屋」差配の母娘。店子が救出に動く中、母は秘められた過去を娘に明かす。縺れた家族の行方を描く時代小説。

高田崇史著
七夕の雨闇
―毒草師―
旧家に伝わるタブーと奇怪な毒殺。そこに七夕伝説が絡み合って……。日本人を縛る千三百年の呪を解く仰天の民俗学ミステリー！

新潮文庫最新刊

遠藤彩見著
キッチン・ブルー
おいしいって思えなくなったら、私たぶん疲れてる。「食」に憂鬱を抱える6人の男女が、タフに悩みに立ち向かう、幸せごはん小説！

堀川アサコ著
おもてなし時空ホテル
～桜井千鶴のお客様相談ノート～
過去か未来からやってきた時間旅行者しか泊まれない『はなぞのホテル』。ひょんなことからホテル従業員になった桜井千鶴の運命は。

青柳碧人著
猫河原家の人びと
―一家全員、名探偵―
謎と事件をこよなく愛するヘンな家族たち。私だけは普通の女子大生でいたいのに……。変人一家のユニークミステリー、ここに誕生。

泡坂妻夫著
ヨギ ガンジーの妖術
心霊術、念力術、予言術、分身術、そして遠隔殺人術……。超常現象としか思えない不思議な事件の謎に、正体不明の名探偵が挑む！

出口治明著
全世界史（上・下）
歴史に国境なし。オリエントから古代ローマ、中国、イスラムの歴史がひとつに融合。日本史の見え方も一新する新・世界史教科書。

安田登著
身体感覚で『論語』を読みなおす。
―古代中国の文字から―
古代文字で読み直せば、『論語』と違う孔子が現れる！ 気鋭の能楽師が、現代人を救う「心」のパワーに迫る新しい『論語』読解。

新潮文庫最新刊

米窪明美著
天皇陛下の私生活
—1945年の昭和天皇—
太平洋戦争の敗色濃い昭和20年、天皇はどんな日々を送っていたのか。皇室の日常生活、人間関係を鮮やかに甦らせたノンフィクション。

NHKスペシャル取材班著
未解決事件
グリコ・森永事件
捜査員300人の証言
警察はなぜ敗北したのか。元捜査関係者たちが重い口を開く。無念の証言と極秘資料をもとに、史上空前の劇場型犯罪の深層に迫る。

川上和人著
鳥類学者
無謀にも恐竜を語る
『鳥類学者だからって、鳥が好きだと思うなよ。』の著者が、恐竜時代への大航海に船出する。笑えて学べる絶品科学エッセイ！

S・アンダーソン
上岡伸雄訳
ワインズバーグ、オハイオ
発展から取り残された街。地元紙の記者のもとに届く、住人たちの奇妙な噂。現代人の孤独をはじめて文学の主題とした画期的名作。

佐伯泰英著
敦盛おくり
新・古着屋総兵衛　第十六巻
交易船団はオランダとの直接交易に入った。江戸では八州廻りを騙る強請事件が横行していた。古着大市二日目の夜、刃が交差する。

相場英雄著
不発弾
名門企業に巨額の粉飾決算が発覚。警視庁の小堀は事件の裏に、ある男の存在を掴む——日本を壊した〝犯人〟を追う経済サスペンス。

知《ち》　略《りゃく》

古着屋総兵衛影始末 第八巻

新潮文庫　さ－73－8

平成二十三年六月一日発行
平成三十年六月三十日八刷

著者　佐《さ》伯《えき》泰《やす》英《ひで》
発行者　佐藤隆信
発行所　株式会社新潮社

郵便番号　一六二―八七一一
東京都新宿区矢来町七一
電話　編集部(〇三)三二六六―五四四〇
　　　読者係(〇三)三二六六―五一一一
http://www.shinchosha.co.jp

価格はカバーに表示してあります。

乱丁・落丁本は、ご面倒ですが小社読者係宛ご送付ください。送料小社負担にてお取替えいたします。

印刷・株式会社光邦　製本・憲専堂製本株式会社
© Yasuhide Saeki 2003 Printed in Japan

ISBN978-4-10-138042-1 C0193